王文泸自选集

王文泸 著

青海人民出版社

圖書在版編目（CIP）數據

王文瀘自選集 / 王文瀘著. -- 西寧：青海人民出版社，2021.12
ISBN 978-7-225-06244-0

Ⅰ．①王… Ⅱ．①王… Ⅲ．①散文集－中國－當代 Ⅳ．① I267

中國版本圖書館CIP數據核字（2021）第224776號

## 王文瀘自選集

王文泸　著

---

| | |
|---|---|
| 出　版　人 | 樊原成 |
| 出版發行 | 青海人民出版社有限责任公司 |
| | 西宁市五四西路71号　邮政编码：810023　电话：（0971）6143426（总编室）|
| 发行热线 | （0971）6143516 / 6137730 |
| 网　　　址 | http://www.qhrmcbs.com |
| 印　　　刷 | 青海雅丰彩色印刷有限责任公司 |
| 经　　　销 | 新华书店 |
| 开　　　本 | 720 mm × 1010 mm 1/16 |
| 印　　　张 | 21.25 |
| 字　　　数 | 280 千 |
| 版　　　次 | 2022 年 1 月第 1 版　2022 年 1 月第 1 次印刷 |
| 书　　　号 | ISBN 978-7-225-06244-0 |
| 定　　　价 | 52.00 元 |

版权所有　侵权必究

王文泸，1945年生于青海贵德河阴。1968年毕业于青海师范学院中文系。曾先后在海西蒙古族藏族自治州和青海日报社工作。著有短篇小说集《枪手》，散文随笔选集《站在高原能看多远》《在季风中逆行》。

　　王文泸既是资深报人，也是坚持艺术个性的作家。媒体工作赋于了他宏阔的取材视角，文学实践又养成他从新闻事件中挖掘人性价值的习惯，使他成功地将两个行当的优势结合在一起。作品数量虽然不多，但烛照社会，思想独具，文风隽永，厚重真实。

　　娴熟驾驭文言文的能力，在当代作家中已属凤毛麟角。王文泸得益于这一素养，白话文表达日臻凝炼、精准，形成与众不同的语言风格，这是他的作品为不同文化层次的读者普遍喜爱的原因。

——编者

# 自　序

　　一般来说，出书总得请人写篇序言，以期借重他人推介，引起读者兴趣。我以前出的两本书都是自序，这次要不要请个人写，很是纠结了一番。如果一再自序，会不会有自傲之嫌？

　　以我薄面，请个名家写序，料不会被拒。但我最终没有这样做。原因很简单，请人写序是给人增累，不是奉送快乐。对此我太有体会了！我一生给人写序甚多，几乎没有一篇是自愿的。或因难辞之请，或为情势所迫，不得已而为之。而一旦答应，又不敢敷衍人家，必欲言无虚意、文无陈词而后已，搞得自己很苦，以至于到后来"闻序而惧"。既如此，己所不欲，又何必施与人？

　　更何况读者在意的是你的货色，而不是写序的人。

　　对于出书，我态度已经大变，不再像年轻时那样，想到新作即将付梓，会从睡梦里笑醒。

　　年迈心懒，百事淡漠，固然有之；最主要的是，我逐渐不大看得上自己的作品了。

　　我于文字，向来既挑剔别人，也挑剔自己。每翻阅一次旧作，就新添一分惭怍。当初颇为敝帚自珍的东西，过几年再读，感觉并没有那么好；十几年后再读，竟发现有一半以上篇章入不了眼！

后悔是基本心态了。

尤其在当今这个印刷品多到令读者麻木的时代，不去凑热闹也罢。

这一次，如果不是青海人民出版社领导和编辑一再鼓励，我断不会再有想法的。

既难坚辞，那就严选痛删，把稍不称意的尽数剔除，增加若干近作，整治出一本自选集，也不失为弥补前愆、回报读者的一个机会。

但是这本自选集，出版后会不会又让自己后悔？我不敢说。

对于写作，我一直以业余爱好视之。既难舍弃，也难痴迷。我本来就是个报人。当记者，当编辑，当把关者；做策划，做调查，做领头羊。现在看来，这个职业也还不错，它培养了我一以贯之的现实关注意识，赋予了我更宽广的取材视角。我的不少作品就是文学对新闻的二度发现。

虽然人们常说，专业的事情需要专业的人来做，但文学创作有点特别。这个领域不设门槛，不需要准入证，谁都可以溜达进去试一把。但凡认得常用汉字，会写普通书信的人，都可以铺开稿纸，拟出一个像是文学的题目来，没人笑话你。甚至连语法都不过关的人，也可以酝酿起作家梦来。在某些特殊条件下，文学创作甚至会变成一种时尚。难道不是吗？20世纪七八十年代交替之际，冰冻了十多年的思想和文学领域一旦融冰，被压抑、被禁锢的精神世界立即勃发出潮涌一般的活力。文学是喊出怀疑、释放诉求、张扬个性的主渠道之一。一时间，多少青年羽扇纶巾，逸兴遄飞，纷纷拿起钢笔和练习簿，学写诗歌、小说和散文。真正是趋之若鹜。

初出茅庐的我，也是其中的一个"鹜"。

后来的情景呢，却印证了文学创作的另一个法则。这个法则像极了一首青海花儿所表达的：

上去个高山（者）望平川，

平川里有一朵牡丹。

> 看去（时）容易着摘去（时）难，
> 摘不到手里也枉然。

是啊，闯入大门容易，搞出点名堂很难。最终会发现，初心易改，才气易尽。唯有综合学养、生活积累、洞察能力和执着程度，才起决定性作用。

几度风雨过去，当初争先起飞的庞大羽阵起了变化：有的知难而退了，有的销声匿迹了，有的敛羽倦游了。有的还在飞。但只有极少数健鹄，逸群而出，直冲六合。

与此同时，那些更为年轻、天资不凡、有备而来、目标明确的人渐渐引领了文坛风骚。这大家都看到了，毋庸赘述。

我这只"鹜"虽然始终飞不高，但也一直在滑翔，这也是有原因的。

许多人以为我出身书香门第，非也。我出生在黄河之滨一个普通农家。父亲是个读过高小的农民，爱写字、爱看书。有时喝了点酒高兴了，会把小学尚未毕业的我叫到跟前说："秀才秀才你甮（读 bao）笑，你写个鼋鼍蛟龍鳖龟鼀。"见我一脸懵懂，就用粗壮的手指头蘸一点酒，在八仙桌上把这七个字写出来给我看，然后读出声来："yuan、tuo、jiao、long、bie、gui、zao！记住了没？"

但父亲可不是孔乙己，他靠力气吃饭。健壮，勤快，有点幽默，是个崇尚文化的庄稼人。

受他的熏陶，自髫龄始，我也爱看书。但家里只有一本《三字经》半本残破的《幼学琼林》、七八册木刻本《聊斋志异》，还有一本倒是比较完整，那是父亲用糨子反复加固了封面的《姚选唐人绝句诗抄》，那是我最喜欢的一本书，尽管好多字都认不得。

一个亲近书籍的少年，学校作业少得经不起做，书包轻得让肩膀感到无聊。目光所及，凡是写有文字的器具或纸片，都是珍物。但常常是两眼空空。

就这样荒凉地读完了小学。

初中不是读完的，而是混完的。在教学课时被大量劳动课挤占，以及众所周知的原因，在几乎丧命的窘迫中，能混到毕业已属不易。

上高中时，我所在的学校，已经连续两年高考录取率为零。

侥幸考上了大学，亡羊补牢的机会来了！尤其是大一期末考试，我写的文学短评竟被老师怀疑是抄袭之作，我的气恼和委屈只存在了三秒钟，就被兴奋代替，信心陡增。然而山雨欲来风满楼，不到两年，亡羊补牢的梦想被碾得粉碎。不仅羊没了，牢也没了，还能补什么？此后整整十年是无书可读的时代。

扯这些陈年往事，是说明：先天严重不足，后天又欠苦功，早就决定了我成不了大气候。由于有这点自知之明，我从不规划什么写作目标。打鱼少、晒网多；三更未见灯，五更未闻鸡。有朋友不满意我胸无大志，没能更上一层楼，颇有点恨铁不成钢的意思。我则并不惭愧。任何人都摆脱不了环境、时代和自身禀赋三要素的制约，这是铁律，有什么好惭愧的。我的惭愧在别的方面，前文已经说了。

可有一样，懒于进取不等于粗疏为文。我从不轻率命笔。宁肯不作，也不"苟作"。我也不能容忍作品有文字瑕疵，几乎到了眼睛里容不得沙子的程度。我苦苦地追求属于自己的语言风格，几十年如一日。在这一点上，我差不多成功了。

我一向厌恶轻薄为文，也不认同远离人间烟火的书写。如果不把自己视为桃花源中人，那么，凡是值得给读者一说的欢欣和沉重、感悟和焦虑，分明都与历史的根脉和现实的风雨有某种联系。所以，要说就说点有意义的，哪怕还有偏激，哪怕矢不中的。比如，我们现正处在农业社会向工商业社会的转型过程中，这一过程中所有的震荡、裂变、迷茫、希望和奋斗，天天在我们身边发生，这是最不应该被写手们忽视的变化，我能装作没看见，一心钻进象牙之塔吗？

我在自述诗中写道：

　　柳舞风中非炫技，
　　秋虫不鸣心难安。

呜呼！秋虫之声，固无当乎雷鸣；戋戋之文，岂可有负于寸心乎？

2021 年春日

# 目录
CONTENTS

**第一辑　我们的山我们的水**

微电影《源出青海》脚本　　　　3

青海的山　　　　7

大河东去　　　　13

金子海的未来　　　　22

从时间手里夺回点什么　　　　26

剩水剩土　　　　29

**第二辑　马蹄踩碎的岁月**

马　经　　　　39

驼峰上的月亮　　　　46

央依草原一日　　　　53

奶茶的想象　　　　59

岗什卡山口之夜　　　　64

葵之惑　　　　72

**第三辑　那些远去的背影**

在《红楼梦》诞生的地方　　　　85

| | |
|---|---|
| 斯人归去 | 89 |
| 心灵的高度 | 113 |
| 水月光中又一场 | 119 |
| 想起了两个人 | 133 |
| 远去的一双手 | 136 |

**第四辑　家在梨花掩映处**

| | |
|---|---|
| 1949，那个红火的秋天 | 149 |
| 老　宅 | 156 |
| 记得那年花如雪 | 165 |
| 从汉河到校园 | 171 |
| 梦在河之洲 | 177 |
| 多姿小叶杨 | 180 |
| 文昌宫的风铃 | 183 |
| 火烧芍药酒牡丹 | 187 |
| 露宿的感觉 | 190 |
| 灼热的手心 | 193 |
| 田园将芜胡不归 | 195 |
| 熬茶的末路 | 198 |
| 贵德梨话 | 201 |
| 被南京遗忘的青海人 | 203 |

**第五辑　边迷茫　边穿越**

| | |
|---|---|
| 此岸和彼岸 | 209 |
| 想起了贵州那一天 | 218 |
| 邻　居 | 222 |

听起来像个童话 227
文明边缘地带 230
被风刮走的年月 238
我为什么不喜欢给自己留影 243
假如夏吾才让跟了张大千 246
好故事 堪思量 251
羞　耻 254
瑰　宝 258

## 第六辑　微信芥拾

何处是甘泉 265
水土与颜值 267
环境与民歌 269
水调歌头 270
平川里没有牡丹 271
断脉亭 272
风水轮流转 274
宅院风水说 276
家在棋盘上 278
田社上坟 280
乡音没有了，乡愁还在吗？ 282
寻找受听的复合名词 284
四爷子红墩墩 286
精美的汉语正在远去 288
"天籁之音"一直被误用 290
读秒的世界 291

　　　　万象杂说　　　　　　　　　　293

**第七辑　在古典的溪流中瓢饮**

　　买针记　　　　　　　　　　307
　　支差旧闻　　　　　　　　　313
　　七十不留宿　　　　　　　　316
　　酒圣酒仙　　　　　　　　　318
　　记者轶事　　　　　　　　　320
　　白发三千丈　　　　　　　　322
　　江源颂辞　　　　　　　　　323
　　水与生命颂辞　　　　　　　324
　　景熙丰公园序　　　　　　　325
　　未名园序　　　　　　　　　326

# 第一辑 我们的山我们的水

年年稼穑，岁岁养人的黄土。被农人的双手剔净了砂砾和野草的黄土。可以循环使用的黄土。金子一般的黄土。它们与黄河相伴，走过了艰难而诗意的昨天，迎来了红火而严峻的今天。

# 微电影《源出青海》脚本

## 一

旋转的地球。旋转出中国版图。

漫天飞雪。飞雪变成厚厚的积雪,形成绵延的雪山。

雪山的夜晚。低垂的极地星空,天似穹窿,星星和月亮近在咫尺,就在观众脚下。

## 二

远景:积雪覆盖的远山。近景:错落有致的冰塔林。水珠不断滴落。

特写:倒挂在冰柱上的一颗硕大水珠,欲落不落。(出字幕:格拉丹东雪峰)

镜头推出夏季的沱沱河风光。(出字幕:长江正源——沱沱河)河水清澈见底,卵石玲珑可辨。河岸细草如毯,野花斑驳。

远景:雪峰连绵,冰川迤逦,云卷云舒。

中景:飞奔的藏羚羊。悠闲觅草的野驴。

近景:牧帐炊烟袅袅。藏獒卧在草丛中,注视着近旁的羊群。

身背木桶的藏族少女走进镜头。身后跟着蹦蹦跳跳的弟弟。

姐弟俩来到沱沱河畔，放下木桶。少女解下挂在腰带上的铜勺，开始舀水。弟弟取出装在书包里的一只木碗，帮姐姐舀水。

女孩清纯安详的脸庞，娴熟的动作。

男孩调皮的表情，毛手毛脚的动作。

木碗特写。刻在木碗上的一行稚气的字：格拉丹东　扎西

水桶舀满，女孩蹲下身子去背水桶。男孩调皮地把木碗扔进桶里。女孩挣扎着起身，绳子断了，水桶倾倒，木碗被冲进河里。

两个孩子沿河追赶，木碗随波逐流，渐漂渐远。

两个孩子驻足河边，眺望远去的木碗。

男孩："姐姐你说，它会漂到哪里呀？"

女孩闪动着大眼睛，望着远方，猜测："大海吧？"

回声："……大海吧……大海吧……"

音乐声。深沉抒情的歌声："大海……大海大海……"

## 三

特写：在江水中漂流的木碗。

通天河畔美丽的高山草甸风光。（出字幕：玉树境内通天河）

一位青年牧民牵着马在河边饮水。木碗从马的嘴边飘过，马儿惊悚抬头，牧民惊讶的眼神，望着飘走的木碗。

四川宜宾江岸。清澈的江面。（出字幕：宜宾）

木碗在凤尾竹的倒影中漂流。江边茶园里，摆龙门阵的休闲人群。有人不经意间发现了漂流的木碗，手搭凉棚出神地凝望。竹林边散步的情侣。女伴发现了漂流的木碗，伸手指向江中，示意男伴注意。

武汉黄鹤楼。（出字幕：黄鹤楼）

游客凭栏远眺。宽阔的江面。叠印：在江中漂流的木碗。

一只正对着江面拍照的长焦镜头里出现了木碗。接着，许多长焦镜头里出现了木碗。

重庆。繁忙的朝天门码头。（出字幕：朝天门码头）

坐在长椅上看报纸的老人。老人脚下的鸟笼。

特写：漂流的木碗。

移拍神女峰。（出字幕：三峡神女峰）

叠印：漂流的木碗。

安徽西递风貌。（出字幕：安徽西递）

粉墙青瓦的古老徽派民居、池水、浆衣女子。

特写：漂流的木碗。

## 四

上海。金山区沙滩（出字幕：上海金山区）。

夏日的海岸沙滩。沙白如雪，丝绸般柔软的碧波。海浪轻拍沙滩。三五个赤脚的男女儿童，在沙滩上捡拾贝壳。

中景转为特写：搁浅在沙滩上的木碗（有一半陷在泥沙里）。

女孩发现木碗，跑去捡起，审视。

特写：天真惊讶的眼神。木碗被男孩拿过去。男孩好奇的表情。

女孩："格拉丹东……它在哪里呀？"

男孩抬头遥望江水上游："是啊，它在哪里呀？"

一位白发老者领着孙子在沙滩上捡拾贝壳。男孩跑过去："爷爷，你看看这个。它从哪里来的呀？"

老人仔细端详着木碗和刻在木碗上的字。"格拉丹东……格拉丹东……哦，对了，它从青海来！"

叠印：格拉丹东冰塔林。

黑底出字幕：源出青海。

音乐。抒情的童声齐唱："它从青海来来……青海来……青海来……"

2017年6月

# 青海的山

青海是个多山的省份。青海的山远比青海本身有名。许多青海人在沿海内地都曾有过相同的遭遇：人家问你来自何方，你言明来自青海，对方常会有片刻茫然，或者以为你说的是青岛。但如果你提起昆仑山、巴颜喀拉山，则会得到明确的肯定："哦，知道知道。小学地理课本上学过的。"

与三大江河相对应而存在的，是青海那些著名的大山。它们不仅构成了青海基本的地貌特征，也承载着俗众对于时空的想象——极地。西陲。凝固的岁月。地老天荒。高处不胜寒。手可摘星辰。等等。

假如从太空俯瞰青海，就会发现，青海境内有三条突起的皱褶由东向西横贯全境，向境外延伸。

北部是高耸的祁连山系。西起与阿尔金山相连的当金山口，一路迤逦向东，直抵宁夏的六盘山。除了昆仑山系，国内没有比祁连更长的山系。

祁连山系是造物主为了体悯干旱少雨的青海西北部地区而设置的天然长城，它阻挡了来自塔克拉玛干沙漠和巴丹吉林沙漠的季风，使青海境内的牧场、丛林和农田得以存活下来。

祁连山系愈是向东，分支愈多。横亘百里的赛什腾山、柴达木山、疏勒南山、托来南山和我们熟悉的那一段祁连山，看似卓然独立，其实都是这个庞大山系的分支。大的支脉又分出小的支脉（或叫余脉），支脉愈小，人们对它的熟悉程度愈高，比如冈什卡达坂、门源达坂、仙米达坂、互助北山、冷龙岭等。

人类号称万物之灵长。但因生理条件所制，在大自然面前目光如豆，很难得窥全豹，偶尔攀上它的一条细枝碎蔓，就会惊呼："天啊，真大！"

青海中部是昆仑山系。自西向东迤逦2500余公里，被称为"亚洲的脊柱"。它发端于帕米尔高原，横贯青海，向东南方倾斜下去，直抵川北。它一路跌宕起伏，以扇形展开，时有高峰突起，形成相对独立的大山：布尔汉布达山、鄂拉山、阿尼玛卿山、西倾山。仅西倾山又分出许多支脉，那就是青海人都熟悉的拉脊山、青沙山、积石山等。但人们很少知道这些山的父亲和爷爷是谁。

雄峙在青海南部的，是天下人都已闻名的唐古拉山和巴颜喀拉山（东段）。它们是青海与西藏、与四川的界山。

来青海游览的内地人，会毫不费力地用许多时髦的或古典的词语赞美这里的江河、湖泊、牧场、云天和油菜花，但对于青海的山，往往不能置一词。因为它们太大、太复杂、太神秘、太难以概括。它们给人类造成的渺小感剥夺了与之沟通的心理基础。1985年夏，文坛大腕、年逾古稀的陈荒煤来到昆仑山下。下得车来，踉踉跄跄往前奔出数步，大喊一声："昆仑，我来了！"一时无语。

这是陈老先生面对昆仑山说出的唯一一句话。先生乃卓然大家，非拙于言，非贫于词，但此时此刻，面对昆仑，一切言词失色，万般感受难以道出。

青海的大山摄人心魄，不独因为它们摩天凌云，绵延千里，更因为它们傲视万物的气概迫使别的一切"伟大"归于渺小。你愈是走近它们，愈会感觉自己身同蜉蝣，声似蚊蚋，极易体会古人那种"望天地之悠悠，独怆然而涕下"的绝望。

假如你站在昆仑绝顶东望华夏（暂且忽略地球弧度和目力极限两个因

素），你会看到，东岳泰山小如拳石；西岳华山也不过像个盆景。

青海的大山少有植被。与内地的名山大川相比，青海的山缺乏亲和力。显然，它们只接受尊崇，不想和人类过于亲近。它可以允许低级生灵在它怀抱里徜徉、肩膀上奔走，但拒绝接纳人类。它深知人这种动物的可厌。如果接纳了他们，他们就会在它头上兴工动土，镌刻题写，喧哗闹腾，吃喝拉撒，永无宁日。它们用缺氧遏制了人的欲望。对于试图超越雷池者，仅示以头痛胸闷、脸面青紫、肌体无力，就足资惩戒，使人望而却步。

缘于此，青海的山总是本色的、干净的和无装饰的。

青海北部的山多悲壮色彩；西部的山多神话色彩；南部的山多宗教色彩。

走近北部的大山，不由会想到胡笳、狼烟、"惊沙入面，利镞穿骨"的战场；想到那些与伟大理想或民族责任有关的慷慨悲歌。

> 青海长云暗雪山，
> 孤城遥望玉门关。
> 黄沙百战穿金甲，
> 不破楼兰终不还。

王昌龄笔下愁云黯淡的雪山，就是指祁连山的中段，那里离玉门关最近。而紧挨着祁连山东段的，则是岳飞寄托了悲壮理想的贺兰山。

> 唱起激情的花儿，
> 我心中常有花的草原。
> 捧起英雄的传奇，
> 我面前常有雪的祁连。

北京诗人韩翰所说的英雄传奇，就是 20 世纪 30 年代，红军西路军在风雪祁连遭遇的惨烈战事。

不敢走近祁连山。

青海西部的昆仑山自古被尊为"万山之宗""龙脉之祖""天帝下都"。地位崇高得无以复加。它还是中国神话的摇篮。嫦娥奔月、白蛇传、西游记等神话故事都与它有关。西王母、瑶池、结满珍珠美玉的仙树、道教混元派的洞府，还有驾高车、御神骏，远道来访的西周天子穆王，都给后人留下了无穷的遐想。《山海经》和《禹贡》中对于昆仑山的描述简约至极，害得专家学者们寻章摘句，考证无已，试图用连篇累牍的文字还原出那一段瑰丽的时空。

青海南部的大山被神秘的宗教气氛所笼罩。这里，无一座高山不是神山，无一处湖泊不是圣湖。且不说唐古拉山、阿尼玛卿山、年宝玉则山都是传说中天神的化身；无数与之毗邻的山峰，也都是有名有姓的神祇驻跸地。

宗教信仰使南部大山的原始面貌定格了多少个世纪，现代工业文明的步步进逼也未能彻底打开那里的山门。

青海西部和南部的山对于中国这个缺水的国度，是宝贵的水源涵养地。众多雪峰、冰川、湿地一起，养育了中华民族的母亲河。假如没有这些大山，中国的西北和华北中部、华南和西南全境，将会是跟阿富汗、巴基斯坦和印度北高原相似的干旱地貌。

青海北部的山多为童山秃岭。它们一直在考验着人类"再造秀美山川"的能力。谚云：十年树木，百年树人。而在这里，休说十年，三十年的树也未必成材。以西宁为例，植树造林的努力已经坚持了半个多世纪，几代人前赴后继，费尽移山心力。终于，南北两山裸露不毛的地表被绿色覆盖，小心呵护了数十年的幼苗，小者粗可拱把，大者差可合抱。入夏，这里绿荫蓊郁，鸟雀鸣噪，俨然连片成林。据此，人们有足够的理由陶醉于自身的创造能力。然而，登上飞机从高空俯瞰，呀，荒山无涯，旱垣连绵，人造林仅为大地身上的一撮毛而已。至此，人们才明白，人定胜天这句口号听着豪迈，其实幼稚。

众所周知，青海的大山成型于青藏高原隆升的年代，是地球内力碰撞挤压的结果。但青海境内还有一些较小的山丘，与上述地质成因无关，它们是水的柔软、风的犀利与大地的坚硬长期较量的结果，比如丹霞地貌和雅丹地貌。

丹霞地貌犹如飞来青海的桂林山丘，又似火烧云落地生根。它的主要成分是红色砂砾岩。在雨水或雪水的缓慢侵蚀下，砂砾岩中的石灰质和碳酸钙逐渐分解，松动部分不断垮塌，留下了千姿百态的赭红色山岩，一簇簇兀立着，仰望蓝天。

走近丹霞地貌，如果你懂得了它们的来历，那么，驻足留恋之间，你会悚然心惊，再一次认识什么是恒久，什么是短暂。

一位地质工程师陪我去坎布拉考察丹霞地貌。他如数家珍般介绍道："喏，您瞧，咱们眼前这座山峰，通高27.5米，有八万三千多岁了。再看它东侧那一座，通高32米，它有十万六千多年的山龄。"

我有点怀疑："说得这么具体！有科学依据吗？"

"当然有。要知道，它们原先并不是山峰，而是山麓前的旱垣。土壤中的易溶部分平均每年被雪水带走0.3毫米，根据这个速度，切割出一座32米高的山峰所需要的时间不就算出来了吗？这个方法很科学。"

听了这话，我一时哑然无语。人生极限不过百年，与面前这个十万六千多岁的"丹霞老人"相比，短得可以忽略不计。在我之前多少代，就有人像我一样亲近过它；在我身后多少代，也是一样。亲近过它的无数生命灰飞烟灭之后，它还是它，脸上甚至不会多添一道皱纹……

这么一想，顿觉人活一世，草活一秋，太多的患得患失甚为无聊。

与丹霞地貌的成因截然不同，青海西部的雅丹地貌，形成原因与水无关，那是风的作品。雅丹地貌也称风蚀残丘。在极度干旱的瀚海戈壁，来自中亚的季风由西向东，锲而不舍地剥蚀着寸草不生的地表，土壤中较软弱的成分一再妥协，随风远扬，留下来一丘丘坚硬的栗钙土，连绵起伏，和风做着永远的抗争。极目望去，这些风蚀残丘似猛兽蹲伏，宫阙林立，又如战舰列队，疑兵布阵，电讯静音，号令不发。忽而风动沙起，丘阵内异响呼啸，怪声隐约，森然可怖，"魔鬼城"由此得名。

水和风，是世界上最柔软的两样东西，但时间之手把它们变成了万年不钝的雕刀，最终完成了丹霞地貌和雅丹地貌两件杰作。

从人与自然的精神联系看，青海的山，适合于被一些特殊的人群深度感应。他们是虬髯飞动、执戈戍边的猛士；以国为家的伟丈夫；神游八极，苦思真理的哲人和思想家；孤标傲世的诗人；敢以性命作抵押的探险家。但不适合以下人等欣赏：未成年人，娇弱女子；身高五尺而无男子气的小男人，被舒适的城市生活彻底异化的白领；擅写脂粉气作品的作家诗人。

君不见夏季的青海草原，游人如织，有几个人真正凝望过青海的大山？

青海的大山一如既往地沉默着，它的内心永远深不可测。

2010 年 10 月

# 大河东去

## 一

"河出巴颜喀拉山之阴，积微末为大渎，蛇行龙伏而近贵德，乍逢高坝雄峙，沉泥落沙；忽作清流曼廻，襟抱关山。"这是多年前我为贵德境内的黄河所作的一篇小赋中开头几句。

黄河冲出龙羊峡，束紧的腰身顿然舒展。河面宽了，河水清了，流经贵德盆地时，脚步从容而轻盈。有人来了灵感，说这多像黄河的少女时代！黄河南岸要是有一尊黄河少女雕像多好。这个建议听上去很是动人，于是就有了一座白色大理石的雕像。造型为刚刚浴河而出的少女。体态婀娜，妙曼清纯，正在梳理湿漉漉的秀发。这成为河岸新景，引来天南海北的游客拍照。

从艺术角度看，这的确不失为一件好作品。但如果从黄河文化的角度看，内涵未免单薄。

黄河是中华民族的母亲河。她的文化内涵是古老的、苦难的、恢弘的、坚韧的、慈祥的和宽广的，远不能以一个漂亮少女来概括。

任何一种试图把黄河人格化的简单创意，都出于对黄河文化的肤浅认知。试想，假如以年龄特征塑造黄河形象，无异于说，黄河在巴颜喀拉山脚下是婴儿，到贵德境内是少女，到了甘肃是少妇，在河南境内是中年妇女，到渤海入海口就成了白发老妪。这显然说不通。

建于20世纪80年代的兰州滨江道的黄河母亲雕像，被誉为全国最漂亮的"黄河母亲"。著名诗人周涛慕名去参观之后大失所望，愤而著文，否定了这个把母亲河理解为漂亮少妇逗弄婴儿的创意。"……难道这就是黄河母亲吗？不。这分明是一个漂亮的女舞蹈演员，是一个找到了理想中的丈夫，结了婚，生了孩子，身体有点发福的舞蹈演员。看她脸上那幸福而浅薄的微笑，这哪里是黄河母亲！"

不仅兰州的"黄河母亲"如此，河南的"黄河母亲"造型也没离开漂亮少妇逗弄宝宝的套路。究竟是雕塑家们才华黯淡还是别的原因，不得而知，后来建的宁夏吴忠市黄河母亲雕像，增加了竹简和麦穗两个细节，蕴含了"养育"的概念，总算是对黄河的认知略微深入了一寸。

## 二

中国人对黄河的感情其实很复杂。简单一点说，是既爱又恨，亦敬亦畏。同样是世界著名的大江大河，为什么视黄河为母亲河，而长江不是？就因为黄河是中华文明最主要的源头。黄河文明诞生于由河水中大量的土砂沉积而成的华北平原。黄河流域的植被曾达到50%以上，是历史上最富饶的地区之一。著名科学家竺可桢在《近五千年来中国北方气候之变化》一文中做过生动的描绘。

黄河为全流域五千多公里的人民赐予了深远的福祉，这是中国人爱它敬它的原因。但黄河又给中国北方民众带来了太多的苦难。"某年，黄河泛滥毁堤。""某年，黄河改道。""某年，黄河决口。"这些频繁出现在史料中的记载，寥寥数语的背后，是浊浪奔泻，村舍消失，人民流离，千里泽国，田无稼禾，野多遗骨的凄惨场景。民众把黄河带来的灾难称之为

"黄患"。

史料记载,自秦始皇年代至 1945 年,河口地带黄河改道竟达两千多次,决堤一千五百多次。洪水季节,它像暴烈的巨龙来回摆动身躯,造成了大片无法耕种的黄泛区。

黄河多灾,除了气候因素,最根本的原因,是久远以来,人口快速繁育,迫于资源压力,流域内植被持续被开垦为耕地,水土流失,于是造成了直到今天都难以解决的矛盾。

说近一点吧。美丽的贵德盆地,就是在四万多年的时间里,黄河上游带下来的泥土沉积而成,成为闻名遐迩的青海小江南。

虽有黄河流过,但贵德自古干旱。在 20 世纪之前的漫长岁月里,渡船和羊皮筏是别无选择的交通工具,黄河对贵德人而言,仅仅是一道阻碍南北往来的天堑,并不是赖以生存的水脉。这就是为什么黄河未能在贵德人心理上沉淀为感恩情怀的原因。

2019 年秋,央视"记住乡愁"栏目组来到贵德,准备拍摄一集以黄河文化为主题的专题片,邀请我等数人作为嘉宾出镜。在讨论脚本时,我发现他们对黄河的认识存在误区。"黄河滋养了贵德,造就了两岸郁郁葱葱的农田和果木。"我给主创人员说,"这话恰恰说反了,不是黄河滋养了贵德,是贵德滋养了黄河。"他们十分惊讶,"怎么讲?"我说,"贵德的绿荫、农田和果木恰恰不是受惠于黄河的滋养,而是由三条支流——发源于扎木日根山的东河、西河,还有发源于青阳山的贺尔加河浇灌出来的,这三条支流都注入了黄河,壮大了黄河。至于治河造田、电力提灌,那都是近几十年才有的事情,还不足以改变贵德的基本生态格局。"

三

黄河流经中国北方大地,在时光的淘洗之下,有一些共同的生活方式、生产方式，精神特征、价值取向等沉淀下来，被操着不同方言的人们所持守、所传承，这就是黄河文化。其形态也广，其内涵也深。黄河文化是一个很大的命题，是一个"入之愈深，所见愈奇"的文化宝库。多年来各地举办的以黄河文化为主题的各种节会活动，往往形式大于内容，未见有深入的探讨成果出现。或者纯粹为了形式，黄河不过是个借题发挥的由头而已。

说点具体的吧。比如黄土。这是黄土高原最主要的地貌特征和先民们赖以生存的基本条件。人们的衣食住行、风俗习惯，都与黄土有关。比如青海的庄廓院，就是古人利用黄土筑墙，改变穴居方式的一项伟大发明，也是黄河文化之一种。黄河谷地厚厚的黄土沉积，为建造庄廓院提供了实用而廉价的建筑材料。用最简单的工具——四块墙板、四根松木夹杆、几只楔子、几把铁锹，就能用黄土夯筑成端正结实、形似城堡的四合院，使之具有居住、防盗、防风的功能。更重要的是，庄廓院的出现，是河湟社会伦理关系走向成熟的一个分水岭。青海庄廓院的格局，主次清晰，功能明确。上房的台基较高，木料构件尺寸较大，向阳、敞亮，这是给长辈人起居以及会客用的。建筑等级稍低的两侧厢房是给晚辈住的。这种格局明确包含了孝亲敬老的观念。有了庄廓，餐厨和厕卫也有了明确的分工。这与穴居时代相比，简直就是文明的飞跃！家境殷实的大户，更是把庄廓院的功能发挥到极致，如果是两进大院，分工更加细化。会客、寝处、园圃、井杵、餐厨、仓储、饲畜等，各有其所，秩序井然。体现着长幼有序、尊卑分明的伦理关系，也反映了农耕时代自给自足、严谨内敛的家庭风貌。

庄廓院的出现，使得木结构的建房技术走向成熟，从而为人们提供了用木雕艺术寄托生活理想和审美情趣的可能。河湟地区的老百姓都懂得，房屋檐檩下面的花草墩子，所雕刻的内容，都有约定俗成的美好寓意：牡丹象征富贵、竹子象征平安、石榴象征多子、金瓜象征财富、佛手象征长寿，文房四宝象征教育，等等。这种观念在中下游的宁、甘、陕、山地区，也大同小异。

不仅如此，庄廓院花园中，高原人首选的牡丹、芍药、丁香、大荔菊、芫荽梅、金丝莲等花卉，又以色彩和芳香调剂了黄土高原民居的单调。

这一切，其根脉都来自黄土。黄土是把黄河流域人民的内心联结在一起的隐形纽带，基于此，我才有了把贵德盆地纳入黄土高原的理由。

几年前，在一次研讨会上，主持人敦促我发言。我谈了一个观点：贵德这个地区，从地质气候特点、林木分布，农作物种植，居住模式，乃至饮食习惯看，都与毗邻地区有许多共同之处，因此，这里应该是黄土高原的延伸部分，再往西九十多公里，过了日月山，这才是真正意义上的青藏高原。

但也有人不同意这种观点，认为从贵德的历史沿革看，这里就是青藏高原，不应该强调黄土高原。我虽然不能苟同，但没有继续争论。

2020年初，疫情弥国，我闭户不出，认真读完了近年热销的《大森林》（徐刚著），发现这个问题本来无须争论。在这部回溯地球生态史和中华森林史的皇皇巨著中，明确指出"黄土高原的位置为：西至青海日月山，东至河南崤山，南至秦岭以北，北至太行山以西……包括山西全部，陕西北部及关中地区，甘肃中东部，宁夏南部，青海河湟流域及河南西北部"。

这一下明确了。如此看来，连日月山的阴坡、阳坡都是黄土高原。

## 四

黄河带走了太多的黄土！黄河流域是全球水土流失最严重的区域。有资料测算过，黄河每年流失的泥土约为16亿吨，相当于40辆大卡车昼夜不停地往河里倾倒。

水土流失的原因是黄河流域的森林消失；森林消失的原因是砍伐过度；砍伐过度的原因是耕地和燃料缺乏；耕地及燃料缺乏的原因是人口增

长；人口增长的原因是生育不加节制。这就是一环套一环的因果链条，是自从古人意识到这个问题之后一直想努力解决但也始终无法解决的生态难题。试想，在电能和燃气还没有成为供热主力之前，以及在煤炭成规模开采之前，黄河流域，有限的耕地越来越难以养活不断膨胀的人口。在长达十几个世纪的岁月里，先民们除了烧毁林莽，拓展耕地面积；砍伐树木，作为炊爨能源而外，还能有何办法？不要过于指责祖先吧，古人不愚，当然懂得滥砍滥伐的后果。毕竟，生存高于一切，活下去才是最重要的。

历史上越是和平富庶的时代，人口发展就越快，城市规模就越大，燃料问题就越突出。这从唐诗中约略可见一斑。贺知章写给初出茅庐的青年诗人白居易的信中，调侃他的名字说："长安薪桂米珠，居大不易。"虽属艺术夸张，也足见当时薪炭价格的昂贵。白居易后来写的名篇《卖炭翁》，再次证实了这一严峻的生活难题："卖炭翁，伐薪烧炭南山中……"这里说的南山是终南山，离当时长安城的南城门足有五十多里，因为近处的林木已经砍伐净尽，只能往远处延伸了。

贵德黄河以北，那一带干燥得仿佛要冒出火星的荒山，几千年前或许是乔松密布，绿涛漫涌的青山，而在人类活动加剧中逐渐退化。它们最后定型为寸草不生的荒山，时间大概就在二百多年前。这从清代诗人杨应琚的作品中约略可见端倪。

居住在黄河两岸的贵德人，多少代以来就为燃料缺乏所困扰。中老年人都还记得，窘急时柴草不继，一饭难熟；阴雨天柴湿难炊，叩邻求借。盛夏暴雨之后，从上游漂流下来的枯枝败柯，成了人们争相捕捞的宝物。为了抢占河岸有利地段，乡亲之间时起纷争。落叶季节，林子被人扫了又扫，没有一片树叶是多余的。如果不是20世纪以来煤炭、电能和燃气的广泛使用，真不知道灶膛困境持续到什么时候。

如今，城乡彻底退出了以柴草为燃料的时代。开春大风，刮落在道路两旁的干枯树枝，甚至妨碍了行路，但再也不会有人理睬了；深秋林黄，厚厚的"金币"没过脚踝，也只赢得摄影爱好者的兴趣。它们都已沦为垃圾。

黄河流域的砍伐已被禁止，这是黄河的幸运。虽然这一切来得太晚，但亡羊补牢，也是希望所在。几千年积累下来的矛盾仍然延续着时代的焦虑：上游水量不足，但下游耕地的浇灌不能减少，工业用水也得保证。电灌设备年年增加，梯级电站重重截流，滔滔不绝的黄河失去了气吞万里如虎的精神，日益瘦弱。难以置信的事件终于发生：1972年，万古不竭的黄河第一次断流。是在山东境内。此后又发生过多次断流，最长的一次，断流超过半年。裸露的河床上，行人、车马、拖拉机寻路前行，踩出条条大道。

严酷的现实，挑战着中国人治理生态的智慧和毅力。或许黄河能恢复往昔的风姿，那也许是几百年，或是几千年以后的事情了。

## 五

有资料说，黄河基本河道的形成，已有四万多年的历史。也就是说，黄河流域可以耕作的土地，也是在这么漫长的时间里逐渐形成的。远的不说，在青海境内，黄河两岸那些曾经养活了历代民众的多级台地，就是黄河水带下来的泥土沉积而成，被先民们精耕细作，改造成良田。这些台地不算太肥沃，比不上东北松辽平原上那种"一把可以攥出油来"的黑土，但也绝不贫瘠。这是一种含沙量很少、疏松而有黏性的黄土。最早在这种土壤上安了家的，自然是青稞和大麦，还有油菜。后来小麦也从外地引进。姗姗来迟的，是洋芋。据有限的资料记载，原产地南美洲的马铃薯，是明末元初经陆地和海洋传入中国的。洋芋在气候相对干燥寒凉的中国北方黄土地，找到了比它的原产地更加适宜的第二故乡，简直是如鱼得水！此后的五百多年中，被迅速传播、扩种，成为民众喜爱的粮食！有学者认为，洋芋的大规模种植，缓解了自明末以来北方耕地日益紧缺、饥馑年年伴随的困境，但同时也带来了中国人口的急剧增长。在青海，由于气候的限制和耕作技术的落后，青稞、小麦等作物产量极低，即使在人口较少的时代，粮食也不敷食用。而在大面积种植洋芋之后，情况大为改观。著名的"六月黄""深眼窝"等洋芋品种，在黄河两岸川水地区广泛种植，是青海人心目中的珍宝。同样，优质高产的冬小麦，也是黄河灌区农田中的宠儿。

黄河两岸农田迅速减少，是最近几十年的事情，最适宜麦浪起伏的平畴沃土，在建设规划图上自然而然成为最适宜施展创意的空间。精确的线条、数字和各种色彩，表示着黄土地的功能彻底更新。高速公路、经济开发区、商业开发区、旅游开发区如雨后春笋，速度之快每每让缺乏想象力的人惊叹。

除了黄河流域，湟水河流域的耕地也同步完成了"华丽转身"。以省会西宁为中心，向东向西迤逦延伸的现代楼群取代了人们见惯了的古老田野。

## 六

除了水，黄土就是这个星球对人类最大的恩赐。

不能想象，如果没有黄土，粮食怎么生长。运用营养液和无土栽培技术，也能成功地种出麦子和蔬菜，但那是大棚里的成功，无法养活众多的人口。

人们习惯于用"贵如珠玉"或"贱如粪土"来形容某种东西的价值。比起珠玉，黄土是不值钱，但没有珠宝金玉，日子照样可以过下去，没有黄土则不行。

在河湟谷地的农业区，黄土几乎满足着生活中的一切物质需求。种植粮食蔬菜当然离不开黄土，脱坯砌墙、盘锅垒灶、烧砖制陶、垫圈打炕，也离不开黄土。而这里的人呢，土里生，土里滚，土里长，土里刨食。一生与土为伴。

在化肥出现之前，粪肥是种植庄稼蔬菜的唯一肥源。人畜粪便随时要用黄土苦盖，黄土是吸纳性极佳的敷料，它消解了粪便的臭味，自己却沃化成浓醲的粪肥。送到田里，经过复杂的生物营养合成过程，臭秽变为美味。经过一春一夏的曝晒和浇灌，粪肥再次还原成干净的黄土，运回家中使用。如此往复循环，以至无穷。黄土被造物主赋予奇妙的魔力，满足着人类世代需求。

在这个星球上，没有一撮黄土是多余的，也没有一撮黄土是一次性的。

或许人们当下的生存可以不依赖河湟谷地出产的粮食；或许黄土地应该为更加宏伟的发展目标牺牲自己的天赋品质。但这仅仅是当下。将来会怎么样？假如某一天，迫于新的生存难题，人们重新需要黄土地，不得已，去清除覆盖在黄土地上的混凝土、砂石和沥青。但天赋品质已被改变的土壤，还会像原来一样温柔敦厚吗？

年年稼穑，岁岁养人的黄土。被农人的双手剔净了砂砾和野草的黄土。可以循环使用的黄土。金子一般的黄土。它们与黄河相伴，走过了艰难而诗意的昨天，迎来了红火而严峻的今天。

大河东去，不舍昼夜，涛声依旧。我仿佛听到了黄河的叹息。

2020年8月

## 金子海的未来

柴达木盆地很大，占了海西蒙古族藏族自治州总面积的一大半。说它是高原聚宝盆，实至名归。不过宝藏都在地下，从地表看呢，正如俗话说的："美丽的地方不富饶，富饶的地方不美丽。"柴达木盆地确实不怎么好看。这个足有陕西省那么大的一个盆地，除了高山、草甸、草原和小块农业区，几乎全是荒漠、半荒漠、戈壁滩和盐碱地。想想看！

柴达木盆地素以干旱著称，湿地如同凤毛麟角。湿地就是地面上的宝藏。柴达木有一片人们熟悉的湿地叫察汗淖。位于乌兰与天峻的交界地带，在植被稀少的半荒漠草原衬映之下，青翠、滋润、水汽泱泱，十分抢眼，仿佛是从天外飞来的一块宝地。可惜它处的位置不太好，离315国道很近。一般来说，但凡处在交通干线附近的好地方（比如优质耕地、风景区等），在经济发展中首先遭殃。果然，就在前些年，由于一个不便细说的原因，这块湿地大变样了，甚至可以说，它名存实亡了。

还有一块湿地，叫作金子海，也在乌兰。幸而它的位置比较偏僻，绵延的乌兰南山像屏风一样遮挡了它。它要是也处在公路近旁，其命运说不定也成了第二个察汗淖。

我们到达金子海是2014年秋天的一个中午。车行在半荒漠草原，满眼皆是坎巴滩和盐碱地，这片水泊突然闯进视野，妖娆得难以置信，几乎让人怀疑遇到了海市蜃楼。

　　湖水不是一色的碧蓝。在日光和岚气折射之下，眼前的蓝与远处的蓝分作五色，深浅相济，恍如云锦。而在湖面中部，一道似有若无的金色光带如长虹卧波，横贯整个蔚蓝，湖水闪出淡淡的金晕。这金色的光源来自湖畔的沙丘，是阳光把沙金般的颜色投射到湖中造成的奇妙效果。金子海的名称想必由此而得。金色和蓝色之间，是梦一样的过渡色，自然到无形无迹，即使注目良久，也看不出金色和蓝色的界限到底在何处。

　　一只鱼鸥在低空逡巡，宽大的翅膀凭借空气的浮力，使滑翔变得轻松自如。湖水清若无物，鱼虾难以潜踪，猎取目标易如探囊取物。

　　湖南岸湿润的草地上，矗立着一座混凝土的雕塑，造型可能与金子海的传说有关。工艺还算精致，体量也不大。但在金子海原生态的环境里，这个人造的东西就显得多余。

　　离这座雕塑不远的地方，是一处蒙古包风格的餐饮店。为了保护草地，设计为悬空的木结构框架。

　　有薄云渐渐遮住了日光，湖中金色消失，湖水收敛成庄严的海蓝。有顷，云开日出，湖面复又五彩浩荡。

　　紧靠湖西南，侧卧着一溜沙丘。细沙如金，洁净得叫人不忍践足。在沙湾低洼处，一丛丛沙生植物"梭梭"探出头来，给沙丘添出几分生气。往北望去，整齐的芦苇像水面长城，拱卫在湖北岸。隐约传来水禽的鸣叫。

　　目光越过芦苇墙远眺，是苍黄的坎巴滩，依稀可辨的蒙古包，以及想象中的羊群。再远处，就是绵延百十公里的乌兰南山了。

　　山南麓是一片植被稀疏的牧场。程起骏先生介绍说，那里曾经是古战场。公元1636年，和硕特蒙古的首领固始汗和另一个蒙古族首领却图汗曾在此发生激战。固始汗以少胜多，打败了却图汗，确立了他在青海湖以西的统治地位，同时也归顺了清廷，赢得了西部一段时间的安宁。

　　由于这个背景，金子海又多了些古意幽情。

在旅游开发的战车隆隆向前、所向披靡的今天，金子海静如处子，真有点遗世独立的味道。

2014年10月，我和老友王贵如、程起骏写给海西州政府的一份调研报告中提到：

"金子海目前尚葆有完整的自然生态原貌。这里宁静、安谧，风景绝佳。虽然地域不大，但是生态类型丰富，有湖泊，有沙丘，有沼泽，有芦苇，有水鸟，是一方享受自然、聆听天籁的大好去处。这样的自然遗产在柴达木盆地弥足珍贵。这里的生态环境异常脆弱，自我修复能力很差，为长远计，我们认为，这里的景区功能应定位在以观赏为主。坚持把保护放在第一位，尤其要保护那片沼泽地，它是金子海唯一的水源补给地。要让游客接受一种新的欣赏方式：静静地听，静静地看。不考虑他们的娱乐性要求。同时，杜绝一切人工添加的艺术造型，也不要搞滑沙、沙滩车、汽车拉力赛、乘船观光一类活动。"

我们知道，这样的建议，只是表达了一种对自然旅游观念的颠覆。而现代人的旅游观念是以自我为中心的生活态度决定的，生活态度不变，旅游模式不会变。要改变，就得从源头改变，问题复杂了。

试想古人的旅游，是在山水面前忘情地盘桓、俯仰、沉醉，在宁静中感受自然的力量，在单纯中体察大千的丰富，由此而生发出无穷尽的审美意趣，山水情怀就这样产生了。山水情怀是中国文人精神的一大特征。与此相伴而生的，是创造性的思维活动。那些流传千古的诗文和绘画作品，就是古人留下的旅游产品。它们像一座座桥梁，通向遥远的时空。通过它们，后人可以不费周折地进入古人的视野，体味他们在旅游状态下的心境。

且看今人在山水面前的躁动和忙碌，就知道，山水在游客面前已经完全沦落为立体布景，而游客自己充当着演员。到达风景地的第一件事，是忙着拍照留影而不是出神地看风景。在人堆里见缝插针地摆姿势，快门按下之前迅速换上微笑表情，动作之麻利，演技之娴熟，不逊职业演员。一拍完照，立即赶赴下一个景点。

在这种赶集式的旅游模式中，怎会有山水情怀产生？有的只是永不餍足的占有欲。而对旅行带来的生命体验和记忆，却可能是一片空白。

但是要人们放弃对自然的占有欲，几乎是不可能的。

仅仅是拍照倒也罢了，但现代人绝不会满足于拍照。他们渴望闹腾，渴望刺激，以释放被城市生活压抑着的能量。"服务设施太落后""娱乐设施太少"常常是责难旅游景点功能的理由。

如此想来，金子海危矣！

最理想的结果是，在未来的旅游开发规划中没有金子海的名字，并且由政府做出郑重决定："为子孙后代计，金子海永不做旅游开发。"

但这可能吗？这对政府的发展理念将是怎样的考验啊。

2015 年 5 月

# 从时间手里夺回点什么

每次路过冷湖,我都习惯于留心那些正在被时间腐蚀,或者已被抹杀的东西。比如,一处废弃的土坯房。记得房顶竖着一截烟筒。这不是常见的铁皮烟筒,是一截废旧钢管,上面有一组红漆字母和数字,锈蚀斑驳,昏不可辨。那几个字母和数字,是否与工区位置和编号有关,无从知晓。第二回路过,土坯房只剩了断壁残垣,烟筒没了。

曾在一处公路拐弯的地方,看见沙丘之中露出半截破旧的翻毛皮鞋,那是当年石油工人野外作业时常用的工装。

"这双鞋的主人长什么样子?他如今还在吗?在哪里?"不由地去想。第二次路过这里,也没了。与这双翻毛皮鞋有关的一段岁月,还有故事,也被砂砾吞噬了。

还有,地中四井纪念碑附近,我在1990年经过时,见过一大片被原油浸透过的砂砾,结成一层黑亮的硬壳,顽强地抵挡着烈日和漠风的侵蚀,仿佛是大地胸膛上一枚骄傲的勋章。这里就是这口英雄油井喷油的地方。那是一个为缺油而焦虑的中国创造了喜讯的日子:1958年9月13日。刚上初中的我,从老师们兴奋的交谈中,以井底之蛙般的思维,困难地想象着这件事的意义。没想到数十年后,我有幸站到了这个历史事件的发生地。

而在最近的这一回——2014年9月,我再次和朋友来这里参观修葺一新的纪念碑时,没见着这一片油砂。或许已被清理,或许被风沙掩埋。

这只是一个过客匆匆一瞥的印象,一鳞半爪而已。而在我的知晓范围之外,暗暗消失的正不知有多少。

青海冷湖油田是中国石油工业的摇篮之一,它凝聚了几代石油人的理想和激情。在冷湖,值得铭记的物质载体很多,堪称工业遗址。而冷湖本身却是一个不容易留住记忆的地方,这与人的流动有关。

我们在任何一个地方,只要看见苍苔斑驳的建筑,盘根错节的古树,坐在街角负曝闲话的长髯老者,就会想到这个地方的集体记忆应该很牢固。正是这种记忆,构成了当地公共话语的母题,它不仅代代相传,并且渗入当地人的价值观念,影响着他们的行为方式。但冷湖不具备这样的客观条件,它是人们奉献青春,为国家创造经济价值的战场,并不是一个休养生息的宜居地。人们仅仅在生命的一个时段来到这里。一过中年,无一例外地远走他乡,寻找归宿。一批批地来了,一批批地走了,它更像一个传递梦想的驿站、生命能量的集散地。

那些离开冷湖的人,分别把难忘的经历、刻骨铭心的体验和深深的依恋带走了,带到了天南海北,从此再难聚首,冷湖的整体记忆被切割,变得支离破碎。

留在书本和影像资料中的记忆,固然也很珍贵,毕竟是脱去了水分的干花,与留在集体心头和口头的记忆相比,丰富性和鲜活性都差了好远。

在此情况下,如果从时间手里夺回一点物质形态的东西,也不失为留住记忆的好办法。比如石油工人的居住环境、生活用具和生产工具等等。一截扭曲变形的钻杆,见证过井架下面惊心动魄的一幕;一把磨秃了牙齿的管钳,记录了突击安装的日日夜夜;一处地穴式的宿舍,寄托过石油人的情愁离合;一把铁勺和一个铁桶,曾经是不可缺少的取暖工具(以原油代煤生火炉)。还有,公路近旁,曾经放置着铁锹、架子车和刮沙板的道班房,也曾为保障油田车辆的出行,送走过无数个霜晨月夕。

假如将来，在某一个纪念性质的场合，和上述物件不期而遇，它们呈献给人的，难道仅仅是些历史物证吗？比起滔滔不绝的讲解，这些沉默的物件所隐喻的，难道不会更动人心魄，更令人浮想联翩吗？

　　时间之手正在把这些物质载体连同它们背后的故事抹去，锲而不舍，无情至极。

　　趁历史的遗迹还没有消失殆尽，从时间手里夺回一点东西，现在还来得及。

2015年3月

# 剩水剩土

实际上在人类持续不断的开垦之下,农业区早就没有什么剩余的水土了,青海东部也是如此。这片依傍着黄河和湟水的狭长区域,仅占全省总面积的5%,却承载着全省75%的人口,哪儿还有剩余的水土?但我说的不是可耕地。我说的是在自然经济时代,乡村的房舍布局没有统一规划,由于庄廓院的随意分布,以及道路的自由切割,房前屋后,林边崖旁,总会剩下一些无法利用的小块闲散土地。这些土地参差错落,零七碎八。种点什么吧,高处浇不上水,低处石头多。看着展板些的,驾上犁铧,牛就转不过身子;盖一间房子,门前头没出路。于是就那样荒着,听任杂花野草繁衍,歪榆瘦柳乱长。

这些剩水剩土,也是一处处乡村地理坐标。外来的人如果打听谁家在哪里,当地人就会告诉他:"你顺着这个渠边小路走,上了那个宽宽的草台子,是一排白杨树,左手第一个大门就是。"这里说的"草台子"就是一处剩土。或是说:"你看,沙枣林前头那一片水滩滩见了没?你绕过去,一副老庄廓就见哩。"这里说的"水滩滩"就是一处剩水。

乡村邻里之间,很少有人为这些荒地的归属权发生争执,尤其是在土地集体经营的年代,争它也没有意义。

还有一些水洼,分布在有细小泉眼渗出的地方。大的如游泳池,小的如沤麻坑。说它是活水吧，不见波闪纹动；说它是死水吧，也从不发臭。夏天，过路的黄野鸭们在此歇脚涮洗，梳理羽毛，啄食水藻。休整之后飞走。冬天这里就是孩子们的溜冰场。这些水洼，没有利用价值，所以也属于剩水。

对于这些剩水剩土的存在，人们从来宽容。人老几辈子，没有谁想着把它们消灭了。相反，它们和庄廓院、麦田、果园、磨坊等事物一起，不分厚薄地被村庄的记忆所收藏，是游子乡愁中难以割舍的内容。

也许是造物多情，有意留下这些无法利用的荒地，用它们来缓解庄户的拥挤，改变村舍布局的呆板。

是否还有别的深意？不知道。比如说，用自然的剩余形态启示人们：凡事留点余地，不可赶尽杀绝；用生态类型的多样化启示人们：人间最好千差万别，不可过于单一。

剩水剩土，地貌都不单调。一些适应能力强的乔木，比如榆树、野柳、山杨等，只要土里有点潮气，就能扎根生长。野草们更是互相较着劲，比赛谁的生存能力更强。田旋花（俗名"苦子蔓"）疯了似的缠住一切够得着的草木，赖在别人身上攀援；在干燥得几乎要冒烟的地方，白茅（俗名"冰草"）不动声色地年年生发。偶尔，还会长出几丛稀罕物——金色补血草。这是青海境内唯一的干花品种，豆蔻状的金色花瓣一经开放，永不凋谢，插到花瓶里简直是神品。芨芨草在石头窝里参开箭杆般的茎秆，显出强悍，而枝头上淡紫色的穗翎却生出些柔媚。骆驼蓬有翠绿的冠盖、小小的针叶，像是袖珍型的马尾松。杏子成熟时节，卖杏人常用骆驼蓬铺垫篮子，装上红杏上街。一红一绿，相互衬映，不由人不注目。

最为抢眼的是锦毛悬钩子（俗名"狗连蛋"），一种多年生草本植物，喜欢往崖沿上攀爬。哪里荒僻，哪里就被它们装饰。夏天，拇指大小的黄花缀满藤蔓，像一串串铜铃；秋初，从这些铃铛里抽出一团团锦毛，银灰色，蓬松晶亮，像极了欧美儿童的鬈发脑袋。

临近河边的小块荒地，细草长得毡一般瓷实，常年湿漉漉的。这种草味道寡淡，牲口都不爱吃，只有口粗的山羊有时会光顾，但也吃得心不在焉。闲闲的山羊和羊羔，闲闲的湿地，就是一幅画。

农村出身的人，没有谁的童年生活不与荒地相联系。夏天，拿一把小铲子，选地方"开渠"引水，修建"堤坝"，制造"瀑布"。马莲草编成的水车，在"瀑布"中咕噜噜旋转。而便于藏身的沟壑、崖弯，也是排兵布阵、埋伏偷袭的战场。有时玩着玩着，脚下草丛中突然嘎嘎一声，扑棱棱飞起一只野鸡，吓人一跳。惊魂甫定，转而生喜：敢是有野鸡蛋！细心地分开草丛寻觅，果然就见到那一窝润白如玉、浑圆似珠的东西。小心捧起一个，攥在手里，感受着异类的体温，又像是攥住了大自然的温存，油然生出一点小感动。

在荒地里邂逅野鸡蛋的心情，难以名状，不是别人白送一篮鸡蛋所能比拟的。

多年后，我读到聂绀弩的一首诗，写他20世纪60年代在农场劳动时意外捡到野鸭蛋的喜悦，勾起我儿时的回忆。兹录如下：

七律·拾野鸭蛋

野鸭冲天捉对飞，几人归去路歧迷。
正穿稠密芦千管，奇遇浑圆玉一堆。
明日壶觞端午酒，此时包裹小丁衣。
数来三十多三个，一路欢呼满载归。

这是荒地给予的快乐。

荒地还是埋锅造饭的好去处。这又激发了孩子们的另一种创造欲望。八月将尽，地里的洋芋还没长足，孩子们就迫不及待地行动了。选中一处土坎，用铲子挖出直径一尺多的灶坑，在灶沿上小心地垒起土疙瘩。这个技术活须由有经验的孩子来做，其他人各有分工。胆大腿快的，去偷洋芋；胆小老实的，搬运土疙瘩。垒土块的人，全神贯注，目不旁骛，边往上垒，边往里收，常常功亏一篑，中途垮塌，换来一片惋惜之声。那也没关系，孩子们有的是耐心。如果垒成功了，就是一个宝塔状的建筑。接下来四处捡拾烧柴，小心地填进灶门，点燃，轮流趴下来用嘴把火吹旺。一个个吹得脸红脖子粗，烟熏得泪流满面。

土块终于烧得暗红。小心地把偷来的洋芋填进灶门，抬腿往"宝塔"顶上轻轻一脚，"宝塔"轰然倒塌，刚好埋住洋芋。拿起柳条棍把热灰拍实了，大功告成。立即撤离现场，到视野开阔的地方一边玩，一边观察"敌情"。

从热灰里扒出来的洋芋又烫手又可口，拍着、吹着、吃着，谁也顾不上嘲笑对方嘴巴上的黑灰。这项活动带给人刺激、隐秘和空前团结的兴奋，在学校里可是体验不到的。

冬天，荒地萧条了，但也不寂寞。水洼都结了冰，镜面一般干净。捡粪的孩子们路过，就不想走了。肩上的背篼往冰面上一放，趴上去，两脚一蹬，"嗖"的一下滑出好远。七八个人把背篼连接起来，就是一列移动的冰车。

天寒地冻，荒地里枝条稀疏，麻雀奇多。树下空地上，白花花的麻雀屎落了一层。妇女们就会打发孩子拿瓶子去捡，准备做护肤品。还必须是母雀屎，公的不好用。怎么区别？很容易：端直如米粒的，那是公雀屎；微微弯曲的就是母雀屎。捡回来用童便浸泡三天，摇匀，就寝前用来擦手擦脸，虽然骚臭难闻，效果远胜雪花膏。擦上几天，皲裂消失，皮肤细腻，容光焕发。今天一想，麻雀屎必定含有某些宝贵的生物活性物质，用儿童的尿把它们逼出来，才有如此奇效。当今研发生物美容品的人还不知道这些。如果知道了，经过一系列脱臭和提纯技术的深加工，麻雀屎说不定会身价百倍。

冬天，孩子们的活动半径小了，又不甘心窝在家里。心所向往，是野地里背风的坑洼，还有干爽的林间空地。晚上在那里生起篝火，围成一圈，无拘无束地扯些身边的事。有时也学大人们的样子叹一口气，放大自己小小的伤感。如果有人会讲鬼故事，群情立刻大振。稚气的脸庞，畏惧的眼神在火光中愈显生动，越听越害怕，越怕越想听。直至北斗西斜，慑于回家后挨打，这才恋恋不舍地离开。临走前不忘一人一泡尿，浇灭余烬。

荒地是农村孩子的第二生活空间。

20世纪60年代初，填饱肚子成为全国头等大事。为了向土地多要粮，除了大规模开荒种地，政府还号召开发利用"十边地"：房边、路边、水边、渠边……羊皮大的地方，也种上了庄稼。但收获总不如意，这一坨地收了半升油菜籽，那一坨地收了几碗秕麦子。所以灾荒过后，农村人立刻放弃了"十边地"。剩水剩土，就让它那么剩着吧。虽说没什么产出，但它们并没有挤着谁，挡着谁，只不过谦卑地在村前屋后存在着，衬托着田地庄园，接纳着孩子们的游戏欲望。

然而后来的孩子们渐渐顾不上荒地了。课业、升学、就业等问题，压得他们喘不过气来，他们常年拘囿在学校。春游，是小学教育必不可少的一项活动，为的是确保学生有与大自然接触的机会。每年一次春游，已属难得，但出于对安全的担心，几乎所有的学校都不谋而合地把这项活动取消了。许多孩子，个头长得快赶上父母了，嗅觉记忆库里还空缺着野花野草的信息；细白的双脚还没有被山间溪流抚摸过；舒展的四肢还没有被开满马莲花的草地拥抱过。

没有了孩子们的嬉闹，剩水剩土略显寂寞。短短几十年过去，时代的步伐骤然提速。旅游开发、商业开发、城乡建设和工业园区建设等，以所向披靡之势横扫一切，许多大有保留价值的事物都迅速消失，何况本来就荒置着的地和水。

在一些决策者看来，既然荒置着，为什么不利用？这么简单的逻辑还需要解释？

头戴安全帽的技术人员，安装在三脚架上的水准仪、铲车、挖掘机、装载机，这已经是乡村里随处可见的风景。而混凝土则是黄土的替代物。挡路的，移走！凸出的，铲平！低洼的，填平！弯曲的，取直！你昨天看见的，还是一处"平冈细草鸣黄犊"的闲地，今天看见的，就可能是一片空心砖预制场。

尺寸一致、站位整齐、巷道相似的村舍不断地被复制，棋盘化的居住格局出现了。夜晚归来，找不到自家大门的，已经不仅仅是醉汉了。

在蓝图的设想者或开发者眼里，一片闲置着的水土和草木都是无价值的，灭掉它们是天经地义。

闲置着的水土和草木，确实与人性中某些比较消极的因素相一致，比如懒散。然而对于自然界而言，懒散一定是种坏行为吗？比起疯狂掠夺？

新疆的农民作家刘亮程说："有人说库车那个地方的农民太懒散，庄稼地里的杂草也不认真拔，地里还有果树，果树上有好大的鸟窝，那么低，伸手一棒子就可以打下来，也不去打，听任鸟雀糟蹋粮食。太懒了。我不这么认为。我认为这是一种生活态度。在这个地球上，由于人们过于勤快，已经把大地改变得不成样子，地里除了庄稼，其他万物都失去了生长的权利。这有什么好？"

刘亮程是带着激愤的感情说出这一番有失偏颇的话语的。但他的激愤，也有点举一反三的启发。比如说：

凡是闲置不用的物质存在是否都无意义？是否都应该被抛弃？譬如一个家庭里，总有一些不用的旧物件，算不上珍品，换不来金钱。为什么主人还愿意保留着它们？

——这涉及人的情感寄托方式。

是不是把每一寸荒置着的水土都开发净尽，才算没有辜负人的创造力？

——这涉及生态理论和发展观念。

村前村后，那些散乱生长的树木，曲曲弯弯的溪流，高低不平的崖弯，是否真的与自家房屋的整洁敞亮毫无关系？

——这涉及居住心理。

是不是把所有杂草丛生的地方都用水泥地坪覆盖；把所有的水洼都围上大理石护栏，安上彩色射灯；让每一棵树都站在指定位置，环境才算美丽？

——这涉及审美观念。

"无用"和"有用"之间，究竟有没有绝对的界限？"无用"是不是"有用"的另一种表现形式？

——这涉及生态哲学。

这一切问题——这些与经济发展目标似乎风马牛不相及的问题，如果也算是问题的话，又应该由谁来关注、研究和寻找解决办法？

国外早就有探讨荒野价值的理论。比如美国的霍尔姆斯·罗尔斯顿，在《哲学走向荒野》一书中，详细地论述了关于荒野的价值。不过那些"荒野"的概念，与本文所描述的剩水剩土还不完全是一回事。

剩水剩土在节节败退。乡村现在渐渐不剩一撮闲土，不余一处水洼，不见自由散漫的草木了。"乡愁"如无根之木、无源之水，缥缈于人的想象中。不过有一点可以肯定：当自然界的空间利用率达到极限的时候，人们会想起，当初要是剩余一点该多好，哪怕是一些边角料。

2015年10月

# 第二辑 马蹄踩碎的岁月

马背生活其实是辛苦的事情,没有什么浪漫。只有当远离了马背,身体和心理上的种种不适被时间过滤,剩下来的回忆才有了一点诗意。

# 马 经

南宋词人蒋捷在战乱中穷困潦倒,时不时地给人写应用文,换点酒钱。他写道:"明日枯荷包冷饭,又过前头小阜……醉探桤囊毛锥在,问邻翁,要写牛经否?翁不应,但摇手。"

牛经是什么?就是关于养牛的读本。

我这篇题为马经,话说得有点大了,其实只是皮毛而已。

小时候,我家算是殷实大户,养的牲口多,自然熟悉骡马。工作后经常骑马下牧区,有时一连几个月在草原上晃荡,天天与马为伴,逐渐懂得了调鞍理镫、给草喂料、打绊挂掌等常识。

1949年夏天,我家遇到难心事,奶奶愁得寝食俱废。听父母亲说,这一次"拔兵",我家"三丁抽一",再也躲不过去了。

胆小老实的二叔被拔上。保长来家里通知,拔上兵的人去县城挑一匹乘马,收拾行李,编队去乐家湾集训,然后开赴兰州前线。

二叔牵回来一匹高头大马,黑枣骝,很精神。拴在廊柱上,父亲和三叔立即过去查看。他们先看牙口,再看蹄腿,捏前胯,摸脊梁。

三叔说:"嗨,二哥,你看你!挑这么大的马做啥哩?队伍行军,大马走一天,尕马照样走一天,有长力就成。你个头不高,到了逃命的关头,这么大的马,一时跳不上去,咋办哩?"

父亲说："马是好马，口轻了点。你看，满口牙还没换齐，四岁不到，是个生马。生马惊诧大，紧要关头害人哩。"

这么一说，二叔顿时后悔，但也没办法了。两天后，他骑着这匹让人不放心的马，在全家人的担忧中，含泪上了路。

谢天谢地，队伍还没开到兰州，兰州解放了。临时拼凑起来的各地民团作鸟兽散，二叔掉转马头，欢天喜地回了家。

马的满口牙换齐，要到 6 岁左右，是体能最强的年龄段。2014 年我和两位朋友去都兰调研一个文化项目，顺便到热水墓葬群看了看。正巧，赶上又一处古墓被发掘，15 匹殉葬的马，被工作人员搬运出来，摆放在墓穴旁边的草地上。我过去仔细看了看，所有的马骨骼都完好，全是满口牙，臼齿凹窝还清晰，也就是 6 岁到 8 岁，棒小伙一样的年龄。这都是百里挑一的骏马。手握权柄的墓主还打算死后骑着它们在另一个世界驰骋呢。

马用门齿切割，用臼齿咀嚼。中年以后，臼齿磨损很快，门齿还在生长。所以古人用"马齿徒增"谦称自己年事已高而无所作为。

这个词用在我这样的人身上倒不是谦辞，很合适！

骑马奔波一天的人，到了新的住宿点，不能只顾自己进食而忘了马匹。得把马放开，让它去吃夜草。要是怕走失，拿一根长绳了在草滩上縻着。这个"縻"字造得很科学！上面的"麻"表示绳子，下面的"系"表示拴系。縻好后，千万记着取下马嚼铁。否则，饥饿的马会把揽到嘴里的草囫囵吞下，造成肠梗阻，麻烦就大了。

早晨出行前饮一次马。它想打滚就让它打。备上鞍鞯前，仔细检查马背，拿掉打滚时可能粘上去的小刺或砂砾，垫子也得检查。否则，骑行一天，马背会磨出血来。肚带一开始不能勒得太紧。吃了一夜青草的马，肚腹浑圆，勒得太紧它不舒服。有的马狡黠，你一勒肚带，它就运气鼓劲。你以为已经很紧了，其实是假象。骑行半个时辰，再下马检查，你会发现，肚带已经松松垮垮。这一次别含糊，用膝盖抵住马鞍子，用力扎紧。

如果你忘了，马在途中万一受惊跳腾，你会连人带鞍子翻转，倒吊在马腹底下，像是镫里藏身。马不习惯这种把戏，又跳又踢，太危险。

爱惜车辆的人都知道，汽车停放一夜，传动部件中的润滑油都下沉，次日早晨发动起步后，不能马上加速，否则损伤机器。骑马也一样。早起走远路，如无急事，先不要骑，牵着它走上一程，等它浑身血脉通畅了，再骑，它会感到轻松。有的人上马后，脚后跟一磕马肚子，抖缰催行，马负痛急驰，容易伤肺。那种骑马人多半是二杆子。

我在天峻县下乡时，青年干部普尔瓦经常和我结伴同行。他的坐骑是一匹体格敦实的沙青马。他说这匹马的长处不是速度快，而是耐力出众，连着骑一个月，都不塌膘。

普尔瓦是个懂马的人。

多年前我翻阅《中国骡马志》，里面有一段记载，说岳飞有一匹坐骑，长途行军时，前三十里走得并不快，以后越走越快，走一整天，不知疲倦。看来的确不是凡品。但岳飞没有在前三十里就策马飞奔，说明他懂马。

马的毛色有多种。最常见的就是枣骝。枣骝又分红枣骝和黑枣骝。民间的叫法很准确。枣红色，黑鬃黑尾，这就是古书上说的"骝"。《中国骡马志》记载，唐太宗的爱马之一、"昭陵六骏"中的"飒露紫"，来自青海都兰，是吐蕃王国进贡的。从"飒露紫"这个名称看，就是一匹黑枣骝。

民间把马的毛色分得很细。比如一种通体浅黄、白鬃白尾的马，叫作"银锞"。我也不知道为什么这么叫。

许多作者，写到草原，写到马，喜欢写"大红马"。就这一个用词已经暴露了生活经验不足。世界上哪有大红色的马？除非人工染色。

赶一天的路，到了住宿地，无论马有多疲惫，也不能让它马上休息，否则次日马腿会僵硬。也不要卸鞍鞯。牵着马，慢慢地转圈，这叫遛马。

等它身上汗收了，再饮水，给料。

挂掌是个技术活，得找有经验的老匠人。钉子从钉眼斜砸进去，从马蹄侧面穿出来，再用錾子盘紧。出口的位置要准，太低了蹄铁容易脱落，太高了扎到肉上，马疼得跳起来。它记住了这一次痛苦，以后再挂掌就不容易了。

经常参加赛马的牧民，提前个把月就开始"吊马"。"吊马"不是把马吊起来，而是减少麸草，增加精料，让它的腹部收缩，便于奔跑。

每天喂三斤豌豆，再加少量麸草，喂个把月，长得膘实肉瓷，腹部收了上去，紧凑有力，这是理想的"狗肚子"体型。

郁达夫有诗："曾因酒醉鞭名马，生怕情多累美人。"真爱马的人，会因为酒后一鞭子而后悔不已，但人类在荣誉的诱惑下，为了赛马夺冠，会毫不痛惜自己的马。20世纪70年代，哈萨克族聚居的格尔木阿尔顿曲克区有一匹黑骏马，名叫包斯克，每年赛马会都会夺冠。我在州政府办公室工作时，因为参与全州牧民运动会的筹备，所以见识过一次。

这匹马体型不同于柴达木马。柴达木马是蒙古马的一个分支。当年固始汗率部迁徙到柴达木，骑的全是蒙古马。柴达木高寒干旱，没有蒙古那样的高草区，经过多少代的自然淘汰，一种体形略小、耐力持久的柴达木马形成了。而那匹有名的包斯克，躯干修长，关节明朗，耳如削竹，眼大明亮，显然来自新疆，有伊犁马的血统。

哈萨克人习惯于长距离赛马，动辄就是二三十公里。这种传统来自他们的故乡新疆。但在柴达木这样的高海拔地区，这样长距离全速奔驰，是很伤马的，容易炸肺。所以蒙古族和藏族群众都不情愿，反复协商的结果，定为十公里，也够长的了。

信号枪响过，远处起跑线上腾起一阵尘雾。眨眼间，马群像呼啸的旋风掠过主席台前。坐在看台上的我甚至没看清楚包斯克的身姿，马群就消失在远方。

大约过了一支烟工夫，擂鼓般的马蹄声再次震响大地。遥遥领先的包斯克像箭一样向终点射过来。它的四肢极度伸展，脖颈和脊背几乎拉成一条直线，长长的鬃毛像黑色火焰迎风飘动。骑马的哈萨克孩子（哈萨克选手全是清一色的孩子）紧贴马背，扎红头巾的脑袋深深地埋在黑色火焰之中。与此同时，看台上的人都听见了包斯克剧烈的呼吸，那是如同一台涩滞的风箱被壮汉猛力拉动。

包斯克再次成为这次赛马会上的明星。

翌年8月，一个消息从阿尔顿曲克传来：包斯克在参加完区上的比赛后死去。

这好像应了古人的一句话：庸才多寿，尤物难存。

2014年我们在柏树山下，看见了正在修建的一个现代化赛马场（估计已经投入使用了）。在这么高的海拔赛马，我很为那些参赛马匹的肺叶担心。

在文学、音乐和美术领域，骏马是宠物，但在实际生活中不过是个工具，生杀由人。公马驹长到一岁左右就要阉割。活生生地割，从来不用麻药。古代当然没有麻药，即使到了现代，还是不大用麻药。骟马匠知道，被死死绑住的马驹虽然疼得直战栗，但它不会死。也不会像人一样惨叫。

前文写到都兰的那15匹殉葬马，我发现脑门上都有一个略小于拳头的洞，边缘参差不齐。我曾猜想，这个洞一定是致马于死地的伤口。不可能把马提前杀死，再把尸体抬进去殉葬。是用活马殉葬。活马在墓坑里受惊乱跳，怎么弄死它？我猜想，先在墓穴里设置一副结实的木头架子，把马牵进去绑好，殉马师举起铁锤，往马的颅骨正中（那是最脆弱的部位）大力一击，骏马立即倒地。后来一想不对，人家根本用不着什么木头架子，只要用一块布把马的眼睛蒙上，就不必担心马匹躲闪。

肯定是这样，要不然脑门上哪来这个洞呢？

想想人类的这些残忍，就觉得，生前安享尊荣的墓主人死后被人掘墓，暴尸天日之下，真是活该。

跟人一样，马匹禀赋不同，脾气各异。你和它们相逢于偶然，结缘于他乡，周旋于晨夕。它们或与你对抗，或让你畏惧，或与你默契，或让你敬佩。虽属异类，也会撩动起你与人相处时常有的情感。

有几匹马让我终生难忘。

在甘青交界处发生草山纠纷时，我领命带队前往支援。我的坐骑大枣骝，是一匹惯于跋山涉水的老江湖。它强健、机敏、忠诚，让我这个初出茅庐的大学生在危境中有了依赖。途经涨了水的老虎沟，面对滔滔浊浪，马匹们都本能地躲闪着，死活不肯下水，队员说："咋办呀王同志？得有一匹马领个头！现在只有指望大枣骝了。你胆子放大。趁早把脚从镫里脱开，万一被河水冲翻了，牢牢抓住马镫或是马尾巴！"

在我再三催促之下，大枣骝低头嗅闻着河水，"噗噗"地打着响鼻，终于下了水。它高昂着头颅，谨慎地抬腿、落蹄，探索着浊浪底下的乱石，稳步前行，像老练的水手。浪头打湿了马鞍，淹过了我蜷曲的双脚，我知道自己的脸色已经发白，但大枣骝没有慌乱。身后疑惧不安的响鼻告诉我，别的马匹跟上来了。

这一年大枣骝已经十三岁，老了，是个老英雄。

大枣骝后来伤了腿，我换乘一匹外号叫"黄沙燕"的"战备马"。这是一匹脾气暴躁、有强烈争先意识的家伙。马队出行，它总要走在最前边。不时抿起耳朵，撕咬试图超过它的同类。稍一放松辔绳，就想撒开四蹄。骑行一天，勒马勒得人手臂酸疼。有一次，一行七八骑，从陡坡登上了一处宽阔无垠的草甸，有人想开个玩笑，突然怪叫一声，黄沙燕误以为听到了冲锋的口令，狂烈地爆发出一直被约束着的力量，瞬间和马队拉开了距离。而远处的地平线上，一群藏狗闻声飞奔而来。我双手紧勒辔绳，身体直往后仰，很奇怪竟然勒不疼它。原来这个狡猾的家伙已经用牙齿咬住了嚼铁。眨眼之间，五六只壮如牛犊的藏狗呈扇面吼奔而至，"嘭"的一声，辔绳被我拽断，草地迎面扑来，我感到身体砸向地面时可怕的重量。与此同时，黄沙燕突然"刹车"，"咴咴"嘶叫着，抬起惯于打人的前蹄。狗群一愣,略一迟疑。这当口身后的马队呼啸着追了上来,打狗绳抡成圆圈,铁橛子闪着寒光,狗群被驱散。

在乌兰县戈壁乡草原骑过一匹口轻的"菊花青"。我惊喜地发现,这是一匹善走对侧步的马。除了爬坡过沟,在平坦的路,只要一提缰口,两腿一示意,它会立即"哒哒哒"地踏出对侧步,如同舢板在细浪里激水疾行,平稳不颠。老百姓把这种步法叫"野鸡窜",是很形象。

我在其他地方没见过会走对侧步的马。浩门马,也就是历史上有名的"青海骢",走的多是花步。

从乌兰甘沟草原到戈壁公社所在地,在烈日炙烤下,我骑着这匹步态轻捷的"菊花青",一边观看山峁上升腾的岚气,一边沉浸在对古代游牧生活的想象中,不知不觉走过了几十公里坎巴滩。傍晚在公社大门口下马后,没感觉到太多的疲困。

这几匹马早已埋骨天涯,化为泥土。而我还记着它们的步姿,记着它们的汗味,记着那些环辔叮咚的日子。

许多作者,写到草原生活,总是喜欢描绘牧人策马飞奔的场景。那多半是想象出来的。实际情况是,除非遇到火烧眉毛的急事,或是马匹受惊失控,骑马人是不可能策马飞奔的。而一个牧人慵懒地歪坐在马鞍,一边想着心事,一边低声哼着老掉牙的歌,孤独地跟着羊群,那才是生活的常态。

马背生活其实是辛苦的事情,没有什么浪漫。只有当远离了马背,身体和心理上的种种不适被时间过滤,剩下来的回忆才有了一点诗意。

2020 年 12 月

# 驼峰上的月亮

三月初,柴达木的风仍然像刀子。一支队伍从德令哈出发了。

由州属各单位抽人组成的工作队,远赴甘青交界处的天峻县苏里乡开展调查工作,为期三个月。

那是道路不畅,出行艰难的年代。去苏里乡没有可行的路。乘大卡车绕道西宁,绕道祁连县,中途在托勒牧场歇脚。虽说一连三天在搓板路上颠簸的滋味不好受,但从这里开始,连搓板路也没有了,换乘骆驼。

驼队在途中出了点岔子,耽误了行程。天色已晚,只好在这旷野里露宿了。宿营地选在一处背风的山湾,面对一片旷野。

这么平坦的原野!单调的苍黄一直铺到地平线。夕阳的光芒被尘埃过滤,不再炫目,可以直视。金轮徘徊天际,欲落不落。"长河落日圆"大概就是这种情景了。虽然这里没有河。

在驼工耐心的口令指挥下,十八峰骆驼不情愿地哼叫着,终于围成一圈,艰难地跪下、卧倒,形成了一圈挡风的墙,这就是今晚的卧室。

先填肚子要紧。在驼背上摇累了的人们,搓着手,活动着僵硬的腰肢、冻麻的双脚,分头行动。

干牛粪,还有支锅的石头很快找来。水不好找。太阳落山好一会儿,三个人才回来,他们提的桶里没有水,只有冰块。

山羊皮做的火筒对着牛粪火，持筒人盘腿而坐，鼓风的姿势很优雅。火舌热情地舔着锅底。冰块融化了，开锅了。丢进去一把茯茶、青盐和花椒，烧开，再烧一阵。冰块里有杂物。

围着火，各自拿出饼子和熟牛肉，在火上烤。饼子烤得焦黄，牛肉烤得冒油，就着滚烫的茯茶水吃，很香。吃着吃着，就从嘴角抽出一根羊毛。

队伍里有两个初出茅庐的大学生，一个是我，另一个是来自浙江的小唐。这是个天真开朗的小伙子，初到青海，对一切都新奇不已。

小唐吃着，忽然发问："哎，人吃晚饭了，那骆驼吃什么？"

"吃空气。"有人回答，"你看，它们的嘴巴都在动呢。"

小唐惊异四顾："真的哎，嘴巴都在动，好神奇啊！"

牛粪火照亮了一张张哑然失笑的脸。有人笑得被茶水呛着了。

队长给小唐解释说："骆驼是在反刍。它有好几个胃，休息的时候，把白天匆忙吃进去的草料倒回口腔，细嚼慢咽，送到第二个胃里消化，这跟牛一样。不一样的是，牛要天天吃喝。骆驼呢，一次吃饱喝足之后，可以连续好几天不进饮食。"

"所以呀，你就不必担心它今晚没饭吃了。"

"啊呀呀，好神奇好神奇！"小唐的惊叹再次惹笑了众人。

有微风从天边悄悄荡过来，吹拂着骆驼的脖颈。看那流苏一样飘动的褐色颈毛，仿佛风很柔软，其实锋利如刀，吹到人脸上，眼睛和嘴巴都不灵活了。

借着暗淡下来的天光，各自从驼背上取下行李。紧靠自己的骆驼，把能铺的全铺上，能盖的全盖上。狗皮帽子的护耳翻下来系到颔下，翻毛皮鞋也不脱，蒙上被子，就算露宿了。

我侧躺着，把脊背贴在骆驼身上，分享它的体温。

隔着皮大衣和被子，能感受到骆驼庞大的躯体里脏器在运行。轰隆轰隆，像一台机器。

小唐也紧靠着他的骆驼睡下。他和我头对头，是为了方便说话。

"小王！"他缩在被子里问，"你说，这半夜里骆驼万一想翻翻身，那不把人压扁了？"

"你放心，骆驼不翻身。它又不是睡在热炕上。你想叫它翻它都不翻。你没见吗，骆驼起卧一次多艰难！它太庞大了。"

"唔唔，那就好。我还是有点不放心。"

想起了早晨的事。

天麻麻亮，在托勒牧场食堂吃过早饭，驼工牵来18峰骆驼。

让这些庞然大物们卧倒，可不容易。驼工一遍一遍地㧌着鼻绳，用他惯用的口令不断喝叱着，逐一让它们卧倒。工作队长吩咐大家：各自选好骆驼，抓紧时间绑好行李，早点动身，路远着呐。

一看那些人麻利的动作，就知道这都是些老于行旅的人。他们自顾自地忙着，完全忽略了这支队伍里还有两个新手。很快，16峰骆驼各有其主，剩下最后两峰，就是我跟小唐的了，小唐选了尾驼，我倒数第二。

小唐叇着两只手，看看骆驼，又看看行李，有点畏怯，手足无措。

"别慌小唐。等我绑好了，就来帮你！"虽然我也是第一次和骆驼打交道，但我有马背上的经验，可以对付。

马褡子绑在两块驼峰中间，有点厚，人一骑上去，就感觉重心太高了。

"都骑好了吗？注意了，起！"随着驼工一声口令，骆驼们巨大的身躯纷纷拔地而起。我没料到骆驼是后半身先起。要不是双手揪紧了驼峰上的毛，差一点来个前滚翻。回头看了看小唐，也是脸色发白了。

这都是些惯于长途跋涉的骆驼。它们高昂着头颅，傲视一切地走着。从容不迫地走着。头驼脖子底下，挂着大铜铃；尾驼鞍架上，系着小铜铃。一只洪亮，一只清脆，前后呼应，响得有章法。

太阳还没升起，旷野还在严寒中僵睡。听见前面的队长喊："大家换个姿势，横过来坐稳了！哎，接好！酒来了，顶上一口挡挡寒气。"

就看见前面的人把一条腿抬起来，挪过驼峰，两条腿并在一起，横坐在驼背上，身子往前侧斜过去，伸手接住了前边传过来的酒瓶子。我俩也如此照办了。

用冻木了的手擦擦瓶嘴，喝下一口，辣得烧心。这是海西莫河骆驼场酿造的粮食酒，65度，很冲。再传给身后的小唐。小唐可能喝得猛了点，只听见嗓子里呼哧呼哧，半天没透过气来。

一瓶酒在驼背上来回旅行两趟，见了底。有人从宽大的皮袄里摸出第二瓶。

太阳终于升起，虽然没多少热力，但寒气开始收敛。旷野上万籁不发，唯有驼铃叮咚。后劲很大的莫河酒也开始发力。这时候，就想听一支歌。

果然就有人开始唱了，他唱的是一首蒙古族老歌《黑缎子坎肩》。这人嗓音有点沙哑，但唱得很是动情：

> 黑黑呦缎子呦坎肩呀嚸，
> 是我在夜里给你精心缝的呦。
> 早知道你会变心抛弃我，
> 可惜我辛苦的十根手指呦。
> 艾哒我的你呦。
> ……

一曲唱毕，驼铃依然悠悠地伴奏。忽然有人漫起了"花儿"：

> 唐汪川有个扯船哩，
> 牛心山有个洞哩。
> 河州城有我的扯心哩，
> 兰州城有我的啥哩？
> ……

后来有人唱起《流浪的黑马驹》。

又有人接着唱。一曲接一曲。这些有趣的人们，他们是不是要在驼背上办一场歌咏大赛？

听着这一首首或忧伤、或诙谐、或缠绵的歌曲，不由地猜想起这块土地的历史，猜想起曾经唱过这些民歌的一代代歌手。

临近中午，天变了。天际云气渐暗，漠风送来了最初的雪粒。人一张口就被风呛住，没人再唱了。

途经一条结了冰的小河，驼队停下来。驼工想下去探查一番，但他胯下的骆驼不愿意跪在河边的乱石窝里，呜呜叫着，拒绝服从。这个人只好骂骂咧咧地从驼背上跳下来，一着地就摔了个跟头。"妈的，我的脚冻木了。"

他在冰面上走了几步，用大头皮鞋用力踩了踩，犹豫了片刻。"好像问题不大。过吧。"

半数骆驼已经过了河。我骑的骆驼也到了河中间，猛然听见冰面嘎吱一声，骆驼受惊跳跃，我被摔了下来，幸亏我本能地用手钩了一下骆驼脖子，得了点缓冲，穿得又厚，没伤着。爬起来一看，骆驼鼻子上的木销子被拔脱，它转身跑回了河岸。它鞍架上的绳子连着小唐的骆驼，把那　峰也带跑了。就听见小唐惊慌地呼喊："快来人啊！快来啊！"声音都变了调。

已经过了河的队伍停下来。驼工喝叱着，好不容易才让骆驼们一一卧倒。众人纷纷下来，走回河这边，东追西赶，费了足足一顿饭的工夫，才把受惊的骆驼围住。驼工伸手撕住它的额毛，喝叱着让它卧倒，试图把拔脱的木销子重新给它穿上。但鼻子受伤出血的骆驼脾气上来了，它愤怒地摆动头颅，吼叫着，拒不就范。"噗噗噗"一阵猛喷，顿时，驼工的脸上、衣服上挂满了骆驼胃囊里的消化物，像一片腥臭的花朵。驼工一边用袖子擦脸，一边用粗野的语言怒骂着，但毫无办法，只好妥协。最终用绳子绾了个笼头把它套上，我再次骑了上去。

这一天过得可真是有声有色！

"小唐！你睡着了没有？"

"哪能睡得着？就贴着骆驼的这一块暖和一点。"

"你有对象吗？"

"有。在杭州。"

"你到青海这两个月的感受，足够给她写一百封情书了吧？"

"是得好好写一写。我想揪几根骆驼毛装在信封里。让她想象一下我的生活。"

"好。好主意！你最好再装两个羊粪蛋进去，告诉她，这是青海草原上的神仙药，让她泡水喝。"

小唐在被窝里"咕咕"地笑了，"亏你想得出来！你肯定喝过。"

"小唐，我服了你这家伙了。"

"服了什么？"

"我原先还担心，你这个浙江娃闻到酥油味儿会捏鼻子。要是这样的话，未来三个月的帐房生活怎么熬？没想到今天中午在牧民帐房里打尖，我帮你拌了一碗酥油糌粑，你那个吃相，就像是从酆都城放出来的饿鬼。"

小唐又咕咕地笑了。

"你还说'真他妈的香！再来一碗。'香就是香，什么叫'真他妈的香'？幸亏人家听不懂。"

小唐在被子里咕咕咕地笑个不停。

被子好像在漏光。探出头一看，月亮升起来了，又大又圆，照得大地雪亮。骆驼的剪影壮观如城堡。被月光照亮的驼峰，就像一个个垛堞。如果是古战场，就可以凭借这些垛堞射箭杀敌了。

仿佛有宏大的声音从天际传来，细听，却什么都没有。是空气在流动吗？风早停了。可能是太安静了的缘故，习惯了嘈杂的耳朵出现了幻觉。

就在我们露宿的这个山湾，千百年以来，一定也有人露宿过。一定会。或是一支商队，或是转场的牧人，或是万里赴戎机的军队。他们的歌唱和话语，全被这无边无际的安静吞没了；他们或许还在这里遗落了一只铜铃、一个木碗、一个箭镞，但都被风沙吞没了，化为尘埃了。唯有他们见过的月亮还在，它就是今晚我们见到的这轮月亮！不知道这月亮让他们想了些什么。"今人不见古时月，今月曾经照古人。"嘿！李白就是李白，看这话说得多妙！忽然想起了朱老师。小时候朱老师每读到好的句子，总要停下来看着我们，说一句："这样的句子，打死你们也写不出来！"

是的，李白这两句诗，打死我也写不出来。

这样想着，我在被子里无声地笑了。

在黎明前的奇寒中，困意袭来，我跌入短暂的乱梦。忽然被一声响亮的鸡啼惊醒，掀起结了冰的被头（是我的呵气结成的），懵懂四顾，东方晨光熹微，"城堡"里人语哝哝。我正诧异草原上哪来的鸡啼，又是一声更加高亢的打鸣。这才明白有人在表演口技。

"起床起床！打火烧茶，早点赶路啊！"队长大声喝呼。

"啊呀呀，好大的一张床！"小唐呵呵笑着，从结了一层冰的被头里探出头来。

2021 年 1 月

# 央依草原一日

八月未尽，青南草原上秋意早生。阳光明亮而不灼人，牧草绿得深沉。短暂的雨季过去，空气的透明度高了，不用望远镜也能看清极远的山坡上像旌旗一样飘动着的经幡。

草原安静如画。

吉普车颠簸了许久，还没遇到行人，单调和口渴使车内的谈话稀落下来。我正在寻找一个新的话题，忽觉视野中有点异样，几乎是同时，大家都发现远处的黛绿中依稀闪出一抹粉白，像是一段围墙，精神立刻一振：也许能找到水喝了。

白墙围成的一个正方形大院简陋而寂寞地摆在草原上，像是外星人留下的一个遗址。袅袅的钟声告诉我们，这是一所学校。

果然有一群孩子在大院门口玩耍。他们一见汽车，立刻像一群鸟一样飞过来，又追随着汽车一直跑到校门口，大口地喘着气，锐利的目光一刻也不离开汽车和从车上走下来的人。他们的眼睛又大又明亮。我发现草原上的孩子没有一个是小眼睛的。

有个跛脚的男孩跑到汽车前边，大胆地摸了一下汽车的前灯。我的同伴用藏语告诉他们：我们想要点水喝。他们不答，转身飞进大院。很快，门口出现了一个中年汉子。他迈着长期骑马的人才有的那种罗圈步态，匆匆地迎了上来，并且老远就伸出双手，露出一口耀眼的白牙。

浑圆而硕大的头颅，粗短的脖颈，把旧军便服绷得鼓鼓囊囊的体魄，孩子般的微笑。这一切，立刻让我想起美国那位外号叫"暴风雪"的重量级拳手。

我们的要求得到了爽快的答应。汉子一边"呀、呀"地连声答应，一边用手势请我们进去。

学生很少，长满了蕨麻草的操场像草原一样空旷。在同样空旷的办公室坐定，"暴风雪"立刻盼咐几个年轻的教师打火烧茶。

客人的到来显然给这所寂寞的学校注入了一点兴奋，教师们在擦拭桌椅、拾掇茶具时动作都很轻捷，相互说话时声音轻得像耳语。

"暴风雪"并不问我们是何许人，以及从何处来，到何处去。他用粗硬的手指头笨拙地撕开香烟盒的封口，给客人递烟，然后坐下来，憨憨地笑着，等着我们开口，倒好像我们是主人，而他是过路的客人似的。

于是我们就询问，他用生硬的汉语和丰富的手势回答。我们很快就明白：这片草原叫央依，这所学校是央依的五个牧业村集资联办的寄宿小学，有四十多个学生、五六个教师，他是央卓村的党支部书记，兼任学校的行政校长，主要管孩子们的吃喝拉撒睡。

他的名字正好与他的体魄相般配：华沃加（好汉）。

说话间奶茶已经烧好。一位满头鬈发的小伙子提起巨大的铜茶壶往龙碗里斟茶，华沃加一碗一碗地给客人递送。小巧的龙碗在他的巨手中愈显小巧。他的手臂每弯曲一次，衣服袖子就被隆起的三角肌和肱二头肌绷紧一次。这使我又一次想起拳击场。

华沃加用半生不熟的汉语说："这个学校，新新的学校。今天一周年。远天远地，客人不来，你们来得好，今天不走明天走。"

我们这才注意到学校里窗明几净。院子中央的旗杆上除了五星红旗，还系着崭新的三色哈达。

我们感谢华沃加的好意,并告诉他,今天必须走。

"啊呀呀,就一天嘛,学校一周年。"华沃加请求着,口气里透出些失望,"实话要走吗?呀。那好,饭一个吃了再走。远天远地,今天一周年。"

说完,他起身叫过来两个青年教师,用藏语吩咐着什么。我只听懂了两个单词:"……图华(绳子)……娄(羊)……"

我们几个人面面相觑。我们已经不是单纯的过路人了。寂寞的学校和寂寞的校长要把一种迫切的情绪倾注给我们。可是,两手空空,用什么来表达对这所草原小学的祝贺?

我们小声合计了一下,决定打发司机小鲁到30公里外的一个供销店去采办点礼物。

华沃加察觉了我们的意图,一把攥住了正要往外溜的小鲁。身强力壮的小鲁在他手上轻如草人,只略略一按,便被粘在了椅子上。

"尼玛扎西——罗藏——"华沃加扭头朝院子里喊叫,又用藏语吩咐了一句什么。

"哦呀——"随着欢快的应答,立刻有两个孩子朝院门口跑过去,关上了吱扭作响的铁大门,并且上了锁。

不大工夫,血肠、肉肠、肝片和手抓肉一盘一盘地端了上来,正是秋高草肥季节,羊肉鲜美绝伦。

华沃加不失时机地端起了酒碟,并用眼色睃了睃那位有着鬈发的青年教师。对方立即会意,赶上前来,一手捂着脸颊,用略有些腼腆的男高音唱起了祝酒曲。在每一曲的末尾,小伙子和姑娘们都大声地应和:"拉索——"

这种高雅的敬酒方式的确比揪着耳朵硬灌厉害得多,它使人觉得坚辞、推托和耍滑不仅缺少人性而且愚不可及。

华沃加满面红光,似乎他所期待的就是这种气氛。

"你们今天不走了吧?"华沃加又一次提出请求。他已经接连喝了我们每人回敬的三杯酒，额头上沁出了汗珠。"学校一周年，我们啥都不缺，就缺客人。"

我们一再向他解释，今天再晚也得赶到县城，明天还有明天的事情，华沃加失望地点点头："呀，那好。"

已经吃饱喝足了，可是饭菜还在上：藏式包子、水油饼、用蕨麻和大米煮的"泽尔登"。

我提议先到学校外面的草库仑散散步，回来再吃，华沃加立即同意："呀呀。步一个散，好。反正肚子跑不掉。"

这片草库仑是央依的秋季草场，畜群还没有进入。长了一春一夏的紫穗冰草和披碱草高可没膝，散发着淡淡的苦香。浅红的草浪从脚下开始，以一种恣肆汪洋的气势涌向天边，在那里弥漫成猩红的梦幻。此时红日即将沉没，草浪上流动着一些水银似的光华，像闪闪的高原湖泊。

我给同伴说，要是在这里扎一顶白布帐房，躺进去，在醉意朦胧中倾听夜风拍打草浪的声音，那该是一种什么样的感觉。

华沃加立刻站住，他的眼睛在暮色中灼灼闪光："帐房吗？这个容易，实话，拌炒面一样。你们不走了吧？就一天嘛。"

同伴们让我拿主意。我还能说什么呢？在我们的一生中，有多少真正该做的事情都因为懒惰、苟且或平庸的盘算而耽搁，难道，为了眼前这份千金难买的一腔热忱，不能心甘情愿地再耽搁一次吗？

白布帐房像艘船，一搭成，草原立刻有了波光粼粼的感觉。华沃加兴奋地迈动着罗圈腿，和小伙子们一起往来搬运，拿来几条毛毡和两大捆簇新的军用被子。收拾停当，薄如蝉翼的天幕上刚刚闪出几颗金黄的星星。

烛光不甚亮，却很温暖。视野里一切多余的东西都被黑暗抹去，每一张面孔都显出柔和纯净。

话渐渐稠起来。酒一杯一杯地饮下，心扉一扇一扇地敞开。大家似乎都意识到，原来说话也能使人入迷——当它不带任何动机、不做任何装饰时。无话时，便一齐倾听晚风轻轻拍打帐房，看着彼此模糊的脸，在静默中享受一种物我两忘的境界。

华沃加始终处在微醺状态，似乎再喝多少都无所谓。我们请他唱一曲"拉伊"，他用巴掌擦去嘴巴上的酒，用低沉的、略有点沙哑的男低音唱起来。出人意料的是，他唱的并不是"拉伊"，而是我们遗忘已久的一首歌曲——《雄伟的井冈山》。唱得字乖腔谬，但很动情。我不知道他此时此刻唱这首歌曲的心理因素是什么，却明白自己无意中又犯了一个认识上的错误——在此之前，我其实一直用惯常的逻辑和经验解读眼前的这位牧民。

谈话中，才知道他读过州民族师范学校，毕业后放弃了参加工作的机会，坚决回草原当了牧民。

"这是为什么？"我们问。

"为了自由。"华沃加平静地回答，随即眯着眼睛微笑了，"实话，为了自由。"

我开始觉得此人身上有一些不可捉摸的东西。问及他的家庭，坐在他身旁的教师罗巴抢先回答："没说头！婆娘娃娃都漂亮。洗衣机啦，大彩电啦，早就用上了，去年又……"

"那个算什么？坛坛罐罐是哩。""拳击家"的大手在空中不屑地一挥，打断了罗巴的话。他的眼睛忽然发亮，"我，两件宝有哩——好马、快刀！我座山雕就是。"

说罢，仰天大笑。硕壮的身体和脸上的每一块肌肉都在笑声中振动。

我顷刻之间领悟到一个道理：任何现代化的东西都不能取代一个民族根深蒂固的爱好。前者仅仅是实用的物件，后者却寄托着人的精神。

夜既深，他安顿我们睡下，这才迈着罗圈腿摇摇晃晃地离去。

后半夜，下雨了。帐房里立即涌进一股甜甜的土腥味儿和青草味儿。沉重的雨点紧一阵松一阵，在见水后收缩得很紧的帆布帐房上敲打出花哨的鼓点，固定帐房的四根绳子发出大提琴般的嗡嗡声。听着这奇妙的天籁，我睡意全消，华沃加又一次闯入心头。他的形象已经变得复杂起来。他是个牧人，但又不是用"牧人"这个简单的概念可以诠释的人。他对生活的取舍，他的处世态度，都包含着常人难以窥测的堂奥。也许，他就是一部哲学，我不过读了一两页，虽觉意味无穷但又不可索解……

思维像匆匆流淌的小溪，在什么地方堵塞了一下，找不到出路了。睡意再次淹没了我。

一觉醒来时，阳光已经射进帐房。草尖上闪着清亮得叫人心疼的露珠。华沃加带着他的两件宝，刚刚来到帐房门口。膝盖以下的裤子都被露水打湿了。

刀其实是我常见的藏式长腰刀，不同的是刀把上除了嵌有紫铜纽丝外还镶嵌着七颗玛瑙，像七颗新摘的红樱桃。

而枣骝马果然神骏不凡。它轻快地在草地倒动着四蹄，把嚼铁咬得啷啷作响，紫玉似的眼睛乜斜着生人。它身上有一种机敏、凶狠和高贵的气质。我相信，任何一个会骑马的人，看见它，都会产生升腾的欲望。

我决意在华沃加的帮助下跨上这匹马撒一趟子。但没有成功。每次，脚尖还没碰到马镫它就闪开，并且举起打人的前蹄。看来它只认自己的主人。

告别时我对华沃加说："没想到在央依草原过了一天共产主义的生活。"华沃加狡黠地笑了。

汽车上路后，华沃加骑着他那匹风驰电掣的马送了好远。隔着车窗，我们听见放羊的孩子尖厉的呼叫。我知道，他们是为汽车后边的勇士和他的坐骑欢呼；他们是为一种十分古老，却又永远年轻的精神欢呼。

我们再次停下来，请他回去。华沃加竭力勒住团团打转的马，高声答应："哦呀。明年再来，共产主义有哩，实话！"

1998年4月

# 奶茶的想象

想起了草原就会想起奶茶。

我们在旅途中，只要打定主意朝坐落在草坡或山坳的某个帐房走去，去歇歇脚，去拍照，去无所事事地坐一会儿，或者仅仅是好奇地看一眼，你就会希望喝到奶茶。尽管你不一定口渴，并且刚刚在车上喝过了饮料。

显然，你的动机里还有一些说不清道不明的因素。

其实，奶茶在城市里也能喝到。牛奶、茯茶、咸盐、花椒等，唾手可得，因而我们常喝奶茶。

但在城市里喝奶茶与在草原上喝奶茶不一样。譬如，在早晨上班前的十几分钟里，我们匆匆忙忙地用奶茶把饼子或馒头送下肚子，奶茶给我们的感觉，仅仅是一种用牛奶调制的热饮，绝不是别的什么。

而在草原上喝奶茶，情况就复杂得多。

从你"嘭"的一声关上车门，或是跳下马背，牵着马朝着某个帐房走去（你当然懂得，把马一直骑到帐房门口是不礼貌的）的那一时刻开始，你就进入了一个与奶茶有关的童话。

最先发现你的肯定是戴着铁链睡觉的牛犊般大小的藏犬。它愤怒地扑咬让你胆战，沉重的铁链被它摔得哗啦哗啦直响。

你的脊背有些发凉，又有些兴奋：你竟能造成这么大的愤怒。你似乎从来没有让谁愤怒过。

听到狗吠后钻出帐房的孩子、妇女或男人惊讶而腼腆的微笑告诉你，你不再是一个孤独的旅客，有人重视你的存在。

他或她慌慌张张地喝斥着凶猛的藏犬，把它的铁链拴短一些，然后拍拍打打粗糙的双手（虽然手上并没有沾上什么），快步走上前来。他们从来不问："你从哪里来？有什么事？"只是毫不踌躇地从你手里接过马缰。黝黑的双手和你白皙的手指接触时，温厚的笑窝里已经溢满了无言的信任，仿佛他们早就知道你要来喝奶茶似的。

没有任何客套。他们不会问你："要不要喝点什么？"在你落座之前，他们会抢在头里，从帐房的什么角落里找出栽绒卡垫让你坐。你从这一连串无言的行动中体验着一种奶子般醇香的人间温情，甚至忘记了奶茶。

淡蓝色的牛粪烟火，主妇手上叮咚作响的银手镯，远处淡淡的山峦的阴影，似乎都在肯定着你的思索。

而奶茶毕竟烧好了。烧茶的方式非常古老，烧出的奶茶永远新鲜。不用说，斟茶必定要用龙碗，敬茶必定要用双手。款款端起，小心地递到你手上。

接过龙碗，就像接过了一部淳朴的草原历史。

银手镯在黝黑健壮的手腕上闪着温柔的毫光（一般是女人敬茶，男人则双手平举，含笑看着你，这意思很明确："请"）。你从女主人手中接过茶碗的瞬间，也许会注意到她那被紫外线灼焦了的双颊由于客人的到来而泛出些新鲜的红晕。你忽然不无惭怍地意识到，在这样的时刻这样的地点，你的存在竟然会使地球上的一个家庭"蓬荜生辉"，虽然你可能是个渺小的人，在城市的茫茫人海里总是被人忽视，因而有那么一点自轻自贱。

端起茶碗，你觉得端起了久违的自尊。

你轻轻地啜饮着龙碗里的热茶，优雅地吹开那一层薄薄的奶皮。你品味着奶茶，也品味着一个奇怪的事实：你自己原本没什么照人的光彩，"蓬荜生辉"的效果来自他们主观上对你的美好感觉。就是说，先是有了效果，然后才造成原因。

"通，通通。"（喝，喝吧。）在你即将喝完头一碗时，主妇赶紧把双手（不是单手）伸过来，唯恐你由于客气而过早地谢绝续茶。

"通，通呀，泽扎孜个通！"（喝，喝呀，再喝一点点！）在你喝完五碗六碗之后，他们仍然忙不迭地把双手伸过来，银手镯清脆的叮当声丝毫不减最初的亲切。

你无法拒绝他们的敦请，尽管你已经喝足；你也难以就此终止对奶茶的品味。

事情对他们来说却单纯得多。他们让你尽量多喝一点，就是想让你尽量多喝一点，绝没有奶茶以外的目的。既不是为了显示他们的热情，也不是为了将来碰巧在城里遇到你时受到你的邀请。

在你把最后半碗变得温凉了的奶茶呷饮下去的同时，你恍恍惚惚地感受到对你来说早已变得陌生，而在他们的血液里依然流淌着的人类的亲和性。

"同类真好！"你会在心里这样说。

终于到了起身道别的时候。你虽然看不见自己的脸，但能想象出这张脸不仅神采焕发，而且比往日姣好。你由衷地感激奶茶。你离开越野车或马背不过个把小时，却仿佛做了一次漫长的精神旅行。

这样评价奶茶也许太玄乎了。

是有点玄乎。

那么，让我们想象一下：假如有一天，在你喝完最后一碗奶茶时，戴银手镯的妇女微笑着，用虽有点羞怯但毫不含糊的语气说：

"嘎罗岗毛尼（一碗两毛）。"

那会怎么样？

你大概立即会想起古典小说里常说的"分开八片顶阳骨，倾下半桶冰雪水"这句话。

"一碗两毛"这个突兀而来的概念冷冷地望着你的灵魂。你刚才的一切感动、回味和遐想，就会像七彩的露珠见了太阳一般破裂消失得干净。你迅速回味起眼前发生的一切，发现它们全都变了色变了味：藏族妇女拴好凶猛的藏犬，快步迎上前来的情景，原来是一个营销期待。"通。通呀，泽扎孜个通！"这种殷勤的腔调，原来也是对"一碗两毛"的算计。甚至连那妇女脸上浅淡的红晕和羞怯的笑容，也和城市酒店里服务员职业性的微笑一样，是一种手段。

可笑自己在肚子已经胀满的情况下仅仅因为"盛情难却"，因为沉溺于浪漫的想象又喝进一碗！

你以僵硬的动作掏出一块钱（假如你喝了五碗的话）递过去。你当然不在乎一块钱。但对你来说，失掉的并不是一块钱。你会觉得失掉了整整一部草原历史，失掉了你曾梦寐以求而刚刚得到的一些东西。

但你又不能不承认"一碗两毛"是天经地义的。许多比奶茶抽象得多，甚至神圣得多的东西都可以作为商品出售，奶茶这一具体的劳动果实为什么不可以出售？对一种天经地义的行为产生气恼，不仅无端，而且卑下。

你怀着难以言喻的懊丧告别主人，向你的车辆或马匹走去。奶茶并没有使你变得更美好。如果你原本就是个自轻自贱的人，那么，由于对"一碗两毛"的难以释怀而更觉得自己猥琐。

……哦，这一切，难道仅仅是想象吗？

不，这是即将到来和正在到来的现实。

——来自牧区的朋友告诉我，这几年，在靠近公路的草原，也就是比较"开化"一点的地区，帐房主人不再愿意用奶茶招待素不相识的过路人了。他们改用清茶招待。奶子打成酥油后可以出售，用来招待客人却是浪费。

再往后，奶茶自然会分出等级，牦牛奶的奶茶与黄牛奶的奶茶，浓度高的奶茶与浓度低的奶茶，当然不会是一个价。

我们不必急着用"进步"或"落后"这种简单的概念评价奶茶。在商品意识和时代进步之间画等号这很容易，但在某些情况下，商品意识和文化传统之间到底是什么关系，谁又能说得清呢？

比较清楚的一点是，当你面对一个不可抗拒的规律，无论你说清说不清，你都得接受它。

1987年10月

# 岗什卡山口之夜

大二还没有读完，中文系就停课了。全班同学被抽调到"四清"工作队，派往门源县农村开展工作。

一入夏，这个半农半牧的村子又面临新的烦恼，那是甘青两省交界年年发生的草山纠纷。每年为派出增援人马，领导都伤透了脑筋。今年呢，既然有工作队驻村，就让工作队员带队，这看起来是顺理成章的事情。于是，我被工作队选中，带队奔赴"前线"。

马队走近岗什卡山口时，我已经越来越不安地意识到，自己原来是个贪生怕死之辈。

半个月前，有社员从夏季牧场下山来到村里报信：在紧靠天罗掌草原的边缘地带（也就是经常发生流血冲突的地方），肃南人扎了不少帐房，有可能像过去一样，以突然袭击的方式抢占草原，掳走牛羊。前方人手不够，请求支援。

"四清"工作队立即决定，挑选40名精壮男人，由一名工作队员带领，前去宣传政策，帮助本乡的放牧员保护好草原和牲畜。

工作队长动员大家报名。

那是一个崇仰保尔精神的时代，是一个任何简单化的思想动员都能收到预期效果的时代，是一个渴望被组织表扬的时代。对我来说，还有一种超时代的、纯属自然特征的因素在血管里奔涌——那是所有嘴巴上刚长出一层茸毛的年轻人都具有的渴望新鲜的人生体验、渴望冒一点险的冲动。因此，我主动要求当此大任是自然而然的。我那时年方22岁，单纯而易于冲动。

组织上几乎没经过什么研究就立即选定了我。这除了我态度坚决外，还有一个原因：来自省城机关和学校的工作队员中，绝大多数人，屁股从来没沾过马背，更不要说调鞍理镫、给草喂料、打绊挂掌这些生活知识了。有一位工作队员甚至在来到这个以盛产青海骏马闻名的地方已经两个多月，仍然不清楚马是圆蹄动物还是偶蹄动物。

可是一匹马对于执行此项任务的人意味着什么，那是不言而喻的。

我被组织上的信任鼓舞得兴奋不已，几乎夜不成眠。从第二天起，我便煞有介事地、张张扬扬地做各种准备工作，好让全村人都注意到。

组织上通知大队，让我在这个半农半牧的村子里挑一匹称心的马备用。经我的房东郭老汉推荐，我选中了因为经济问题正在受审查的畜牧大队长金成龙的坐骑。郭老汉说这是最通人性的一匹马，人称大枣骝。它差不多年年"上掌"，习惯了。我知道，农村人把草场叫"掌"，或者叫草山。只有城市人才把草原叫草原。

我把大枣骝牵到房东家的槽头上拴好，在它警惕地倒动四蹄打量新环境的同时，我也仔细地打量了它。

这匹马的身量比其他马大一号，体态匀称，鬐甲挺拔而且界限分明，胸部肌肉突出，前裆开阔，双腿内侧的附蝉圆而清晰，小腿与蹄腕的结合部线条优美。所有这些特征，这些我在少年时代就懂得的特征，都表明它确是一匹良马。

我每天给大枣骝4斤豌豆催膘，每天清晨把它牵到村外去吃露水草，傍晚用铁刷子梳理它那缎子般光滑的皮毛。我要让它尽快接受我这个新主人，同时要让它的体能达到最佳状态，以应付未来的考验。

我给它备好鞍鞯，把马尾巴绾成一个结，然后跨上它前往几十里外的县城去挂掌。我知道，在未来的长途跋涉中，如果没有一副牢靠的马蹄铁，山道上的岩石会像锉刀一样锉掉马蹄的角质层，并且锉出血来，使龙一般矫健的一匹马变成垂头丧气的瘸子。

我跨上大枣骝，招摇过市地出了村。一路上这匹马跨出的令人眼花缭乱的步伐不断引来赞叹的目光。在经过一所没有围墙的小学时，正在操场上玩耍的孩子们立即放下手里的篮球，高声评价："啊啦啦，看这个马，毒啊！"

"毒"不是"毒辣"，而是比今天流行的"酷"还要"酷"得多的意思。

我在县城牵着马从东街转到西街，访遍所有的铁匠铺，一心要给它挂一副"六眼掌"。可是所有遇到的铁匠都说，甘肃挂的是六眼掌，青海都是挂四眼掌，照样牢靠。有一个上了年岁、嘴里喷着酒气的铁匠拍胸脯说，他挂的四眼掌就是到西天取一趟经也不会脱落。

挂掌的时候我禁止老铁匠用绞棒绞住它的嘴唇。我知道这匹气质高贵的马不需要用这种刑具。挂完掌之后老铁匠再次赞叹说："毒啊，这匹马。"

我在这种期待新鲜经历的亢奋中度过了半个月，完全没有料到，我即将面临的生活绝不是一次浪漫的马背旅游。

早晨从村庄出发不久，马队便离开大路拐进苏吉滩。一望无际的紫穗冰草在六月的阳光下变幻出深浅不定的色调。经过半个月精料喂养的马匹一个个奋鬃扬蹄，步履轻快。一种豪壮的情调油然充溢胸间，我脑子里忽然冒出苏联小说中关于布琼尼元帅的骑兵在乌拉尔草原艰苦行军的描写："噢，这五千个在酷热的草原上曝晒的勇士，这五千把闪光的军刀！"

乔三保，一个生性乐观的光棍汉，以一种老练的姿态歪坐在他的铁青色大走马上，忽然用粗糙的高腔吼起了小调："哎——耶，大马上备的是大鞍子，鞍子上骑的是人尖子……"

哈，我们都是人尖子！

然而，这支队伍出发时的豪气被路途的艰辛渐渐消耗，尤其是在中途听到来自天罗掌草原的消息之后，马队的气氛变得严肃起来。

按出发前的计划，队伍今天从苏吉滩进入老虎沟，再进野马峡，登上青羊岭，天黑之前从鹿角岔拐到天罗掌，住进翘首以盼的自己人帐房。选择这样的路线就可以避开肃南人的袭击。但是中午在马莲滩打火烧茶的时候，碰到一个失魂落魄的社员，他从天罗掌下来，是回村取粮的。他说老虎沟涨了水，过不得。他的伙伴连人带马被急流卷走，而他自己死命挣扎出来，手里只剩了一副马笼头。

于是队伍只好绕道岗什卡。中间又不得不用几个时辰翻越冰草大坂。这样，一天的路程变成了两天。明天将从金洞沟穿出去，拐入鹿角岔，翻过野狐梁，最后绕到天罗掌。

更严重的情况还在后面。下午，途中又遇到一个从岗什卡山口过来的社员，他说山那边金洞沟拐弯的地方（也就是前几年草山纠纷中打死过人的地方），突然出现了肃南人的帐房，有二十几顶，进出帐房的都是男人，没有妇女和孩子。这意味着什么，已经很清楚。

从那时开始，队伍里再也没有人说笑了。在路过一面植被茂盛的山坡时，全体下马，每人削了一根结实的桦木棍子，当作防身的武器。

马队是在傍晚时分到达岗什卡山口的。我们决定在山前的马莲坡宿营，明天继续前行。

岗什卡山的山脊被繁茂的高山灌木丛拥抱着，绿得发蓝。山坡下的开阔地却是细草如毡，杂花斑驳。从山垭口望出去，雪光耀眼的莫琪峰在汹涌不已的雾涛中浮动。那雾涛似乎在暗示一个不祥的信息。

我们在马莲坡下宿营。

马汗的气息立刻弥漫开来。卸掉了鞍鞯的马匹扑棱棱地抖动着身躯，抖得环辔呛啷啷地响，像是要抖掉一天的疲劳。

我卸掉马鞍，取下马嚼铁，又蹲下来搬起大枣骝的蹄子——察看了一下蹄铁，然后用帆布料兜给它喂了两碗豌豆，顺手摘掉粘在马鬃上的几粒牛蒡刺，在它的脖子上拍了一下，让它去吃草。

三块石头支起铜锅烧茶。一束束半湿不干的鞭麻和狼麻被折来当烧柴。我拿过山羊皮做的火皮袋，盘腿而坐，往柴火上鼓风。

笔直的火舌凶狠地舔着锅底。鞭麻窈窕的枝干在火焰中痛苦地扭曲，分离出湿润的清香。眼前身后，粉红色的馒头花依然不知疲倦地、不怀好意地摇曳着。

明天，岗什卡山后的馒头花有可能染上鲜血。将来的某一天，有人骑马经过岗什卡时，也许会惊异地发现，山那边有几丛馒头花异乎寻常地茁壮和艳丽。他们不会想到，这些花的根须曾经获得过人血的滋养。

这是个薄云遮月、朗月窥云的仲夏之夜。微风轻轻吹拂着露宿的人们，像是抚慰，又像是提醒。有人在毡袄底下辗转反侧，有人侧身躺着抽旱烟。忽明忽灭的红光像是草原的哑语。

我从毡袄底下欠起身，再次张望月光下的岗什卡山口。莫琪峰顶端的雪光在疏星淡云中神秘地闪烁。而今晚，在遥远的家乡，在我熟悉的那盏油灯下，我的父母也许还在议论：再有两年，他们的儿子就该大学毕业参加工作了。

想到这里，我痛苦得就要流出眼泪。

有沉重的雨滴砸到脸上。是老天爷同情的泪吗？

猫头鹰的叫声像老人古怪的笑，惊得正在吃草的马匹"噗噗"地打起响鼻。这位夜间的猎手大概发现了什么目标，掠过我的头顶向黑暗中滑去。它的翅膀煽起的带腥味的风掀动了我的头发。

明天我们要向"危险"走去。

"去不得也哥哥——"灌木丛中红颈鸫的鸣叫听起来像是警告。

后悔的情绪像尖利的牙齿，渐渐深入地咬进我的神经。这就是年轻气盛带来的好处！可是，别人也都年轻气盛，为什么偏偏是我？莫非，冥冥之中有什么神秘的力量诱使我做出这样冒失的选择？或者，这事纯属偶然。但"偶然"是从何时开始的？

　　我想明白了，"偶然"是这样开始的：接到录取通知书几天之后，我把最后一捆蚕豆背到麦场上，回家换了件衣服就去县客运站买票。在路过大沙渠岸那一片柳林时，遇见两个正在玩耍的孩子。他们用一根麦秸蘸着玻璃瓶里的肥皂水，比赛吹气泡。我走过去看了看，也要过玻璃瓶吹了一会儿。

　　就因为吹肥皂泡耽搁的这么一会儿工夫，我到客运站时，翌日发往省城的最后一张车票已经售出。那时是隔日发车，所以我到学校报道的时间比其他同学晚了两天，按报名顺序，我的注册序号是296。按照这个序号，我就被分配到这个历来与边界草山纠纷有瓜葛的山乡。

　　因果链条上最初的一环找到了：一个肥皂泡！原来早在两年前，在大沙渠畔的柳荫下，一个小小的肥皂泡就已经决定了我今晚必定要睡在地狱门口！由此可知，我们的人生中每一次或喜或悲的偶然性遭遇，都由一些深不可测遥不可闻、看似荒谬实则强硬的必然性因素所决定。

　　这一发现让我不寒而栗。

　　记得哲学老师在课堂上讲过一个著名的理论：一只蝴蝶在北京煽动一下翅膀，会影响20年后纽约的天气。我当时在心里说："屁吧。"

　　现在我信了，彻底信了。真是实践出真知啊。

　　可是真知又有什么用。我们寄蜉蝣于天地，生命渺小如蝴蝶，我怎么知道哪时候扇动翅膀是福，哪时候扇动翅膀是祸……

　　……临阵脱逃的念头只一闪便被我扑灭了。那是比死好不了多少的结局。那个时代的青年在一定程度上仅仅为"思想表现"而活着。

　　"枣骝！"我从毡袄底下欠起身来低声呼唤。黯淡的星光下影影绰绰地悬浮着马的一些剪影。它们全都低头伫立，是在专注地吃夜草，又像是在召开一个秘密会议。我看见其中一匹听到叫声后立即抬起头，耸动着尖尖的耳朵辨别声源。

我又叫了一声。随着一阵迟迟疑疑的蹄音，它来到我身边，"咴咴"地应答着，把一股热烘烘的鼻息喷到我脸上。

我从褡裢里摸出一块饼子递给它。它用柔软湿润的嘴唇急速地探索着把饼子卷进嘴里。我在心里对它说："任何时候都别抛弃我！拜托了，伙计。"我在它脑门上拍了一掌，让它去吃草。今天在路途中我听人说过，在棍棒纷飞的混乱中受惊的马匹弃主而逃，落马的人被打伤打残的事情时有发生。此时此刻唯有大枣骝才能给我一点安慰。今天下午，这支人困马乏的队伍在翻越积雪没膝的冰草大坂时，这匹马再次表现出超群的耐力和机敏，还有它的忠诚。

……从早晨积累下来的困乏最终淹没了滚滚思绪，我跌进了短暂的乱梦。

有人把我摇醒。我惊异地发现乔三保已经穿戴扎束停当。"王同志，你看。"他指了指向身后。

我看见了近在咫尺的大雾。看见了从浓稠的雾气中透过来的似有若无的微光。

乔三保的眼睛在浓雾中闪着机警的光泽。他告诉我，趁着大雾，应该叫醒大伙上路，天亮之前越过岗什卡山口，躲开肃南人，穿出金洞沟，拐上鹿角岔。

"枣骝——"我翻起身来喊了一声。隔着厚重的雾我听到了"咴咴"的嘶鸣。

马队在大雾的掩护下上了路。乔三保催动他的铁青马"哒哒"地赶到我身旁。"王同志。"他从马鞍上侧过身子把一株野草递给我。是一种茎秆笔直的窄叶草，顶端结着椭圆形的毛团，状如鼓槌。

"王同志，你认准，这是毛腊，止血良药。有阴坡的地方就有它。用的时候把它揉碎，贴到伤口上就成。"

我望着那张在雾气中模糊不清的脸，不由打了个寒噤。

乔三保用严峻而温暖的眼光盯着我，"王同志，鹿角岔那个地方岔路多。万一……万一我们的队伍叫他们打散了，你迷了路，你就由马信缰地走。翻山也好过河也好，千万甭指挥它。最多两天路程，它能把你囵囵囫囵地送到村上。我知道，这是个久经考验的家伙，毒。"

2001年11月

# 獒之惑

高原上的藏狗被人赞美的首要理由是它的忠诚。这符合人类社会普遍看重的道德标准。但这毕竟是一个自私的标准，是人类单方面的约定，忽视了另一方的天性。因为对人来说，"忠贞"的前提是"不二"；而对于狗来说，忠于所有曾经豢养过它和正在豢养它的人，乃是它的原则。

按照人的标准，这就是怀有二心了。

所幸在实际生活中，人的标准和狗的原则之间发生冲突的概率极少，否则人可得认真反思：到底什么样的狗才算忠诚。

闲话打住。且说20世纪70年代，刚刚大学毕业的我，分配到海西工作。没多久，就被抽调到路线教育工作队，在严寒季节赶赴天峻县下乡。目的地是位于甘青两省交界处的偏僻山乡苏勒。在那里，工作队化整为零，像沙漠中的几滴水一样消失在茫茫群山中。我被分配到最边远的雪霍里，由公社书记普华亲自送去安置。

是个风雪呼啸的早晨。我们二人骑着马，整整一天行进在阒无人迹的雪野，翻过了三架山，涉过两条河，傍晚时分爬上了又一个山梁，还不见落脚的地方。

"呀，快到了。"普华勒住剧烈喘息的枣骝马，望着山坡底下说。那里有一顶牛毛帐房。在皑皑雪原的衬映下，黑帐房轮廓清晰，像宣纸上的一坨墨迹。

"噢！那就是我要去的人家吗？"我兴奋地问。

"你声音小小的！狗不要惊动。那是拉莫泰家。你的家山后头就是，男人的名字昂秀是哩。我们远远地绕过去。狗惹上了麻烦有哩。"

我这才注意到，黑帐房周围厚厚的雪地里，镶嵌着一些斑驳的色块，那是一些酣睡着的藏狗。足有七八条之多。

见我惊诧，普华解释说，雪霍里这个地方狼多、熊多、豹子多。狗养少了不成。

我们噤声敛气，翻过最后的山梁，涉过一条结了薄冰的小河，正要登上对岸，忽然，一声闷雷也似的低吼从头顶的高地滚来，人和马都被激出一个冷战。

紧接着是狗群亢奋的狂吠和主人的喝斥。

狗并没有发现我们，它们嗅到了陌生人的气息。

我们提心吊胆地牵着马匹朝帐房走去。帐房主人昂秀，一位身材敦实、相貌憨厚的青年牧民，一边竭力控制着场面，一边以微笑招呼我们，他显然认识普华书记。

他用右手牢牢攥着一只大灰狗的项圈，左手指着窜来窜去试图偷袭我们的黄狗大声喝斥，任由铁链子上拴着的一条黑色猛犬跳腾咆哮。

我的目光惶恐地四下里搜索，但见到的就这三条狗。想不到它们能闹出这么大的动静。

拴在铁链子上的那条狗着实让我吃了一惊。我在牧区"阅"狗多多，从未见过块头如此高大、气势如此凶悍的家伙。简直就是一只小号的狮子！它被一左一右两条铁链钉牢在地上，活动空间太小，兀自奔突不已。从深广的胸腔里发出的怒吼轰击着人的心胆，几乎要把灵魂驱赶出窍。

那个时代的人尚不知道"藏獒"这个概念。今天回想起来，那是一只真正的獒犬无疑。硕大的头颅被蓬松的鬣毛围裹，集中了整个躯体最强烈的攻击信息。吊眼，短鼻，阔嘴，宽胸。上吻两侧的垂肉覆盖着下颚。眼睛上方是两砣醒目的黄斑（俗称"四只眼"）。四肢迸发着钢筋似的力度和弹性。倒卷着的尾巴紧贴后尻，像古建筑屋脊上的"吻兽"。

它的毛色黑如煤炭，唯有四肢内侧，下颚，腹部和爪子呈焦黄色。这正是典型的藏獒类型："铁包金"。

女主人快步迎上前来接过我们手中的马缰。我和普华在主人昂秀的护卫下向帐房走去，眼睛始终没敢离开跳腾咆哮的獒犬。但我忽然觉得，那双红宝石一样的眼睛里喷吐的怒火，仿佛只冲着普华一个人。诧异之余，心想这也可能是个错觉。但很快我的感觉再次被印证。

——昂秀掀起毛织的厚门帘，微微躬身，做了个"请"的姿势。我虽然年轻，但也颇知一点牧区的礼节，便闪身往后一退，让普华先进。就在他迈进帐房的瞬间，身后的狂吠戛然而止。回头一看，那只獒犬已经卧下来，舔舐着嘴角的口沫，似乎根本不在意我这个人。

我把这个疑问藏进心里，留待日后破解。

当晚，我和普华书记就住在这户帐房里。夜里，三条狗的吠声几度把我惊醒。侧耳细听，除了轻轻拍打帐房的山风，并无异响。我知道，这是昂秀家的狗们例行常规任务，用吠声警告任何试图接近这顶帐房的野物。

黑獒的叫声很特殊。低沉，浑厚，像洪钟，一次次撞开空气，飞向极远处，又被群山依次反弹回来，乍一听，仿佛有好几只獒犬在吼叫。

次日早饭吃罢，普华书记告别我和昂秀，骑马回公社去了。留下我，以这户人家为据点，在方圆数十里的山区开展工作。通常是，早晨的糌粑一吃，昂秀赶着羊群上了山，女儿雅莫特独自和狗玩耍，昂秀的妻子珍措拿一根拴着铁橛子的毛绳（防狗的有效工具）把我护送到某户人家，然后自己回家打酥油、织褐子。

昂秀夫妻叫我"阿吾里西巴"（干部哥哥），雅莫特叫我"阿克里西巴"（干部叔叔）。

有天晚上喝着奶茶，我问昂秀，为何他家只养了三条狗？

"够了，阿罗。我三条狗就够了。"昂秀变腔走调的汉语里透着自豪。他一边招呼我吃喝，一边讲述他这三个宝物的来历。

那只尖嘴竖耳，样子像狼的黄狗，是他有一年出去寻找走失的牦牛，途中捡到的一个弃儿。小狗眼睛才睁开，饿得奄奄一息，脖子上还有伤。他用皮袄把它兜回家，拿牛奶和药草调养它，半个月就见了功。长大后发现这狗绝顶聪明，最能察言观色。它完全懂得主人以及另外两条猛犬的眼神，从不误判。遇到野物侵扰羊群，它知道如何巧妙配合两个伙伴，使敌方首尾不能相顾。野兽败退时屁股上总会留下黄狗偷袭的伤口。

那一只用两条铁链子拴着的黑狗（昂秀那时也不知道"獒"这个概念），是9年前他从邻省甘肃带来的。他的女儿高烧不退，他留下妻子珍措看羊，自己怀揣3个月大的孩子，骑马翻山越岭，投奔甘肃境内的一个硫磺矿。矿上有个卫生所。

就要离开硫磺矿时，昂秀瞥见大院的角落里蜷卧着一只深栗色的母獒。有四只毛茸茸的小家伙正在吃奶。凭着牧人对狗的品相的敏锐洞察，昂秀断定其中一只大头、宽嘴、"四只眼"的小狗不一般。这个山区狼群猖狂，他家这几年先后有两只很不错的牧羊犬在和狼群的拼搏中丧命。

经过再三恳求，硫磺矿的职工把这只小狗送给了他。

就这样，宽大的皮袄里一边揣着女婴，一边揣着小狗，昂秀欢欢喜喜回家了。

"……啊嚄嚄，一般的狗哈不像，实话！"昂秀继续讲述着。

小黑獒食量并不大，可长得飞快。才两个月大，就有强烈的护家意识。偶尔来他家的客人，往往只提防了帐房外面的大狗，不在意这个在地皮上滚动的小东西。谁知它会"呼"的一声扑上来咬住客人的脚脖子，毛茸茸的身体悬吊在客人腿上，任你怎样摔打，就是不松口。主人要慢慢哄着才能把小小的獒嘴掰开。

无奈，在还不该用绳索的年龄，就拿牛皮绳拴住，系在门前的铁橛子上，但几天之后皮绳被咬断。于是换成铁链子。但即使小心防范，还是差一点闯了祸。有一回，公社的兽医来给他家的畜群打防疫针。那时的黑獒身量快长足了，挣断铁链扑上去。三个身强力壮的男人用随身带的榆木棒子迎击，全然打不退它。要不是主人及时冲上去拉住它，"啊妈妈，那就大大的一个祸闯下了！"

从此，这只由两条铁链子控制的黑獒在雪霍里地区出了名。

"它叫我担心得很！不过自从它长大，我的羊再也没叫狼吃掉过。"昂秀总结说。

昂秀继续介绍他的另一只狗：那只步态高傲的大灰狗。它不是纯种的獒犬，但同样有着牛犊般的体格。这是几年前，远在天棚公社的亲戚听到昂秀家的情况后送给他的。大灰狗性格沉稳，但力大无比。"最最重要的是，它一不怕苦二不怕死！"

昂秀用一件事情证明了他的结论。

前年夏天的一个上午，昂秀出牧时听说苏勒公社来了电影放映队，兴奋得太阳刚一偏西就赶着羊群下了山。在这个几乎与世隔绝的山区里，人们偶尔看一场电影如同赴一场盛宴。

昂秀把羊群安置在帐房附近的圈窝子里，给三条狗喂足了食，让妻子和4岁的女儿换上了新衣服（他的第一个女儿夭折了），拴好了帐房门帘，夫妻俩分乘两匹马上了路。

他们在苏勒公社旁边的草滩上看完电影时已经夜深。天黑，路远，雷鸣欲雨，回不了家。就在公社机关的烧柴房里借宿了一夜。他没太担心自家的羊群。有他的三条狗在，他放心。但他万没想到，昨天离家时犯了一个大错：忘了把黑獒从两条铁链子上解开。

次早起来，一家人先去公社商店买了些生活用品，然后匆匆骑马返家。临近中午，来到那个熟悉的河滩。马匹们"噗噗"地喷着响鼻，小心地蹚水过河，昂秀心里突然掠过一丝不安。高高的河岸静悄悄，不见前来迎接主人的灰狗和黄狗，也听不到狗们兴奋的吠叫。夫妻俩忐忑不安地抖动马缰登上河岸，四下张望。不远处一丛芨芨草晃动了一下，闪出他家的黄狗。黄狗呜呜地低语着，一瘸一拐地迎上前来，声音里充满惊悸和悲伤。

哦，机灵的黄狗，善于保护自己的黄狗，每次搏斗，它总能撕下敌人的一块皮肉，而它自己永远毫发无损！可这一次，它的左腿上有那么宽的一道伤口，露出白的骨膜。

显然，昨夜这里发生了一场鏖战。

昂秀心跳陡然加快。大灰狗在哪里？黑獒在哪里？远远望去，帐房前头的铁橛子上空挂着两根铁链子。

茫然四顾，忽然听到黑獒一声长长的低啸，沉重而悲愤。昂秀滚鞍下马，抢上前去一看，便呆住了。黑獒并没有挣脱铁链，它掉在一个土坑里，筋疲力尽地蜷卧着。它的嘴巴两侧渗出细细的血流，铁链子上也是血迹斑斑。还有爪子。四个爪子上，血和泥土粘结成块。

昂秀的脑子木了。张嘴结舌地呆了半响，突然明白：这个土坑是黑獒自己刨挖出来的。在野兽侵袭羊群的整个过程中，它一直在狂怒地蹦跳，想挣开铁链冲上去。四只爪子把地面挖成坑，挖得爪子流血，自己陷了进去。它试图咬断可恨的铁链，把自己的嘴巴弄伤了。

灰狗，灰狗在哪里？夫妻二人直奔圈窝子。这里一片狼藉。惊魂未定的羊群七零八落，木呆呆地站着。血泊之中躺着一只母羊和两只羊羔的尸体。在羊群的中心，他们找到了僵卧着的大灰狗。它像一堆被遗弃的狗皮。一片片暗红色的血块凝结在灰毛上，像绣在狗皮上的花朵。小腹上有一个可怕的伤口，背上的皮被撕开了一大块。而在离它三步的地方，赫然躺着一只体态颀长的豹子，身上有多处伤口，致命的一击来自大灰狗对它喉咙部位的准确攻击，那里有四个深深的血窟窿。

灰狗的嘴巴里衔着的那是什么？是一只豹耳。天哪，昨夜来了两只豹子，一只被咬死，一只负伤逃走。

大灰狗魂魄悠悠，一息尚存。它感知了主人的呼唤，从胸腔深处挣扎出一丝含糊不清的呻吟，醒转过来。

它总算被救活了。

"后悔啊，后悔！两条铁链子把我的黑狗害苦了！"昂秀用拳头"嘭嘭"地擂着自己的胸膛，"要不是铁链子，来三条豹子也不怕！"

从此以后，雪霍里山区的牧民们又都知道了昂秀家里有一只咬死过豹子的大灰狗。

昂秀的讲述让我惊叹，也让我担忧。处在这样三条狗的威慑之下，我这个陌生人的小命有什么保障？

"怕没有。"昂秀宽慰我说，"出来进去，我和媳妇把你好好地保护上。还有雅莫特。"

他指了指帐房外面。小女孩雅莫特拖着清鼻涕，正努力地往黑獒背上跨骑，她跌倒了好几次，终于成功了。一双冻得通红的小手攥着黑獒的鬣毛，细声细气地喊着："恩觉，觉，觉勒！"（走，走，走啊！）

这只让人望而生畏的猛犬在小主人胯下温顺如猫，它抖动了一下鬣毛，脚爪轻移，在两条铁链限定的范围内来回踱步。

昂秀又叮咛我，每次吃完手抓肉，把啃过的骨头扔给狗，让它们熟悉你的气味，它们就会逐渐接受你。

"最多半个月，你就像它们的主人一样。"

这期间我用昂秀教给我的办法笼络狗。为了加重我的气味，我每次吃完肉都在骨头上吐点唾沫。这办法果然有效，几天之后，它们见我从外边回来，不再扑咬了，但是压缩在喉咙里的呼噜声，仍在表示信任度的有限。尤其是那只大黄狗，锐利的目光始终不怀好意地盯视着我，同时又注意着黑獒和灰狗的反应，两只前爪不安分地往地上一按，又一按。显然，只要它的首领一行动，它随时就会扑上来。

所幸大黑獒始终没有明确的表示。它身上有一种王者之气，仿佛不屑于吓唬我这个文弱青年。

有一天，事情还是发生了。这天上午，我没让珍揩护送，独自再次去河那边的山后访问老牧民罗哲。这是个年逾七旬的鳏夫，知道苏勒山区过去和现在的许多事情。

谁知罗哲老人不在家，狗也不在。我在帐房后边的草坡上躺下来享受冬日的阳光，等了两个时辰不见人影，打算到他帐房里找根棒子或毛绳回家，又一想，擅自进帐房动人家东西犯忌，就鼓起勇气空手返回。

当我小心地踩着凸出在冰面上的一块块石头过了河，爬到高高的河岸时，我愣住了：昂秀家的三条狗迎面走来。黑獒拖着两条铁链走在前面，一左一右跟着它的两个帮手。灰狗扑棱棱地摆动了一下大脑袋，呼噜呼噜的低吼在胸腔里滚动。黄狗"嗖"地一下从原来的位置跳开，迅速地围着我兜起圈子，它跑得越来越快，像一团黄色的火焰，带着离心力甩成圆圈。

这个诡诈的家伙正以高度机动的姿态等待着一个袭击的信号。

我一步步后退着，扫视着脚下的草地，希望发现一块石头，但是没有。

我退到悬崖边上，没有退路了。情急之下，抓起头上的皮帽子，奋力向远处掷去。随着一阵突然迸发的狂吠，三只狗扑上去追逐那顶在草坡上滚动的皮帽子，按住它，嗅了一阵，放弃了。

它们再次向我逼过来。在我极为恐怖地喊出第一声"救命"的同时，黑獒扑过来朝我的腿下了口。在电击一样的震颤掠过全身之后，我才意识到预期中的痛楚并没有发生——它仅仅咬住了棉裤。奇怪的是它既不松口，也没咬第二口；更奇怪的是它的两个帮凶尽管焦躁得跃跃欲试，仍然没有扑上来，不知有什么隐秘的信息制约着它们。

听到呼救的珍揩从帐房里冲出来，看见我的狼狈情状之后先是一阵狂笑："啊嗬嗬……"她笑得弯下腰来。

这种时刻她竟然笑得出来！

珍措跑上来拽住黑獒的铁链子，用藏语喝斥着，把三条狗带回原地，又跑到远处把我的皮帽子捡回来。

我拖着软弱的步子走进帐房，瘫倒在毛毡上，闭着眼睛倾听心脏的狂跳。

珍措拴好狗走进来，开始快速地给我说什么，辅以丰富的手势。我一句也没听懂。但我感觉到她的语气中兴奋的成分大于歉意，因为她的话总被笑声打断。心有余悸的我猛然坐起来，用仅知的一点藏语不客气地打断了她：

"辖吉埋格！却错格琪傻格！"（没说头！你家的狗好得很！）

笑容在她脸上僵住了，她吐了一下舌头，走出帐房。

傍晚，昂秀收牧回家。珍措在给他倒上奶茶的同时，兴奋地给丈夫讲述了阿吾里西巴今天遭遇的事情，我虽然听不懂，但看出这个女人在描绘我的狼狈相。急促的语气里仍然压抑着一点笑意。

昂秀"啊啊"地惊叹着，愣愣地思索了片刻，摇头叹息一番。

他先给我解释：上午他媳妇见黑獒卧的地方太潮湿，想给它挪个窝，刚把两个铁橛子拔出来，灶台上的奶子溢锅了，珍措跑进帐房救奶子，黑獒就走脱了。

"阿吾里西巴，你害怕的不要。我挖清了，那个狗。"他指了指帐房外边的黑獒，"它今天跟你一个玩笑开了。它不咬你。它要咬的话，你一堆碎片片成了。"

昂秀说，他明白了一件事情：这条狗把我当成了9年前的主人——硫磺矿的职工。它出生时，见到的主人们是清一色身穿蓝制服的人。它把我当成了旧主人之一，因此它不咬我。

我愕然无语。我联想到初次到昂秀家时，黑獒的咆哮为什么似乎只对着普华书记，而不是对着我。当时的疑惑现在有了明确的答案，它从一开始就对我没有敌意。9年不渝的忠诚，竟然起始于一个幼小生命对旧主人的感念！然而，视忠诚为重要品格的人类，却需要多么持久的教化，或许才能把忠诚艰难地移植到自私的天性中去。即使如此，忠诚却常常表现为令人担心的不稳定。

这天晚上，我蜷缩在被窝里，听山风轻轻拍打帐房，久不成眠。我发现自己对大黑獒的感动里含着几分沉重。它毕竟是个畜生，不懂得忠贞不二的危险性。假如它的新主人和旧主人处在剑拔弩张的关系之中，它应该听命于谁？它无论听命于哪一方，都将被另一方视为叛逆，招致杀身之祸。

可是如果它与生俱来的品格在人类的诱导下蜕化为朝秦暮楚、见风使舵的"聪明"，它还能是一只令人敬重的獒犬吗？高贵的兽性一旦退化为卑劣的人性，谁还敢把身家性命托付给獒犬？

带着深深的困惑，我跌进了乱梦。

牧草开始返青的季节，我接到通知：全体工作队员到苏勒公社集中，开完总结会返回州上。

临走的头天晚上睡不踏实。几次醒来，望着镶嵌在帐房天窗上的那一小块星空，判断着时间。我听见帐房外时不时地有铁链子"仓啷啷"的脆响，似乎是大黑獒在坐卧不宁地折腾，但它很少吠叫。这有点反常。

早晨起来一看，我怔住了：清晨这段时间，应该是狗们把嘴巴埋在尾巴底下安然蜷睡的时候。但今天，黑獒脸朝帐房纹丝不动地蹲坐着。它目不转睛地注意着帐房的动静。看见我，尾巴动了动，呜呜地低吟一声。莫非，它凭着第六感觉预知我将要离开这户人家远去？

昂秀帮我把行李搭到马背上捆紧。我最后看了看黑獒。它的大脑袋微微一侧，敏感地迎接我的目光。我突然有了抚摸它的冲动。又有点胆怯。

"你放心阿吾里西巴，它绝对不咬你。毛主席保证！"昂秀鼓励我说。昂秀喜欢说"毛主席保证。"他把"向毛主席保证"这句流行语中的介词"向"省略了。因为他不懂这个介词的作用。

"你看你看,它尾巴(读移巴)摇着哩!以后碰上狗你记着,尾巴摇的话狗不咬;尾巴不摇,你小心!"

我忽然明白了,那天在悬崖边上,大黑獒一口咬住我的危险瞬间,灰黄二狗之所以没扑上来,是因为它们从首领摇尾巴的动作中看到了明确的信息。

我在昂秀的护持下大着胆子向黑獒走去,把手放在那巨大的獒头上。作为回应,它立即伸出舌头舔了舔我的手背,湿润的鼻息"咻咻"地喷到我的蓝棉裤上。看得出来,它为9年前的"主人"终于抚摸了它而兴奋不已。

我的棉裤再次被它咬住了。它不情愿我离开。昂秀用唱歌般亲切的低语哄着它,双手抓住獒嘴,慢慢让它松了口。

我在河滩对面的山梁上停下,接过昂秀一直牵着的马,让他回去,并嘱咐他:"以后要是有身穿蓝制服的客人到来,你最好叫他换身衣服。"

"哦呀。"昂秀憨厚地答应着,但他好像没有完全明白我的意思。

2013年8月

# 第三辑 那些远去的背影

我们需要一种高度。尽管我们常常离它很远,并且可能终生能以抵达。有了它,我们的生活中才有了仰慕和感动。在这个高度上,有高蹈的韵律超尘而去,余音袅袅——那是绝响,是彻底摆脱了平庸的心灵向着至善至美的大境界奋勇追寻的绝响。

# 在《红楼梦》诞生的地方

一走近这一弯清丽而安详的山坳,一望见曹公故居门前浓荫如墨的古槐,一个热望忽地升腾起来,并立刻成为我和我的同伴——一位热爱中国古典文学的藏族朋友的约定:在我们居留北京学习的这一年里,这个地方必须来上三次。

结果只来成了两次。是在黄叶满山的仲秋和杂花耀眼的晚春。

坐落在北京西山怀抱中的这个小村落,历史上叫正白旗村,是曹雪芹后半生居住和写作的地方。

离北京市区不过几十里地,这里却像一方远离尘世的桃源。山势苍茫,天宇寥廓,泉石清秀,村舍疏朗。天地之间,仿佛至今还氤氲着不朽巨著诞生前的肃穆。

一溜短墙,三级石阶;两扇门扉半掩,几椽房舍阒寂,这就是曹雪芹纪念馆。这是经过了修补的故居。虽然其中已经掺进了 20 世纪的沙石、白灰和木料,但毕竟还保留着那么多历史的真实:门口那棵歪脖老槐树是那个人曾经抚摸过的;房前屋后的泥土是他踩踏过的;清爽的山地空气是他沐浴过的,更不用说屋子里的雕花木槅扇和黄松木书箱就是他的遗物;石灰墙上墨色黯淡的题壁诗,是他的朋友鄂三的手迹。

往事已经远去,前人的真实和后人的猜想之间的距离随着时光的流逝而拉大。于是，依赖某些物质中介——前人曾经密切接触、后人有幸再去接触的东西，成了唯一能跨越时间距离、和前人交流心灵的桥梁。

因此，周旋在这个曹雪芹曾周旋了数十年的院子里，我们感到和曹雪芹的话语、叹息和咳唾之声靠近了。我甚至可以假想出他和家人的谈话：

"……今儿都腊月二十六了，倘或敦敏大哥还不来，这个年只有将就着过了……算了，甫落亏欠，谁都有难处。你去条桌匣子里把那把湘扇寻出来，拿去问问刘货郎要不要。我这两日身上不受用，没心肠出门……"

文中加了着重号的词"倘或"、"将就"、"落亏欠"（受埋怨）、"不受用"（不舒服）、"没心肠"（没心思）等，都是小说《红楼梦》中反复出现过的、恰巧在今天的青海方言中还活着的用语（当然远不止这些）。据此可以认为，迁徙到北京的曹雪芹，在学会说北京话之后，仍带着明显的南京口语。他在以北方语言为基础写作《红楼梦》时，无意中使用了他自幼说惯了的一些南京方言。而早于曹雪芹数百年，祖籍南京的一部分人，也带着这样的方言辗转流徙，来到青海，并且把这些方言使用到今天。

那么，这些孑遗在青海的南京方言，就成为青海人阅读《红楼梦》时和曹公进行沟通的又一特殊中介。

令人惊讶的还有堂屋里扑面而来的熟悉：被秋日的阳光映得暖亮的纸窗、简陋的土炕、粗笨的炕桌、炕柜，靠墙摆放的条几和八仙桌，还有干燥的泥土气息。这些，不就是我们自幼见惯和嗅惯了的北方农家的格局和气息吗？置身于此，几乎可以感觉到曹雪芹的呼吸了。

虽然我很早就从史料中得知曹雪芹后半生面对的是"蓬门败庸、绳床瓦灶"的困窘、"举家食粥酒常赊"的凄怆，但当我们踏进他用以写作的那间小小的书室，目睹绳床、瓦灶、油灯、书几等物件时，又觉得把伟大和平凡糅合起来是件困难的事。这些寒酸的物件沉默在那里，与其说是伟大的衬照，倒像是年深日久的抗议——抗议这部"十年辛苦不寻常，字字看来皆是血"的孤愤之书诞生过程的惨淡。

……油灯如豆，饿焰如火。深秋，冻雨打窗；冬夜，呵气成霜。难熬的还有酒瘾，使正在运作的毛笔阵阵发抖。中国小说史上最伟大的著作的诞生过程，依赖于最吝啬的物质提供。

假如曹雪芹生来就习惯于吃糠咽菜的生活，他长大后对贫苦的感觉也许会迟钝些。不幸他是从锦绣堆里被放逐到泥淖中的人。青少年时代在南京家中锦衣玉食、偎红依翠的生活现在竟成了总也摆脱不开的梦魇，愈不敢回忆就愈想回忆，愈是回忆就愈不堪回首……

接着是唯一的爱子夭折，使得夜半无眠时枕衾常被泪水打湿。

压迫他的还有来自社会的蔑视。那时候西山一带是清朝八旗护军营和健锐营所在地，村前舍后都有军营。目不识丁的兵勇们，对这个身穿无领蓝布大褂、时常徜徉于林间水边的中年人很有些瞧不起。非官非吏，不商不农，他到底是干什么的？路途相逢，常以挑衅的眼光瞪着他。

不能责怪那些士兵。他们当然不知道在他们的蔑视下低眉让路的，乃是一位后代人只能仰视不可企及的超级巨星。但即便是知道了又怎么样？会比港台影星更有吸引力吗？

今天的中国，有为数不少的人在吃红学这碗饭，又有人由于拍红楼、演红楼而出了名，发了财，但真正的崇仰也就是很小的一个文化圈里的事。

槐荫掩映的院子，门可罗雀。售票处的小姐无聊得直打哈欠。门票是五毛钱一张。这一年，北京世界公园的门票价已高达四十八元。在这个物价日新月异的年代，在这个消费水平不低的大都市，花五毛钱就能进门的，除了曹雪芹纪念馆，只有——不好再做比方了。

并非由于地处偏僻。纪念馆四周就是游人如织的风景区。

关键是社会大众对这个人不感兴趣。你可以用行政手段动员人们参加义务植树、维护公共卫生，但不能动员人们对曹雪芹感兴趣。你总不能带上便携式扩音器，去动员和组织人们去参观曹雪芹故居吧？

一方面是市井文化的空前繁荣和文化消费心理的疯长，一方面是整个社会对构建民族文化人格的出奇淡漠。这种病态心理你还拿它——照北京人的腔调来说——没辙。

《红楼梦》是偶然出现在华夏文学丛林的一棵大树。它的出现为我们这个以思想文化成果闻名世界的古国又增添了一份沉甸甸的自豪。

而如今，面对精神领域中沙化区的扩展，中国人对《红楼梦》的自豪不知还能保持多久？

1995 年 5 月

# 斯人归去

## 一

20世纪70年代是个无书可读的年代。但凡"文革"前出版的文学艺术类书籍,几乎被都打上"封资修"标记,逐出读者视野。爱读书的人,处在精神饥饿状态。因此,当我看到《野愚吟草》时顿觉耳目一新。

那时我在海西工作。大约是1979年,请假回贵德探望双亲。在县医院中医科供职的老同学李茂云来看我,特地给我带了一本油印本的《野愚吟草》,作者是张荫西。李茂云是我高中窗友。他说他曾多次拜访张先生,为的是借鉴他诊病下药的经验,更是为了请教古典诗的声韵规则。李茂云文笔好,写诗有灵气,但对诗词格律尚不谙熟,时而遇到难题。

这本装订简陋的《野愚吟草》我只翻看了几页就被吸引住了。此后几天,甚至有了爱不释手的感觉。一是由于作者驾轻就熟的文言运用能力,二是因为所写家乡人事景物,我皆熟悉,倍感亲切。近在咫尺的乡土题材,以古老典雅的文字描述,造成一种奇妙的艺术美感。写被放逐周屯后的自然环境:"瘴气连云天宇窄,溪声带雨草木寒。"写小院里种瓜的情景:"老妻切嘱防行步,少女惊呼看出芽。"写长女归宁的欣喜:"儒家女儿农家妇,粗通翰墨略知书。"写高原深秋物候:"有水都明镜,无禽不翠毛。"

写中宵难寐披衣漫步的心境："一天明月凉似水，半世襟怀淡若仙。"写困境中的幻想与无奈："每想白云生处去，白云亦自在人间。"写中医的养生之道："谈能损气言常少，食纵维身也怕多。"

这些晓畅通达，散发着泥土气息的诗句，撩动着我心底的乡愁，我几乎在读第一遍时就记住了。我没有刻意地去记，而是它们自然地流进了心里。

还有一首，看了题目之下的一段小序就让人忍俊不禁：

"邑中一老翁奉命遍赴各乡登台絮叨进京享盛宴事。"

我能想象，以戴罪之身在台下听报告的诗人眼角冷冷的嘲讽之色。

张荫西这个名字我知道，是本县有名的中医先生。但农村人都习惯性地称他"张秘书"而不是"张大夫"，是因为青海解放前他曾在大通、同仁、循化等县府当过秘书。这也是他在"文革"中获罪的缘由。"文革"开始不久，他的公职被剥夺，举家迁往半农半牧的周屯山区劳动，这让他难以理解："生平未与丧心事，老去尚熬待罪年。"

农村人称"张秘书"，是沿袭下来的称呼。殊不知这样的称呼对人家有害无益。但乡民们哪里懂得这些，甚至以为凡秘书必会看病。有人告诉我，有农民到河西乡政府找秘书看病未果，很失望地问："你也是秘书，张秘书也是秘书，那你怎么不会看病？"可见张荫西影响之大。但人们仅知道他是医生，谁能想到他人生的另一面！

有一天我正在读《野愚吟草》，本村一位乡亲来串门。我从中挑了一首最为浅显的《故人来访》给他看。"看看你能不能读懂。"

清晨有客到吾家，
诗酒流连日西斜。
翰逸墨飞新挂壁，
曾无评誉出唇牙。

结果他读懂了。"你看我理解的对不对——就是说大清早家里来了一个客人，主人用诗和酒来招待他，然（西北方言中的这个'然'，始终未找到正确的字）给了一天，太阳都西斜了。可是呢，主人刚刚挂到墙上的一副啥东西——不是画儿就是字儿，很希望客人欣赏，但是这个人连一句赞赏的话都没有。口皮牙缝儿里都没提，是个酒拉拉，太叫人失望了。"

我大笑。"说得太对了！尤其是'口皮牙缝儿'用得好！水平不低啊，你这个学畜牧业的。"

上述几则小例只是当时印象最深的事，远不是我喜欢这本诗抄的全部原因。真正让我折服的，乃是蕴含在他作品中的广博的文史知识、深沉的忧国情怀，尤其是那举重若轻的文言功夫。

一个远离华夏文化中心的蕞尔小县，居然深藏着这等人物，这让我惊讶，也深为一个诗人的被埋没遗憾。

## 二

1983年，在海西工作了十几年的我调到青海日报社文艺部已有两年。当编辑，有了选发他人作品的便利。固然，版面并非个人的自留地，不是想发什么就能发。还有部门主任和分管文艺版的总编辑在把关。但无论如何，这是职业带来的便利。如果文稿质优，能为副刊增色，那更不用担心领导蹙眉了。

这年10月，我打定主意，趁回贵德探亲的机会，去采访张荫西先生。进了县城几经打听，终于，顺着玉皇阁东侧一条弯弯曲曲的巷道走去，眼前是一处低矮的土筑院墙，土墙上挖了个圆门。巷道里阒无人迹，只听得门外老榆树上麻雀在聒噪。《野愚吟草》中读到的场景，在这里还原为生动的真实：

>深巷迤迤小径斜,
>短垣低墙是吾家。
>门外曾无车马过,
>枝头常有鹊莺哗。

进了土圆门,才是大门。两扇老旧的白杨木门扇紧闭着,推不动。我喊了几声,有人应声:"阿爷今天不看病,你过两天再来。"我说我不是来看病的,我有事情要给张先生说。

一位慈祥的阿奶开了门,一边领我往里走,一边解释说:"阿爷这两天身上不受和,缓着哩。"我很抱歉地说,"我今天先认识一下张先生,喧两句就走,不会影响他休息。"

谁知这一喧就是一整天!

荫西先生时年78岁,貌清癯,神安详。他没等我说完来意便热情让座,并且一定要让我这个晚辈先落座他才肯坐下。"你是客,我是主啊。"他的小女儿张菱也立即过来敬茶。

除了一家三口,院子里还有一棵梨树、一棵桑树,显得有些空旷。寒暄中得知,四女儿张佩华在西宁上班,儿子张洪在青海师大读书。

我说:"张先生今天身体受和,我改天再来详谈。"但张先生诚恳地说:"既然来了,消停坐个,甭急着走。"我犹豫了一下,终于拿出了采访本。

我从他的家世问起,先了解他的生活经历,逐渐谈到他的创作经历,痴迷于写作的最初机缘和后续动力,他对创作题材的取舍原则,他的艺术风格取向,等等。荫西先生以缓慢的语调谈着,吐字清晰,用词准确,引经据典如同探囊取物。他为我洞开了一扇大景深的门扉,不仅让我懂得了有关格律诗的一些常识,也为我展开了青海乡村社会跌宕起伏的生活画卷。和他倾谈的过程是暴露我才疏学浅的过程,我时时感到挖掘这样一座大山,我这个半吊子文人缺少相应的知识和技术。多年后回忆这次采访,才发现有一个重要的问题没有问及：那就是，一个终生未离开青海方言环境的人，是如何解决声韵问题的？不可能每写一个字都去查韵书吧？但那时我不可能想到提这些问题。

我留心着张先生的精神状态，随时准备打住。但他看来很乐意谈下去，我只好留下来继续叨扰了。不断的提问和记录让我忘记了时间，当张菱和她母亲把饭菜端上桌时，我奇怪刚坐下怎么就到中午了。

午饭后张先生建议把椅子搬到院子里继续谈话。我看他谈兴不减，就很歉疚地同意了。在院子东北角一棵老梨树下，深秋的阳光暖暖地照着，长把梨成熟的清香在空气里氤氲，尘嚣不闻，禽鸟婉啭，在这样的环境里，任何家常话题都能让人入迷，何况是诗。

荫西先生已经完全敞开了心扉。除了回答我的问题，他还谈到了儿时的一些轶事。因为无关采访主旨，我没往本子上记。但由于故事本身的精彩，我牢记在心里了。三十多年后的一个冬日，我忽然心血来潮，尝试着用纯粹的文言体追记了这段轶事，题为《荫西当年方十三》。我把电子稿发给了《青海日报》文化专刊部主任马钧。马钧看了大喜，配写了长篇评论《文字的珍馐》，组成一个整版，很快在青海日报副刊发出。没想到立即引起文学界一片热议。原因有二：一是党报副刊六十多年来第一次刊发今人写的文言文，大感新奇；二是这件事情本身饶有趣味，新鲜可读。这篇作品结尾写道：

……予谓先生曰："幸而令尊大人洞明世事，能于青云中见火坑。若惑于富贵，呵责先生勿以家为念，紧揪权贵骥尾，以待龙门之跃，则江山易帜之时，先生殆矣。予又何缘于此老梨树下与先生扳谈竟日也？"

先生曰："遑论此！果尔，吾项上人头今在否，未可知也。"

于是相与大笑。"

第一天采访在主客大笑之中结束。告辞时张先生坚持把我送到土圆门外，说："今天把你枉驾了！"

他用了"枉驾"这个敬辞，我略感惊讶。我再次感受到一个来自私塾时代的诗人温文尔雅的风范。

我记得第二天又去先生家补充采访了几个问题。总之，我离开贵德时已经满载而归了。

回报社不久，收到了荫西先生的信，是用毛笔写在八分笺上的一首七律：

> 金风萧瑟柳参差，
> 听叩柴门客到家。
> 篱下黄花常寂寞，
> 故园秋柳自夭斜。
> 君称来意欣延座，
> 我聆清言忘献茶。
> 少年才气横溢甚，
> 恍如天半倚朱霞。

先生的褒奖令人汗颜。那年我38岁，年近不惑而腹内空空，但在先生眼里不仅是少年，似乎还多才。惭愧！

## 三

回单位后，我用了较长的时间，用心打磨出了报告文学《从来沧海多遗珠》，约有八千多字。按稿件的编审流程，先送部主任初审。王展主任看了稿子，对这个题材表示很大兴趣，向我询问了更多有关张荫西的情况。但也指出，你写得虽然不错，但报纸宣传还得讲究规模。一个乡村诗人，他的成就有待于文化界认定，发个三四千字的评介文章，也足够了，写这么大篇幅，有没有必要？是不是再好好压缩一下。

王展主任的意见在今天看来是有道理的，但我那时已完全被荫西先生的才华所倾倒，又兼年轻气盛，自信文章虽长，但言之有物，可读性强。再者，下大力气写的东西，实在不忍割爱。踌躇之下，决定拿去呈送给总编辑李沙铃定夺。李沙铃是个颇有文学素养、勤于写作的领导，看了我的稿子大加赞赏。或许，还因为他自己也因文字罪在"文革"中被贬黜，刚刚平反恢复职务，看了张荫西的遭遇，"于我心有戚戚焉"。

"回去给王展说，稿子没啥问题，就这样刊发，不需要再删了。"

拿总编辑的意见去否定部主任的意见，这样做有失君子之风。但我那时顾不得许多了。所幸王展主任并没有因为这件事心存芥蒂，更没有找机会给我小鞋穿。他是个大度而且随和的人，更因为文章发出后，社会反响都是正面的，他这个当主任的脸上有光。

1983年10月的一天，《青海日报》副刊以整版篇幅刊发了报告文学《从来沧海多遗珠》。报社同仁们看了都说好，我记不起还有哪些熟悉的或不熟悉的朋友打来电话说他们的读后感。印象最深的是老朋友刘春耀，此后多少年，多次说起此事，他甚至还背下了文章开头一段。

荫西先生的家人是从县邮局买到了报纸，买了很多份。一个在古典诗的原野上踽踽独行的人，一个笔花墨雨长眠箧底而鲜有知音的人，终于被社会关切的目光所照亮，其心情是可以想象的。百感交集之下，张先生又赋诗赠我：

分手河阴月再移，

> 云天瞻望佩襟期。
> 有幸今逢曹楚士，
> 无交合拜郑当时，
> 陋句吟哦惭自娱，
> 鸿文赞誉感君知。
> 遗珠二字游扬过，
> 惆怅十年动乱时。

先生在这首诗里把我比喻为曹楚士（即曹丘生）。曹是西汉人，因为赞扬季布，使后者享有盛名。其实，对一个新闻从业人员来说，发现有价值的人和事并宣传出去，是职责所在；再说了，张先生的创作成果是第一性的，媒体是第二性的，倘无这两个因素，我何能焉？

几十年后回头再看《遗珠》这篇文章，发现并不像当时感觉的那么好。一是作者的主观倾向过于外露，这是文学的忌讳；二是铺陈多而分析少；三是文字嫌雕琢，有匠气。我用了一些文绉绉的词语，比如"蹭蹬""偃蹇"，以表现我的"文化素养"。我在文章里努力地表现自己并不具备的素质。一般读者也许觉得你功夫深，行家必能看出字里行间的窘迫。

我曾自我宽慰说，毕竟我当时还是个不成熟的写手。但后来逐渐明白，限制了我的真正原因是，古典文学修养和文学理论素养都不够。文字的技巧是可以通过苦练提高的，而基本素养的提高可就没那么简单了。

我们这一代人是被严重耽误了的一代人。中学六年，大量的学习时间被劳动课挤占，又逢举国饥馑，学业失常，几至辍学。大学时代，所谓社会实践仍在挤占课堂教学，随后又逢"文革"，想读点书，难矣！所幸我这人不算太懒，也不甘苟且，一直在悄悄努力。晚年一次朋友相聚，座中一位大学时的女同学说："我们中文系同班毕业的二十几个人，现在看来，就你和蒋焕东两个人最有成就！"（蒋是原青海大学校长）我知道她指的"成就"是什么。就说："老同学此言差矣！以头上的纱帽论成就，世间哪有黑白啊。其实我们大家都差不多，但我稍微不同的是，我是同学中唯一热爱本专业并且热爱到底的人。而你们，看不出对所学的专业有多喜欢！"老同学无法辩驳，笑了。

## 四

荫西先生已近八秩，能不能在他有生之年，把他的作品变成正式出版物，这成为我的一个心愿。恰好，有个高中同学曹毓祯，也是窗友中的佼佼者，在青海人民出版社担任编辑。"桑里俊才久闻名，未曾把酒细论文。"张荫西的这首诗说的就是他。

我把我的想法给曹一说，他很赞成。并说，按出版程序，先由部门给社里报选题，获得审批之后，再确定责任编辑及出版经费等事宜。

在曹毓祯的大力斡旋之下，选题顺利审查通过。接下来的事情非常具体：确定责任编辑，落实出版经费，再就是一篇序言。

责任编辑自然是曹毓祯了，但他坚持邀我一同参与选编和注释，我也答应了；经费问题，经贵德县政府有关部门的几位领导谢成林、袁廷俊等人争取，也解决了。唯一难办的是，找不到适合写序的人。让我写吗？毋论后生晚辈，资望不孚，亦且才力不逮。最终，曹毓祯力主以我的报告文学《遗珠》作为代序，只好同意。

是在炎热的夏日，在曹毓祯家的客厅里，我二人摊开张荫西的手稿，又搬来一堆工具书，开始选辑和注释，搞了好几天。我原先还想，既然要正式出版，就把书做大、做美观一些。但20世纪80年代中期，意识形态领域思想还没有真正解放，出版社观念还较为保守。曹毓祯告诉我，一个乡土诗人，书的规格太高了，终审恐怕难获通过，还是低调一些稳妥。我觉得此话有理，选编也格外谨慎。最终，只选了一百首。

一本装帧朴素，小开本，分量有些单薄的《荫西诗选》终于出版发行了。虽然有些遗憾，但毕竟是省级人民出版社的正式出版物，身份不低。荫西先生在寒来暑往中，用干涩的墨、湿润的情推敲出来的那些诗句，终于变成了一行行码放整齐的铅字，这让先生喜不自禁："书成似拜天家物，先向百花香里熏。"

《荫西诗选》的出版是1985年贵德县的一大新闻，贵德社会这才重新认识了身边这位乡亲。据悉，他的亲友们也都上门祝贺，一向寂寞的小院里充满了欢声笑语。翌年，我去贵德探亲，张先生又设家宴相邀。座中除了我，都是些长辈，还有我的中学老师。大家都夸奖我做了一件大好事，我则再三说，如果没有张先生创作成果，我哪能做出无米之炊。

这以后，荫西先生的创作仍在继续，年过八旬，文思丝毫不显迟钝。他的眼界更加开阔，对文字的锤炼也更加上心。一个重要的成果就在这时产生，那就是《南海长联》。这副长联写贵德名胜南海殿，上联写景，下联写史，气势磅礴，对仗严谨，极为典雅工巧。在当代，能写出这样楹联的人，当属凤毛麟角。我游览过的国内名胜可谓多多，并且每到一处，十分注意楹联，时常动手抄录（拍照留存的不容易记住）。偶尔也能见到今人写的楹联。有的联语，貌似大气魄，实非大手笔。与古人一比，高下立判。国学素养的欠缺是无法掩饰的。譬如武侯出师，志吞吴魏，毕竟气力不够，难免失败。

兹录《南海长联》：

（上联）何处是方壶仙都？请看那昆仑远支，西倾分干，恰如翔落健鹄，敛羽倦游，四顾叠嶂拱伏，山峡峨嵂，黄河围带，封域承盘，皓岭凝玉，虹桥卧波，梨英炫缟，桃浪泛红，庶几瀛寰之奇观，差称世外之丹邱。至若柳荫千村，麦秀万顷，桑麻蓊郁，园庐交错，袅袅青烟，蒙蒙细雨，好个膏沃苹野，武陵奥源。假逢芳朝朗日，约知友良朋，骋目遣怀，追霞涉峻，溪谷俄而钟情，岚氛乃能陶醉。俯仰流连，恋恋曷已。恍犹六合冲鹤，天际真人，不亦快乎？闻曩者青田断脉、邓将列坟、凭历传齐语，遗痕尚存。思得明珠，端需探骊，剖蕴核实，犹待后贤。更旁侧顾盼，左控涧而右控溪，汹涌澎湃，两两争先，恰似双龙夹驰，投入浩浩大浈，讵非异欤。孰知孤城半残，宝塔息影，良深惋惜。呜呼，芳草夕阳，兴词宗之品题，名区殊迹，博骚客之豪吟，管教玄圃眉飞，阆苑色舞。

（下联）此间即南海胜景，试瞰兹翠微丘隅，灵岩峦头，蹲踞北向，居然独占雄鳌，昂首休止。一望琳宇玲珑，宫阙壮丽。碧汉卷云，周原指掌，古木巢鸦，鑑池涵月，流韵鸣琴，霓根漱石，堪夸遐荒之幽墟，咸推河阴之胜地。每常灯昭九华，香薰八垓，炉篆缥缈，霭芬氤氲，溶溶爽气，泠泠高风，美哉清净道场，维摩丈室。为值榖旦佳辰，见善男信女，摩肩接踵，焚炷献花，盂盆皆因有缘，秋水毕竟无尘。遐迩供养，碌碌莫辞。所于三清上真，莲邦佛子，盍亦诚也。想当初大士呈姿，纯阳肃像，旧贯安在。待完全璧，暂缓窥豹。踵事增华，还仗群力。且前后观瞻，离崇殿而坎崇阁，苕苕轩昂，遥遥相对，譬诸二曜互映，默会悠悠长空。只冀景星速见，蕊珠重光，允洽升平。嘻嘻，高梧祥兆，招凤麟之瑞琮，暮鼓晨钟，警林薄之鸟梦。勿谓普陀山邈，紫竹径深。

若干年后，我听张菱讲，她父亲为构思《南海长联》，足足耗费了两年多时间，熬尽了心血，精力有些透支了，不然，兴许还能寿延几载。我听了十分惋惜。两度寒暑，一副楹联，近乎左思写《三都赋》，代价太大了！

楹联在一定程度上比赋难写，因为对仗限制太严。否则就不能成为对联。对仗犹如篮球场的边线、篮板高度和篮环口径，是基本限制。在这种种限制中能够"随心所欲不逾矩"的人，才是高手。即以我自己撰写的两副小联为例，虽无深意，但为了对仗的严谨，颠倒苦思，也颇费了些工夫。一为酒坊对联：

　　　　酒后常笑英雄少
　　　　樽前每期知己多

一为磨坊对联：

　　　　麦子总得磨眼里下
　　　　光阴就在水轮上飞

这两副楹联如今刻挂在湟中县慕容古寨，自信再挑剔的人也找不出毛病。

而前人基于深厚的国学素养，撰写对联自然得心应手，一些写历史名人的对联，寥寥十几个字，深刻和贴切到极致，令人绝倒。

比如，写李白：

　　　　盛唐诗酒无双士
　　　　青莲文苑第一家

写秦始皇：

> 焚书早种阿房火
> 收铁还留博浪锥

写韩信：

> 生死一知己
> 存亡两妇人

这些对联，说理如利刃刳木，用韵如珠玉落盘，怎能不让人击节叹赏！

每每看见一些完全不成规矩的楹联堂而皇之地被镌刻悬挂于名胜景点，起先只是佩服人家胆子大，后来感到，在某种艺术技能处于稀缺状态的时代里，这是一个必然现象。

青年诗人海子纪念馆里的对联是：

> 今夜我在德令哈
> 不想世界想姐姐

这像什么对联！连最基本的对仗也不要了。估计也是现代诗人们束手无策，最终写成这个样子。

海子的结局，其实最适合于酝酿联语。如果让我写，我会写成这样：

> 小城雨夜，漠风难拭痴人泪

### 大地花朝，诗苑痛失长爪郎[①]

虽说还是不太称意，但至少对仗工稳，看上去还像个对联。

对联字数愈长，对仗难度愈大。对仗包含两个基本要求：上下联之间相对应的每一个词语，必须是词性相同，结成对子；字音相反，形成反动。还得保持文意的畅达，难亦乎！以我极为有限的实践，常常顾此失彼，进退维谷；要么以辞害意，要么以韵害辞。非个中人，难识其甘苦。《南海长联》682个字，真乃字字血汗，句句黄连！

其实先生大可不必写这么长。缩短一半篇幅，依然不失为长联，而劳苦可以减半矣！

《南海长联》是先生留给贵德的最后一件文化遗产。它镌刻在南海殿山门内一面很大的景观墙上。字是拓印了先生手迹，放大后镌刻而成。先生一生崇尚北魏书法，练出一笔方劲古秀，貌拙实巧的字。字里行间，跳动着先生的思想、性情和邈远的遐思。

林锡纯先生曾感叹："贵德和一位真正的书法家失之交臂。"听了这话，我很后悔当初没请先生赐赠一幅书法作品。

来南海殿的游客中不乏文化人。他们站在这面景观墙面前，磕磕巴巴地诵读着，极少有人能准确断句，一气读竟。楹联的长度增加了断句的障碍，这确实是个缺陷，但这个缺点也是优点。它让读者知道，这不是一碗白开水，一眼就能看到底。不敢小看贵德，这地方有人！

---

① 长爪郎指李贺。

## 五

1988年5月,我请假回贵德探亲。有天下午,正在和父母闲话,忽听门外有人喊"王老师!王老师!"我一边应答:"哦,门开着哩,进来啊!"一边起身去看,很纳闷,大门和重门都开着,怎么不进来说话呢?

走出重门我愣住了,大门外边,张洪跪倒在地,旁边站着他的妹夫杨永隆。一瞬间我有些糊涂,忽而明白发生了什么事情!

杨永隆作了个揖,告诉我,他岳父今天早上殁了,特来报丧,请我参加丧礼。

杨永隆说完,再次作揖,张洪磕头,起身告辞。

我为先生的突然辞世而惊愕,更为先生家人的持守礼法而感动。

我已经很久没遇到这种邀客形式了,简直恍如隔世。

依照传统习俗,孝子必须在知客陪同下徒步去给亲友报丧。乘车或骑车皆是失礼。

到亲友家门前,不能进去,跪在门槛外,由知客报丧。在贵德,像这样讲究礼仪的家庭,几乎没有了。

我做了一副挽幛,请父亲用大号"提斗"写了四个字:"大去如归",去先生家祭奠。

荫西先生时年83岁,病故于家中。这个文化家庭的丧仪,办得十分朴素,但绝不马虎,一切都有章法。在一丝不苟的礼仪后面,是儒家文化深远的浸润,而家人在每一个细节上的认真,尤其是接待吊客的礼貌,是先生朝夕教诲的结果。

斯人归去。在贵德,代表了一个时代的文化符号消失了。

记得我在南京大学新闻学院进修时,一位上了年岁的博导(忘其名字)说过:"新闻不仅要盯着新近发生的事实,还要注意生活中那些早已悄悄发生,一经点破,使人恍然大悟的事情——因为它们往往象征着社会深层的变化。"

一个八旬老人寿终正寝，表面看来很寻常，而在这个事实的背后，是一种历史性的终结。那就是：传统的私塾教育在贵德结出的最后一枚果实告别枝头，坠入泥土。这以后，将是一个长度难以预测的空白时代。私塾教育在黄土高原的西部边缘地带，延续了七百多年（如果从明洪武年间向贵德移民，屯田戍边开始算起）。儒家文化曾被系统地输入到这个自汉代以来"诸羌环踞，民不读书"的蛮荒之地，并且扎下了根。

私塾最大的特点是教师面对为数不多的学生，因材施教。其方式近似于今天的研究生教育。平庸顽劣者自然被淘汰，聪慧好学者脱颖而出。张荫西的塾师——晚清秀才宁赞丞很快发现了张荫西的异秉，予以亲炙，以格律诗的圭臬严格加以训练，果然，后者在七八岁时，律诗已经写得有模有样了。他的诗稿中有不少作品注明是"少作"，也就是未成年之前的作品。尽管是"少作"，无一首不合韵律，说明他早就成熟了。即以《园中口占》为例：

> 携弟巡园去，
> 晨花朵朵开。
> 不识花间露，
> 惊呼汗出来。

林锡纯先生认为，这首诗浑然天成，童心尽显，可以与骆宾王的"鹅鹅鹅，曲项向天歌"相媲美。

私塾教育的另一个特点是全方位的人格熏陶，教书和育人密不可分。在贵德，对儒家礼仪的践行，无人能和张荫西一家相比。张荫西的君子风范，如今延续在他的子女们身上。

在生命的最后5年，他像彗星一闪，让贵德人重新认识了自己的这个乡亲。没有这棵大树的日子里，我们时时感觉到一种无可替代的文化缺失。

荫西先生的逝世，在一定意义上是一个分水岭，它意味着，儒家文化在贵德的传承链条中断了。

这个变化是看不见的，人们一般不会注意，只有在特殊条件下，"无"的存在才会显现，变成实实在在的"有"。比如下面所讲的事情。

2007年，省委宣传部为了弘扬国学，组织了一次大型征文活动，要求全省州县政府都推出一篇宣传本地历史文化、山川形胜的"赋"，在《青海日报》连续发表。

难题来了。

赋是古典文学常用的一种文体，介于诗和文之间，语句以四、六字句为主，并追求骈偶。除此，还要求声律和谐，辞藻典雅。简言之，排偶和藻饰是赋的一大特征。典型的如"渔舟唱晚，响穷彭蠡之滨；雁阵惊寒，声断衡阳之浦。"皆为千古名句。

让现代人写赋，岂不是赶鸭子上架！其结果众所周知，难坏了州县文秘人员。反复打造后定稿、最终发表在报纸上的"州县赋"，除了极少数，大多为半文半白，佶屈聱牙，难以卒读的东西，遑论声律和谐，辞藻典雅，就连"文从字顺"这个最起码的标准都达不到。描述的困难，造成"物华天宝，人杰地灵"之类成句，几乎被任意套用，全然不顾当地特点。有的人写现代诗，如同探囊取物，一日千行；写赋，却是寸步难行。作者中不乏有天分的人，但缺少系统的国学训练，怎能凭空写出规范的文言文？

我自己还算有自知之明，对于州县约请，一概婉拒。不写，是藏拙之一道也。至于我以赋的形式撰写的《江源颂辞》《景熙丰公园序》等，乃有不得不写之苦衷也。

## 六

2005年，友人张君奇先生给荫西先生的子女们建议：当年由于各种因素的限制，《荫西诗选》选辑的诗作太少，如今出版界观念已经改变，你们可以考虑，集点资，重新出版《荫西诗选》，把该收的作品都收进去。明年就是先生100周年诞辰，这是对你们父亲最好的纪念。这一说，姊妹几个都赞成，经过大半年的努力之后，新版的《荫西诗选》由青海人民出版社出版，全书共收进500多首诗作，居然可观。封面题字是林锡纯书写，序言是我写的。我之所以如此，一是出于对荫西先生的缅怀，二是20年过去，我尽管驽钝，毕竟也进步了，不再感到太大的压力。

那时我已经退休。就去找马钧，商量为这本书的宣传做点什么。马钧的想法是，最好在诗人的家乡组织一次纪念会和研讨会，这样影响大一些，对贵德的文化建设也是一种促进。这倒是个好主意。

2006年梨花盛开的季节，在贵德河西，风景优美的梨花别墅，由青海省江河源文化研究会、贵德县人大常委会和《青海日报》文化专刊部三方名义召开的"张荫西诞辰一百周年纪念会暨诗词研讨会"举行。

省城的评论家们都有充分准备，对荫西先生的创作成果做了全面分析，见仁见智，精彩纷呈。会议发言后来编辑成集，兹不赘述。值得特别一提的是，与会者有一个共识：同为河湟乡土诗人，张荫西的写作与清代以来的青海诗人杨应琚、基生兰、李焕章、朱耀南、李宜晴等有明显不同。

首先是成长环境不同。从历史看，青海的文化重心不在贵德，而是在湟中——西宁——平安——乐都——民和这个文化带。上述诗人都出现在这个文化带上。而张荫西是出现在汉藏杂居的贵德，这是一个有着鲜明的羌藏文化大背景的小块农业区，是一块缺少儒家文化养分的土地。其次，上述诗人一般都有着家庭熏陶和学校教育双重的成长条件，一般都通过应试走上了仕途。他们差不多都有过在内地做官为宦的经历，或是以文化特长谋生的经历。他们虽然是"土生",但不是"土长"。张荫西则是彻底的土生土长,他的一生都于仕途无缘,一直是个普通劳动者。

最大的不同还是作品的不同。上述诗人在艺术上达到了较高的水准,作品中也有写民众疾苦的内容。但他们的作品脱不开官绅士子和文人墨客的精神情怀。题材以唱和应酬以及山水诗酒、风花雪月居多。他们的作品更像是内地文人写的东西,是在仿古。李宜晴的词写得那么有功夫,但那种情感内涵和表达方式太像内地的女词人。这种写作其实是对前人的一种成功模仿(这当然也很不容易)。

上述诗人即使在写普通民众的劳苦生活,仍然像历史上的同情者一样,是在写别人,不是写自己。张荫西的作品写的却是亲身体验。《村中派晒麦种》(用人粪汁搅拌麦种,晒干敲碎,据说可增产——事实证明无效):

> 不嗜痂人偏弄秽,
> 是逐臭者或称香。

《菽中除草口占》:

> 背硬如弓偏使曲,
> 足蜷似蠖促难伸。

生活经历的特殊性,决定了张荫西的诗对底层社会的感受深度明显超过了青海历代诗人。这也是他一生不喜欢"骚吟风雪"的原因。

这次研讨会让我联想到已故文史大家李文实先生对于河湟乡土诗人的评价:"总的看来……因多尚性情,所以多流连光景的作品,植根不深,安于肤浅;另一方面为了应试,多从帖括入手,所以格律虽工,却偏于摹拟，缺乏韵味。"这真是一针见血的分析。尤其是"植根不深"一语，直抵问题实质。李文实先生生前如能看到张荫西的作品，想必另有感想。

与会的贵德县领导对这次研讨会深有感触，认为像这样高品位的研讨会，贵德县第一次遇到，这对于创建文化县是一种特殊的精神动力。希望以后创造条件，多开几次。

我知道，其言也诚，其事也难，因缘际会，可遇而不可求也。果然，转眼十年过去，类似的研讨会已经绝迹。十年里，社会的商业化程度快速提升，生活中的诗意加速流失，连文化人都懒得谈文化了。

## 七

我在《荫西诗选》的序言中曾感叹风雅一道后继乏人："在那个素有高原小江南之誉的河谷盆地，今后，还会有人像江南才子一样，在风晨雨夕烹文煮字，煅声炼韵吗？不会了。"

像是在反驳我的悲观性瞻望，不经意间，贵德籍诗人沈世杰出现在我的视野。

我看了沈世杰的诗，不由愕然。看来我的结论下得早了一点。原来沈世杰一直在韬光养晦，有点十年磨一剑的味道。一出招，就显出身手不凡，不是那等笨拙的模仿者。

沈世杰是青海师大附中的优秀语文教师。根据我后来的接触，感觉到以他的专业水平，到大学里教语文也绰绰有余。

张荫西和沈世杰属于两代人，他们互不相识，更谈不上有什么学术传承。他取得的成就，完全是自己发奋钻研的结果，从他的作品看，对于格律的掌握已经得心应手。用青海话来说，"挖着透透儿的了。"他的作品清新自然，生活气息盎然，多见真性情，少有学究气，更无老干部腔。

> 春来二月蛰龙醒,
> 地沐东风百草生。
> 垅上千家齐炒豆,
> 嘎崩脆里唤牛耕。

其声韵如雨打芭蕉,清脆可闻。这恰恰符合清代大诗人兼评论家袁枚的欣赏要求:"声凭宫徵但须脆,味尽酸咸只要鲜。"是的,沈世杰的这些诗句音韵很脆,味道很鲜。

沈诗最明显的特点,是浸润在作品中的悲悯情怀。除了对普通民众,他还对弱势的动物充满关怀,以如泣如诉的声韵唱出,动人心魄。

写毛驴:

> 托生畜类唯嚼草,命降人寰永受鞭。
> 冻地牵车跋漠漠,炎天碾麦转团团。
> 驯良妇孺皆跨骑,耐苦腰肩屡溃穿。
> 最忍一刀割艳念,生伦已绝塞残年。

沈世杰有非常出色的一首七律《贵德吟》:

> 青山远近野田家,绿柳渠边小径斜。
> 麦垄蓬间兴噪雀,麻池草底起鸣蛙。
> 北畦雨后割头韭,南陌风前访蜜瓜。
> 最喜弥川新老树,春来怒放万千花!

这首诗里有两处注解。一是"麻池",贵德人过去用来浸泡亚麻的小水池。二是"头韭"。是春暖时节,刚长出的头茬韭菜,用以包饺子或烙韭饼，鲜美无与伦比。

我原以为自己看好这首诗是有偏爱的成分。因为它触动了我的乡土情结。后来才知道，不熟悉贵德的人同样喜欢。这首诗被教育部门选入中学语文辅助教材，是有眼光的。

作品能否感染人，不在于你写了什么，而在于你怎么去写。歌颂贵德的诗作不少，大多离不开人所熟知的黄河、梨花等元素，赞美空泛，辞藻艳俗，偏少真情，转瞬就忘。而这首《贵德吟》我只读了两遍就记住了。

## 八

格律诗在整体上走向衰落，这是无法逆转的趋势。衰落过程不是直泻而下，一夕千里，而是迂回曲折，眷恋徘徊，有时甚至出现逆水洄游的气象，表现了国人对古典诗词难以舍弃的情怀。近年来，各地雨后春笋般地出现了一些诗词学会，以及相应的刊物，现代人创作的古典诗词有了发表园地；中小学语文课本中古典诗词的分量明显增多；尤其引人瞩目的是，国家核心媒体央视重磅推出特别节目《中国诗词大会》，在黄金时段播出，为诗词爱好者提供了展示风采的最大平台。

这一切都在表明，古典诗词仿佛有"中兴"趋势。

事情其实并不那么简单。国人的努力诚然可贵，但古典诗词走向衰落的两个根本原因无法解决：一是土壤不存，二是制度不存。前者指的是文言文素养的整体水平退化，犹如金字塔的基座不存；后者指的是科举时代早已过去，诗词作为应试科目的制度不复存在。读书人不再把它作为硬指标去下功夫。即以那些在《中国诗词大会上》滔滔背诵，惊煞观众的青年学子为例，他们所展示的乃是对古典诗的挚爱和超强的背诵功夫，而不是创作能力。能够展示自己作品的人少之又少。即使博学多才如康震教授,一轮到他自己作诗,立马捉襟见肘。行家都看得很清楚。所以说,他们——无论是台上的还是台下的,基本上都是欣赏者而不是实践者。当然,有数量丰厚的古诗词垫底,如果去实践,无疑会很快进入门径。问题恰恰在于实践的主观动力和社会动力都不足。

我接触到不少诗词爱好者。绝大多数是有一定文化基础的老干部(也有为数不多的年轻人),他们中通晓诗律的人几乎没有,驾驭文言的能力也差,所写的七言、五言,仅能凑成句子,谈不上对仗美、音韵美,更不说意境美。有些人不乏执着,写得很苦,但文言文素养的严重不足,已经决定了不可能写出好诗。

话说回来,文言文水平高了就能写出好诗吗?也未必。诗人贵有灵气,有灵气就会出意境。灵气与文字功力无关,它是天生的,不可能在后天获得。如袁枚所说,"与诗近者,中年以后,亦可名家;与诗远者,虽童而习之,无益也。盖磨铁可以成针,磨砖不可以成针。"古代名家,有人以诗见长,有人以文见长。两种文体,两种思维方式。同一个人,两种禀赋孰强孰弱,在娘肚子里已有伏笔,不能自主。比如王安石的文章,直追韩愈,人不能望其项背,而他的诗,多为同时代人所诟病。

再从大气候看,当代诗坛是现代诗的天下,古典诗处于被漠视甚至被排挤的地位。是什么原因使现代诗人们对古典诗不屑一顾呢?一是因为创作技术的高难,现代诗人不敢试水,索性采取敬而远之、甚至鄙而薄之的态度;二是当代古典诗爱好者们也确实拿不出万口传诵的好作品,自然被人轻视。

现代诗的状况也好不到哪里去。写作之易与传诵之难,一直是个难解的矛盾。写作呈滔滔之势,流传呈寂寂之态。借助网络也无用。网络的神奇翅膀,可以让诗飞遍世界,但不能把诗植入读者心中。除了极个别的幸运者,绝大多数现代诗,一产生就等于死亡了。原因很简单:读不懂,记不住。当一个喜欢诗歌的读者,在现代诗的丛林里左冲右突,穷尽心力,仍然一头雾水，怀疑自己低能，又不敢贸然以"皇帝的新衣"作为攻讦武器时，阅读竟然成为对读者的折磨。在此情况下，回到老祖宗那里，从那些时隔千年仍然如同身受的艺术境界中，品咂生活的况味，感受人性的温暖，是自然而然的选择了。更何况谁都相信，唐诗宋词是再过一万年也无法超越的。

　　张荫西是现代人，不是现代诗人。他仿佛是从遥远的唐代随风飘来的一枚种子，在黄土高原西缘的一块文化瘠土落地生根，开花结果。他成功地把古典诗词移植在一弓之地，把古老艺术的活力延续到了今天。这是他的价值所在。他的诗好懂，上口，易记。读他的诗，很轻松，不会有阅读恐惧感。过去有人看，今后还会有人看。

2017年2月

# 心灵的高度

秋日的早晨,我们在乙什扎寺的僧房里喝完最后一碗奶茶,便骑马上路了。

我去马阴山不是为了观光览胜。早就知道那个山上无胜可览,而且路很难走。我之所以几次下决心走近这座山,是为了从环境角度认识藏医郭尖措。走近那座山,其实是为了走近那颗心灵,以便尽可能地理解他这个人。

郭尖措在这个山上采药已经大半辈子。从皓齿明眸到青丝堆雪;从岩羊般矫健到步履蹒跚;从踽踽独行到身边出现一群忠实的追随者;他把生命的点点滴滴交给了马阴山的雨雪、雷电和刚劲的山风,把血和汗洒在了苍苔斑驳的岩石。他用廉价的草药救治着众多捉襟见肘的患者,天长日久,他差不多成了这个穷苦阶层病痛中的一个希望和安慰。而他自己,除了迄今依然粗衣淡食,形影相吊,还落下一身伤病。但他还是一如既往地每年两次在马阴山上打熬。因为他无法改变这样一个现实:对贫困地区的多数患者来说,廉价的藏药依然是第一位的选择。

在了解到他的许多感人事迹之后,我和记者古岳都觉得有必要上山实地看一下他劳作的那个环境。

尽管郭尖措他们刚刚结束了今年的夏季采药工作,他还是欣然陪我们前往。去马阴山没有车行的路。郭尖措从乙什扎寺借了一些马匹，我们便上路了。这支马队里还有几位身穿僧衣的年轻阿卡，他们是自愿陪同郭尖措前往的。从他们牵马拽镫的热情中，可以看出郭尖措在这一带山区的僧俗群众中有着怎样的人缘。

这是8月的最后一天，山区的空气潮润而清冷。橘红色的曙光由近及远地把一些山尖镀亮。马匹不停地喷着响鼻，小心地躲闪着脚底下被旱獭掏出的洞穴，在沟沟坎坎中寻路前行。

远处巍峨的山脊后面，耸立着更加巍峨的山影，那就是今天我们要去的目的地——马阴山的主峰华博峰。我们将在那里下马攀登。

我一直想看清华博峰的高度，但是做不到。它的高度始终被一片静止的云海神秘地掩盖着。

我庆幸今天遇到一个难得的好天气。半个月前我们来这里，也是由于阴雨彻宵，上山未果。

郭尖措歪着身子骑在一匹枣骝马上，拐杖横架在鞍桥上。他的黝黑的脸上透着敦厚、安详和一点疲惫。这应该是他的基本神态。18岁时他从采药的石崖上摔下来，残了一条腿。十几年后这条残腿在出诊途中再次被摔断。他的心脏也因为长期在缺氧环境里劳作而受到损害。而他呢，"虽九死其犹未悔"，每年夏秋两季，他必然青紫着嘴唇，出现在那个令人头晕心悸的高度上。头痛难忍时用布带把脑袋扎紧，继续挥动着药铲。

我勒住自己的马，让郭尖措走在前边，以便使他的身影处在我的视野之内。

这是一个孱弱的人。残肢累赘，鬓发衰白，脸颊浮肿。为了另一些生命的渴求，他一直在预支着自己的生命，因此他提前苍老了。其实他才49岁。

这又是一个强大的人。他早已跳出了患得患失的轮回，他不怕失去什么。在这个世界上，除了那些贫苦的群体，再也没有什么事情让他忧虑或畏惧了，包括生与死。"你不知道，有时候看着病人痛苦成那个样子，又无计可施的时候，我是什么心情！如果这个病人还年轻，我就会一遍一遍地问自己：他的老人和孩子将来怎么办，怎么办……那时候我就想：假如我身上的肉能治好他的病，我情愿割下来一块合成药；假如我的一根手指头能救他的命，我当时就会把手指头剁给他……"

说这些话时，他仁厚的眼神里倏然有了刚毅的光芒。

这样的光芒曾经闪烁在聂政、荆轲、专诸们的眼睛里，那是历史的必然；这样的光芒闪烁在20世纪末一位医生的眼睛里，是对世俗的挑战吗？

地势渐渐升高，马匹的呼吸粗重了，光滑的皮毛已被汗水沤湿。我们下马活动了一下腿脚，并紧了紧各自的马肚带。

坐在坡地上小憩的工夫，我们请郭尖措回忆一下那两个被他从绝望中治愈的骨髓炎患者的姓名。他想了半天没想起来。他说他从医以来对自己有个要求：有意不去记被他治好病的人的名字。如果记住了，说明自己的意识深处就有希望对方记住他的好处的动机。

他的低沉平淡的话语使我顿然一震。我看到了一个令人生畏的高度。在这个高度上，一颗心忘我无我，澄澈明净，并以不可模拟的特质卓然独立；在这个高度上，有高蹈的韵律超尘而去，余音袅袅——那是绝响，是彻底摆脱了平庸的心灵向着至善至美的大境界奋勇追寻的绝响。

又上路了。马蹄铁不时在岩石上敲出火花。饥饿的马匹常常趁骑者放松辔绳时停下来扯一嘴路边的鞭麻叶子。太阳已经升高，群山默峙，大野寂寥。这里仿佛是与世纪不同步、与三维空间不同在的另一个世界。股市、房改、VCD、互联网、孟加拉核危机、反贪第一案、足球甲A联赛……都成了缥缈的概念。在郭尖措成长的这个世界里，陪伴着他的，始终是苍茫的空间、严酷的气候和贫穷的山村。那么，环境和他的超拔不俗的人格之间，到底是一种什么关系呢——我问自己。前者是后者不可缺少的土壤吗？如果是，传统的思想教育和道德培养又有何意义？如果不是，那么郭尖措是否在任何环境里都能成为郭尖措？假如他生而有幸，毕业于著名的医科大学，供职于著名的大医院，他的刻苦或许早已使他成为华夏名医。但他的心灵能达到这样的高度吗？

……难道，人性的奇葩只会开放在苦难的泥沼里，富足反而会使它萎缩不成？

我苦苦地琢磨着，发现自己已经陷入一个无法走出的思想迷宫。而这时，遥远的天际滚过一溜闷雷，我胯下的青马惊得打了个哆嗦。

转瞬之间阴云四合，山风卷着雪渣袭来，马队里簌簌然闪出一串寒噤。马阴山愈来愈近了，而它的主峰却迷失在一片模糊的线条之中，不用问，那里雨雪正猛。看来今天的登山又有好果子吃了。

细小的冰雹时缓时急地抽打着这支队伍，马匹喘气如风，海拔明显地高了。郭尖措指着前方的华博峰，让我们尽量靠近它再下马，以便储存点体力。我看着这些牲口血红的鼻孔张得溜圆，不忍心再骑着，就坚决离开了马背。

我们把所有的牲口交给两个阿卡，让他们牵到一处背风的山坳里守候。我们让郭尖措也留下，他同意了。由于缺氧和心脏病，他原本发青的嘴唇这会儿更加乌黑。半个月前，他带着一些人在华博峰采药时，曾两次昏厥过去。但他还是和大伙在一起。识别药草他是个老把式了，后生们还需要他的指点。雨雪霏霏，柴湿难炊，夜寒难眠。他还是一天天坚持着，直到把医院今年要用的药材采够。

"今年上山采药，我恐怕是最后一次了。"郭尖措眯起眼睛，仰望着华博峰，有些伤感地说，"我这心脏……"

他的心脏，他的健康……人们都知道这家医院的藏药便宜，却很少想到这是因为郭尖措他们从来没有把采药付出的劳苦，以及损失的健康计入药品的成本。

忍受着擂鼓般的心跳，踩踏着岩石上纷然迸溅的冰雹豆子，我们攀援在华博峰。峰顶尚远，这里已经看见星星点点的藏药了。陪同我们的藏医桑杰和龙登，两个壮实的小伙子，时时停下来，站稳脚跟，用手中的铁钩子指着岩石缝里积雪簇拥着的那些精灵，给我们介绍。

又一阵冰雹扫来，耳轮和脸颊被打得生疼。我们不得不把胳膊遮挡在额头顶风前行。估计海拔已经很高了，腿脚益发疲软，心脏就在嗓子眼上撞击。古岳的嘴唇也渐渐发青。趁着在峭立的石壁下躲避的工夫，我数了数自己的脉搏，是148次/分。我不知道这是否接近了极限，唯有祈愿这颗并不强壮的心脏在到达山顶时不至于迸裂。眼看山顶只有一箭之遥了，那里才是郭尖措采药的中心地点。

像是在彻底摧毁我们的决心，冰雹骤然密集起来，华博峰的顶部完全隐去，山岩上可以下脚的棱角都被冰雹掩盖了。

除了迷途知返，已经别无选择。

第二次上山就这样功亏一篑。对于古岳，这可是第三次了。

深深的遗憾陪伴我们返回山麓。所幸者，我们的体验虽不完整，毕竟真切。此时天地间仍是一片碎琼乱玉。

同行的桑杰忽然叫道："你们看！"

我们回身一瞥，便愣怔在原地。华博峰的绝顶上，天色居然放晴，庐山真面目赫然在望。在无边的阴霾中，偏有一大片阳光把云层切割出一个正圆，牢牢地照定山头。那一片天空蓝得叫人不忍眨眼。黛色的岩石参差如堞，在七彩的阳光下傲然挺立，闪烁着崇高和圣洁。

似乎是天气在故意捉弄我们，又似乎是冥冥之中有一种无声的启示：那样一种高度，非有大仁爱大觉悟大心力者，不可企及也。

雪渣在脚下吱吱作响。脚脖子崴了一下，思绪断裂片刻又弥合了——

我们需要一种高度。尽管我们常常离它很远，并且可能终生都难以抵达。有了它，我们的生活中才有了仰慕和感动；有了它，我们才能在世纪末的浮躁中，有幸领略精神高地上的清凉；有了它，我们才能在某一种生活观念所向披靡之际，惊讶地看到不愿做奴隶的人；有了它，我们才能在碌碌乎不知所终的繁忙中，偶尔直起腰来，寻觅一眼灵魂的家园；有了它，我们才能在春风得意、顾盼自雄之际，忽有所悟，发现自己的平庸和渺小。

　　这一切，难道不是我们虽然崇尚功利，但最终又将超越功利的根本原因吗？

　　风雪迷茫处，我听到了郭尖揩的呼唤，是在不远处的一个山坳里。环辔叮咚，蹄音铿锵，他正牵着马匹向我们走来。

1998年11月

# 水月光中又一场

2020年2月，正值大疫弥国、万家闭户、满城空巷的日子，我也宅在家中浏览信息。有天忽然收到女诗人清香发来的一条微信。她说从网上看到一段评价郭尖措的话，想核实一下是不是我写的，她打算在疫情过去之后，去化隆做一次采访。这段话如下：

"郭尖措，这是一个具有悲悯众生的佛家情怀的人，践行彻底的利他主义，完全漠视个人利益，赤诚奉献社会，臻于忘我无我的大境界。"

我想起来了，这是十多年前我写过的一段话。我告诉清香，已经好长时间没见到他了，估计他那残疾的身体已经不允许他出门了。

清香告诉我，郭尖措去世已经好几年了！

我愣怔了好一会儿。天哪，我竟然不知道！（清香后来告诉我：古岳也不知道。）

惭愧之余，也很纳闷：这样一个信息空前发达的时代，一块小石头扔进水里，波纹也可能被媒体传递到很远，何况他不是一块普通的石头，我也不是一个闭目塞听的人。难道他早晨离去，傍晚就被忘记了吗？对于人间巨细靡不搜睹的大众目光，难道再也没有朝那个尚未走远的背影回望过一眼吗？难道从来没有人想过在化隆的德加乡，立一尊郭尖措的雕像吗？否则我怎么一点消息都没听到？

一时浮想联翩，有关郭尖措的往事，点点滴滴注到心头。

## 困　境

这大约是在 2001 年夏天的一个傍晚，我接到郭尖措的电话。他的语气有点犹豫，说他想见见我。我说我早就想去化隆看看他，只因公务繁忙，一拖再拖。他说你不必到化隆来，我病了，在省人民医院住着呢。

我感觉到他需要帮助。

我带上老伴去了省医院。老伴曾不止一次听我讲过郭尖措，我对这个人的认知曾感动了她，所以她也想去见见。

侧卧在病榻上的郭尖措，一见我，略显浮肿的脸上立即显出一丝喜悦，如同见到亲人。一个穿袈裟的年轻阿卡坐在床前照顾着他。看见我，立即起身问好。这个阿卡不太会说汉语，浑圆的脸庞上，是出家人特有的纯净微笑。我认出来了，几年前我和古岳去化隆采访，在陪同我们攀爬马阴山的两个小伙子中，就有他。他是郭尖措的徒弟，好像叫龙登（也许叫桑杰）。

我坐下来询问郭尖措的情况。"王总，我知道你在报社工作忙，本来不想打扰你，但实在没办法了……"他歉疚的语气好像做错了什么事情似的，让我心酸。我赶忙打断他说："郭院长你千万不能这么说。只说你目前的情况……"

化隆县藏医院院长郭尖措住进省人民医院时，身上只有一百多块钱。他的个人存款呢？他是个副主任医师，孑然一身，生活又极其简朴，即使按照 20 世纪 90 年代以前的工资标准，大半辈子下来，几十万元的积蓄总该有吧？但他一无所有。他的钱哪里去了？

不用问，全部用到患者身上了。

化隆是国定贫困县，穷苦人太多。每逢这些患者，郭尖措在开方之时常常举笔犹豫。同类药物中哪些药物疗效相似而价格更为低廉？他总在考虑。即使这样，无钱取药的还是大有人在。经常是，他在繁忙的工作间隙抽空上趟厕所，看见刚刚看过病的患者还在院子里徘徊，他问："怎么还没拿上药？"患者腆颜回答，"钱不够……"他就把患者领到缴费窗口，告诉工作人员："先记上账，月底从我工资里扣。"

这已经习以为常了。我们在采访中曾问他："假如有的患者明明身上有钱，也利用你的慈悲，说没钱怎么办？"郭尖措说："哎哟，人有钱嘛没钱嘀脸上放着哩。这样的情况没遇到过。"

显然他很了解这些穷苦人。

他注定是为了解救穷人的病厄来到这个世界的，所以他总是囊中空空。

他是医生，平时偶有小恙，自己解决。但这一次扛不住了，多种病患袭来，把残疾的躯体打垮了。

化隆县卫生局局长从财务科预支了八千块钱，陪他来到省医院，帮他办妥了入院手续，回去了。

他的病症复杂，用的药也多，只几天钱就告罄。医院通知，再不交费，就得停药了。他不忍向县上开口。万般无奈之中，他自然想起了我。其实在那时，我还不敢自视为他的朋友，准确地说是他的采访者和仰慕者。

我心里很不是滋味。一个除了自己的残躯以外把一切给予了他人的人，到头来为自己的治疗费用难倒了。

我安慰他说："别发愁了郭院长。安心养病。我明天就去找省上的领导反映情况。像你这样为社会做了巨大贡献的人，应该得到最好的治疗，而不是停药。"

第二天一早，我带上工资折，先去银行取了一笔钱送去，让龙登先交到住院部。郭尖措再三阻挡无果，就说："你的钱我以后一定还上。"我说："郭院长，你是我学习的榜样。比起你的奉献，我这点帮助算什么？一根草都算不上！你以后再不要说还钱的话了。"

从医院出来，我直奔青海会议中心。我打听到主管卫生工作的白玛副省长正在那里开会。正巧赶上会议中间休息，不顾冒昧，直截了当地做了自我介绍，然后问他："白玛省长你知不知道郭尖措这个人？化隆县藏医院的院长。"

"哦，我想想。是不是前两年你们《青海日报》宣传过的那个先进典型？他怎么啦？"

我不敢太耽误副省长的时间，尽量用导语一样简洁的方式汇报了郭尖措目前的困境。我也丝毫没阐述救助这个人的意义。我跟副省长不熟。我深知有些领导不喜欢听下级给他讲大道理。

但白玛副省长显然引起了重视。"他在省医院哪个科？几床？你等等，我记一下。我明天去看看。"

走出会议中心，我长出了一口气。

几天之后，我又抽空去了医院。这次见到郭尖措，是在干部病房的一个宽大单间里。病房的窗台上摆满了鲜花，也不知道是谁送来的。

郭尖措告诉我，副省长来看望了他，就在他的病室，让秘书把院长叫来，又打电话把省卫生厅厅长叫来，给他们说："这个病人是前两年我们省上推出的先进典型，他给社会做了多少贡献，你们可能不知道。从现在起，一定要给予最好的治疗。至于他的药费，你们两家——省医院和卫生厅，一家负担一半。你们负担得起。"

病房也换了。

"王总，这都是你的……"

"不不不！"我赶紧摇手制止郭尖措，却没拦住"恩情"二字。这两个字，我岂能担当得起？我告诉他，他此前所做的一切，就是他当下解困的唯一原因，舍此，我何能焉？

一个多月后，我又去医院看他。见他的气色精神，就知道治疗有效。他告诉我，身体恢复得差不多了，还有些是老毛病了，回去慢慢调理。他得回去工作。他说还得麻烦我帮个忙：他想给省医院以及有关科室表达谢意，一共需要四幅锦旗。想请我领着龙登上一趟街，找个好的商店去做。我说这个事我来办。龙登留下来继续照顾你。

"王总，我汉文程度不高，锦旗上的话还得请你……"

"我知道我知道。你就不用操心了。"

回到单位后，为了四幅锦旗的文字内容，很是费了点思考。记得其中一幅是：

未敢轻言报雨露
愿以膏血许黎民

安排一位记者上街去办这事，并叮咛："锦旗要做大、做精致，文字不能用金粉直接写上去。先写在硬纸上，然后拓在白布上细心铰下来，用浆糊粘牢。费用由记者部支付，我给你们主任打个招呼。"

想了想，又去省医院找院长提了个建议：郭尖措出院时最好组织经治科室举办一个小规模的欢送仪式，我让化隆方面来人介绍一下郭尖措的事迹。这既是一个病人，又是一个值得医护人员学习的楷模。医院领导慨然同意。

给化隆打电话落实之后，又安排记者届时去做采访报道。

办完这些事，我在心里戏谑说："权力就应该掌握在我这样的人手里。当然，我非大才，不宜大权。"

## 马阴山

在我去化隆之前，古岳已经采访过郭尖措。作为新闻人，我和他都采访过不少典型，但郭尖措这个人，与我们过去写过的同类先进人物大不相同，这也是古岳向我推崇的原因。这一次，我们是想实地看看郭尖措多年采药的马阴山。

这是1998年深秋。得知我们要来，郭尖措烧好了奶茶在等。

闻听院子里有人说话，他拄着拐杖，从宿舍兼办公室里迎出来。这是我初次见到他。高大，微驼，诚朴的笑容更像个牧民或农人。

喝着奶茶，听着他带藏语口音的讲述，一直在琢磨他的与众不同。后来他说我这里连一顿像样的晚饭都招待不了，我们一起去街上吃个羊肉面片吧。我很喜欢他没有虚言谦辞，仿佛是对家里人说话。

当他拄着拐杖和我们走在街头上时，我立时感觉到了他所受的尊敬。坐在路边休憩的乡下人，纷纷站起来，微笑着看他。稍远处有几个人把帽子摘下，趋步过来向他问好。

第二天一早他和两个徒弟陪我们去马阴山。

先一日，郭尖措已经给乙什扎寺的僧人捎了口信，需要借一些马匹。我们乘车到寺院门前时，七八匹马已经鞍辔齐全，拴在门外。听说郭尖措要来，有几个阿卡自愿陪同上山。从他们牵马拽镫的热心中，我再次感受着到郭尖措在僧俗群众中的位置。

马队在大山脚下的沟沟岔岔里寻路前行。

藏医院的许多草药都采自马阴山。识别、采摘和炮制的知识来自师父的传授。

到山脚下时，心跳在加速。马匹留下来，由两个阿卡看守。郭尖措，我们也让他留下来。他的心脏再也不允许他攀登主峰了。山顶是他们采药的主战场。每年采药季节，携带帐房和炊具，一住就是一个月。心脏病就是在这样的环境中逐渐加重的。

他的两个徒弟桑杰和龙登陪我们沿着陡峭的小道攀爬，古岳不断提醒我注意脚下松动的石头。这里那里的岩石缝里，星星点点的草花在山风中瑟瑟抖动。龙登和桑杰用手里的铁钩子给我们指认。仰着粉红色笑脸的，那是"邦孜梅朵"；高举着绒球的，那是"更噶羌"；摇曳着宝蓝色碎花的，那是"文兜儿"……

天变了。有簌簌的雪粒迎面抽来，预示着风暴正在酝酿。忍受着擂鼓般的心跳，我们继续往上爬，一心想在雹阵到来之前到达主峰。古岳上一次来采访的时候，就是因为天气原因上山未果。

而顷刻之间浓云四合，山川隐形。我们紧靠岩壁，手肘遮面，还是躲不开冰雹的抽打。天地一片混沌，白色统治了山峦。

登顶的计划最终泡汤。

雹雨渐收，踩着嘎吱作响的碎琼乱玉，小心回到山下，会合了郭尖措他们，万分遗憾地跨马回去。谁知离开一箭之遥，回头一望，弥天云幕中忽然豁开一个缺口，是个正圆。有灿烂的阳光直泻而下，不偏不倚，罩定华博峰，像舞台上的追光。

像是一个恶作剧，又像是一个意味深长的启示：这样一种高度，不是随便能够达到的。

## 父　亲

对郭尖措来说，叶秀就是他的重生父母，他心中的活菩萨，人生道路上的灯塔。

郭尖措出生在化隆县一个叫德加乡的贫困山村。从小没了父母。父亲去西藏谋生，再也没回来，母亲改嫁了，他成了孤儿。早孤，因而早熟。他懂得，不能总是手掌朝上活着，得为生产队出点力。春天，跟着社员，赶着毛驴给集体地里送肥料；夏收时节，提着竹筐到地里，捡拾麦穗或帮着磨镰刀。他的鞋子早就破了，脚指头外露着。鞋底也磨穿了，坚硬的麦茬扎在脚板上，不时渗出血来。有个妇女看不过去，回家找了一双女鞋让他换上。这是双穿旧了的红布鞋，鞋尖上有绣花。男孩穿这个，会让同伴们耻笑。但他没有理由挑剔。道过谢，含泪把鞋换上，继续捡拾麦穗。有人喊他："郭尖措！你阿爸从西藏回来了。"他撂下竹筐，飞跑回去。在村里的一户人家，他见到了模样快要被忘记的阿爸。他坐在房檐下，正和主人喝茶寒暄。主人说："快看，你的儿子！"阿爸看着他，说："噢哟，长这么大了！"说完这句，再也没下文。

那一刻，他明白了一个冰冷的事实：这个曾被他千万次在回忆中搜寻容貌的人，这个在他一路飞跑、一路想象着会抚摸他的脑袋、会为他脚上的绣花鞋掉泪的人，已经与他不相干。他依旧是孤儿。

几天后，他听说阿爸又走了。

此生有缘，叶秀收留了他。叶秀是名望很高的藏医。他带着他去马阴山采药，教他辨识各种药材，记住用途和属性、禁忌。叶秀出诊时，他背着药箱，看着师父给病人望闻问切。不止这样，和师父相处越久，他越懂得了什么是大医。叶秀给他说过的一些话，深深地镌刻在他的骨子里，成为比望闻问切要紧得多的道理。

他受过两次伤。一次是跟着师父出诊回来，乘坐一辆手扶拖拉机，途中拖拉机翻了，他俩被扣到地上，挣扎出来，他扶起躺在地上的人大喊一声"师父！"急得快哭了，完全感觉不到自己的伤痛。

师父没有大碍。缓过气来，忽然叫道："你的脚！"

郭尖措发现，自己的一只脚，脚后跟在前，脚尖朝后！脚踝骨那里齐齐断了。

这只脚后来接上了。

还有一次是跟着师父去马阴山采药，从悬崖上摔下来，髋关节摔坏了，经过县医院救治，腿保住了，一条腿短了一点，从此再也离不开手杖了。

跟着叶秀，他学习了藏医药治病的基础理论，学会了临床诊断，掌握了藏药的配制方法，有了自己的专著，他成了县藏医院的掌舵人，也带上了徒弟。

叶秀晚年患了目疾，视力大衰。后来，双目完全失明。郭尖措把医院后院里一个向阳又安静的房间收拾干净，让师父住进去，每天亲自伺奉饮食起居。他到处打听解救之法。他打听到了，北京同仁医院眼科最好，掌握眼球移植的技术。他心里顿时升起希望。他知道，去趟北京，这么复杂的手术，需要一大笔钱。他开始悄悄四处求借。等把钱筹够了，他就带着师父去北京，把自己的一只眼球移植给师父。

没等钱筹够，叶秀去世了。

他带着我和古岳去看师父生前的住处。进门是起居间，左手靠窗户是一面满间炕。炕上是干净的枕头和叠好的缎被子。他告诉我们，自从师父去世，他依旧每天傍晚来这里把被子铺开，枕头抚平，一如师父在世。次日一大早过来，擦拭桌椅，叠好被子，在遗像前燃一炷香。好几年了，都这样。门外房檐下，他用木头搭建了一间花棚，上面搭着从马阴山采来的浪麻枝条（学名叫"忍冬"），这个半阴半阳的花棚是他自己设计的。他曾每天把师父扶出来坐在这里，晒一会儿太阳。如今看着那张空落落的藤椅，他说话的声音有了短暂的哽咽。

我们在忍冬花架下流连了片刻。仿佛有一种虽然淡远却愈加沁人的暗香从昨天奔来。

## 亲　人

"尕娃你记住，你要把年长的病人看成你的父母，把年龄相仿的病人看成你的兄弟姐妹，把年幼的病人看成你的儿女。如果你做不到，你就不要学医。"叶秀给他说过的话里，这一句分量最重。

他做到了。一辈子都在做。

从共和县慕名而来的几个患者，看完病已经傍晚，回不去了。住不起宾馆，打算在藏医院的屋檐下熬一夜。郭尖措把他们领到自己宿舍里，倒上茶，拿出青稞炒面和大家一起吃了。一面炕容不下多人睡，他和他们一起坐到天亮。

为了辨明病症的虚实寒热，他蹲下身子，仔细察看患者刚刚排出的、冒着热气的、带血裹脓的粪便，嗅闻气味。他做这些事，从来没皱过眉，就像为自家人看病。

一位三十多岁的农村妇女，右手拇指患骨髓炎，去西宁诊治无效，医生告诉她，只能手术截掉拇指，否则还会发展。妇女心有不甘，来藏医院找郭院长讨主意。她的家庭让郭尖措担忧：丈夫残疾，婆婆衰迈，儿女还小。如果截掉大拇指，尤其是右手拇指，她将再也拿不住劳动工具，这个家的顶梁柱就折了。

他要想尽办法保住这个拇指。这是亲人的手啊。

谢天谢地，他成功了。

一个小伙子，深夜里被家人用架子车送来时，处于半昏迷状态。郭尖措看了又看，听了又听，知道自己回天无力。昏迷中的小伙子又开始挣扎，痛苦万状。他还年轻，他的父母……郭尖措急得手心出汗，两鬓涔涔。亲人呀……

"那个时候我就想，假如世上有一种药，需要人肉合成，我马上会割下腿上的肉！假如我的一根手指头能换回他的命，我马上会剁下来……"

作为新闻采访，我们常常会问到一些人的具体姓名。但他回忆不起来。患者的名字早就被他忘记。"师父给我说，你记住，你治好了别人的病，名字要快快忘掉。如果忘不掉，说明你心里不干净，还指望着以后的报答。"

我们无语。

## 定　位

按惯例，省报在决定推出某个典型人物之前，必须先报告省委宣传部。

部长和一位副部长在会议室听取了我的详细介绍，颇为动容，也有点惊讶。这跟过去宣传过的医疗界先进人物都不太一样。就因为不一样，一时不好把握。

部长说:"先说说你对这个人的看法。"

我说:"我认为,就医疗技术来说,他不算最好的。但他的思想境界处在常人绝对难以达到的高度。他坚持彻底的利他主义,到了忘我、无我的程度。也就是说,他这样的典型,现实中几乎绝无仅有,具有不可重复性。"

部长沉吟有顷,说:"既然是这样的话,那我们宣传他的现实意义又在哪里?"

"意义就在于,我们虽然达不到那个高度,至少可以仰望。"

部长说:"有点意思。这也算是现实意义吧。德艺双馨这个概念的确不能完全概括这个人。但也只能从这个角度去做宣传。"

古岳和我分别写了长篇通讯《愿望树》和纪实散文《心灵的高度》,在《青海日报》刊出。

我知道,人们看了我们写的报道,会被感动。但感动是一回事,效法是另一回事。前人有言:"高枝常孤。"对全社会而言,人生价值观的差异,从来没有当今这个时代这么悬殊了。除了他的受恩者,他可能很快被忘记。

## 厄 运

如果郭尖措没被评上全国卫生系统先进个人,或者评上了,但如果没去北京参加表彰,或者如果去了,也没碰上另一个人,那他的身体不会垮得那么快。但一切"如果"都不存在。

记不准是在哪一年,我已经退休了,忽然接到他的电话。我先问他的身体怎么样。他说不太好,在西宁的一个医院里住着,问我能不能过去一下。问清楚了地方之后,我立刻去了。

是一件宽敞的单间病房。躺在病床上的他,精神萎顿,眼眶有些发青,像是忍受着什么疼痛。仍然是徒弟龙登在陪着他。

"王总你别见怪，我本来不想打扰你，实在……"

我赶紧拦住他的话头，问他目前的情况。

他已经在这里住了一个多月了。

"龙登你把那个片子拿来。"

"王总你看，这里有个螺丝钉，白日黑地里疼着哩，想睡一会儿，一眼都眨不成。"

顺着他的手指，我在显示大腿腿骨的照片上看到了那颗万恶的螺丝钉阴影。

他去北京参加表彰大会。期间，会议安排代表们游览长城。他揣着拐杖，慢慢地走着看着，尽管髋关节隐隐作痛，但他兴致不减，这是他第一次见到神奇伟大的长城，他要看个够。在长城上认识了一位医生，是青海某医院的骨科主任。在了解了郭尖措的腿部疾患之后，帮他分析：这既然是几十年以前的陈旧性创伤，按说不会再疼了，如果还在疼痛，说明髋关节那个地方有问题。他建议回青后住到他所在的医院做详细检查，必要时可以考虑手术换股骨。

郭尖措如约住进了那个医院，主任亲自做检查，分析片子。最后建议，这条腿的骨头最好全部换掉，换成不锈钢件。医院可以请北京的专家来做这个手术。

这么大的手术！郭尖措犹豫了。最后决定：长痛不如短痛，做！

专家请来了，耗时大半天的手术成功了，很长的刀口。最难熬的日子终于过去，刀口不疼了。还不知道靠这不锈钢的腿骨能不能下地行走。

谁知一个月后，疼痛袭来。遑论下床，稍动腰腿，疼得钻心。只能昼夜偃卧在床。照片显示，疼痛来自从钢架里冒出来的一截螺丝钉，它扎进了肌肉。

除了每天的止痛药，医院一时束手无策。

这怎么能成呢？我立刻去找骨科主任。

不巧是个星期天，主任不在，医院领导也不在。但就算找到了，我说话能管用吗？

我安慰郭尖措说，你先咬牙忍受几天，我再想其他办法。

回家后先给时任省委副书记、省政协主席白玛的秘书打电话。秘书告诉我，主席在内地调研，快回来了，问我有什么事。我把郭尖措目前的状况说了，请求秘书一定一定、千万千万转告白玛主席。我又给省委常委、省委宣传部长曲青山写了一封信，希望省委宣传部也关心一下过去宣传过的老典型。

后来了解到的情况是，曲部长第二天就带了现金去医院看望郭尖措，并嘱咐医院高度重视，积极治疗。

白玛主席回宁后也去了某医院，他把主治大夫和医院领导叫来，详细询问之后，一再说："下一步怎么办？你们有没有进一步的治疗方案？不能让病人就这么受着。他是个给社会做了很多贡献的劳模！如果你们没办法，就转院送到北京治。至于费用，除了化隆县能报销的以外，你们出一半，我让卫生厅出另一半。"

再后来的情况是，转院到北京，又做了一次大手术，把腿里头的钢架全拆了。原先，虽然时常痛，拄着拐杖，行走还自如。现在这条腿彻底废了。

他以前常在春节来给我拜年，怎么劝阻也挡不住。龙登把车开到我楼下，搀着他上楼。献上哈达，送上节礼，然后坐下喝一杯茶，喧一阵子，就是坚决不让我老伴进厨房。这一次，他在楼下打电话说，他到了，不上来了。我慌忙披衣，匆匆下楼见他，埋怨他："身体都这样了，再不应该来看我。"

他惨然一笑："王总，你和嫂子都好着吧？"他靠着手杖的支撑，还有汽车的依托，勉强站立着，"从今往后，我再也不能上楼和你喧一会儿了，我们就在这里见个面。"

他让龙登给我献上哈达，拿出车里的礼物送给我。

我紧握着他的手，眼睛热辣辣的，不知说什么好。

这以后再也没见过他。以至于他去世了都不知道。

## 归 去

清香在电话采访化隆县藏医院现任院长时了解到：郭尖措死于癌症，是在 2014 年。我不知道他生命的最后阶段是怎么熬过的。但我庆幸他的死没有给别人留下锥心的悲伤。他没有家眷，没有亲戚。赤条条来，赤条条去。来，纯为他人而来；去，不留牵挂而去。我也不担心他的丧礼会被人粗略治理。"出殡时有来自天南海北的受恩者，大约三千多人。有当官的、当兵的，有农民也有牧民，有当地的也有外省的，有俗人也有出家人。"这是清香了解到的情况。

忽然想起梁晓声的话，那仿佛就是多年前为郭尖措准备的墓志铭：

具有伟大爱心和非凡品格的人，往往不在大人物当中，而在平民百姓之中。只不过他们是幻化了形貌的活菩萨，我们不认识而已。

果真如此，郭尖措这一辈子，乃是无数次化度众生过程中的一个轮回。他一生承受的所有痛苦，也是代众生受过。我们在官方媒体上宣传他的现实意义，仍然是我曾经说过的那句话："虽然达不到那个高度，至少可以仰望。"

果真如此，他还会乘愿再来的。正如虚云老和尚在临终诗里写的：

众生无尽愿无尽，
水月光中又一场。

马阴山的药草，又是花开六度了，他在哪里？

2020 年 6 月

# 想起了两个人

有时会忽然想起两个人：汪曾祺和朱仲禄。其实这两个人不能相提并论；我与这两个人也素无瓜葛。但还是会常常想起。

汪曾祺去世已经十几年。我经常想，中国文坛上一个惊叹号没有了。惊叹号的消失并没有引起惊叹，这值得惊叹。

在我心目中，他是运用小说语言的圣手（这不等于评价他的小说）。他或许不能代表当代中国最优秀的作家，但他代表着独一无二。莫言固然才华出众，尚有一批作家堪为伯仲；而汪曾祺则无可类比之人。若论综合文化素养，三五个"莫言级"的作家捆在一起，恐怕也难抵一个汪曾祺。自五四开创现代文学传统以来，所涌现的文学大家中，运用白话的能力，无人能出其右。黄永玉则不无偏颇地说"他是全中国写得最好的人"。老汪的文学语言，俗中见雅，浅中见才，随意中见匠心。炼字炼句到了极致，反而不着痕迹，平淡如清水，浓酽如老酒。这样的文笔，甚至有了脱离作品内容而独立存在的审美价值。当代好小说不是太多，能经得起一再阅读、反复品味的，恐怕只有汪曾祺了。基于深厚的国学底子写出的白话文，与仅仅学白话文的人写的白话文，差别之明显，犹如在自然环境中经过缓慢的营养合成过程长出的作物与在温棚中用生长素催熟的作物。知道老汪小说的人毕竟有限，他写的京剧样板戏《沙家浜》则几乎家喻户晓，且看"智斗"一场中阿庆嫂的唱词：

"垒起七星灶，铜壶煮三江，摆开八仙桌，招待十六方……"

真乃行云流水，响箭鸣铎，风神逼人，可略知其全豹之一斑。

汪曾祺是传统文化整体走向衰落之前，丰厚的复合型营养在当代文人中孕育出的最后的果实、一身书卷气的绝版名士。小说之外，戏剧曲艺，诗词歌赋，书法绘画，说文解字，金石篆刻，花鸟虫鱼，南北民俗，方言俚语，乃至烹饪技艺，无所不通。（他甚至也懂得青海花儿的格律。）像他这样"横通"之人，当代作家中找不出第二个。他的离去，为文坛留下了无可填补的空白。但文坛并没有太在意这个空白。照样以每年两千多部长篇和几万件中短篇的生产规模（其中不乏粗制滥造者）表达着繁荣，这点空白很容易被遮蔽。

另一个人是朱仲禄。他的去世同样没有引起太多的社会关注，报纸只在不起眼的位置发了一条简讯，一般人不会注意。几年之后，有个单位举办过一次以他的名字冠名的音乐晚会；在他的家乡同仁县，树立了一座朱仲禄雕像。仅此而已。迄今为止，没有相关的研究成果出现，甚至也没一篇关于他的传记或报告文学见诸报刊。一连几届花儿演唱电视大奖赛，也不见朱仲禄的"元素"。网上去搜朱仲禄，有关他生平的介绍只有短短的二三百字。这与朱仲禄对青海的贡献殊不相称。毕竟他是第一个把青海"花儿"从田野带到舞台，使"花儿"由野唱走向演唱，并进而把它推向了国际舞台的人。20世纪50年代，他与舞蹈编剧章新民、作曲家吕冰共同创作的抒情歌舞《花儿与少年》，是偏陬不闻的青海最早、也最成功地呈献给世界的一朵艺术奇葩。至今欣赏，依然如牡丹初绽，清香袭人。毫无疑问，再过五百年，《花儿与少年》的优美旋律依旧会回荡在歌坛，如同王洛宾的歌曲一样。

"花儿"本是穷人的诗歌、苦难中开放的花朵。以忧伤为基调的旋律，是花儿的灵魂，也是撼人心魄的魅力所在（这与俄罗斯民歌基调中那淡淡的忧伤有异曲同工之妙）。深谙其奥秘的朱仲禄在保持了"花儿"基本特色的同时，在原生态唱法中融入了民族唱法的发声技巧，把"花儿"的演唱提升到新水平。他演唱的"花儿"尖峭中显圆润，忧伤中含希望，在苍凉凄婉的固有特色中注入了温暖和阳光。说他是"花儿王"，的确不是虚誉。此后出现的"花儿皇后""花儿王子"等，如春兰秋菊，各呈一时之秀，但唱法趋于轻俏花哨，少了点泥土味，多了点浮华气。

因此可以说，朱仲禄的离去在青海歌坛留下的空白，迄今也无人可填补。

这个人走了也就走了，社会反映出奇的平淡，就好像看待一个人必然要老、必然要死的现象一样，连他的名字都快要随风而逝。

我不明白，这是不是商业社会的特征之一：艺术的标准分崩离析，欣赏的目光散漫自由，人们转而走向欣赏自我，不太在意集体的艺术宝库中丢失了什么。尤其是，自从网络赋予每个人无限广阔的话语平台以来，"点击过万""疯狂转载"差不多成为每个网民的话语梦想。人们习惯于享受短暂的惊诧或追捧，淡漠于深远的回顾。老汪和老朱业已成为历史，愿意认真回顾历史的人毕竟不多，他们的业绩湮没于瓦釜雷鸣之中，也是无可避免的吧？

2013年8月

# 远去的一双手

回家奔丧的我,跪在父亲的灵床前,泪眼迷蒙中首先看到的是那一双熟悉的大手。冰冷僵硬的手指仿佛还带着昔日的劲力,微微弯曲,呈半放开状,似乎在和命运紧握了一生之后终于失望而撒开。所以,"撒手人寰"四个字正是贴切的说明。

手是普通庄稼人的手。粗犷、硬实,骨节突出。这一生,多少青冈木的铁锨把子被这双手磨亮、磨细,乃至折断。被这双手翻动过的泥土、收割过的庄稼累计起来有多少呢,真不好想象。

这又不是普通庄稼人的手。它斯文沉静,外野而内秀。父亲这一生,对自己精神归属的并不明确的寻求,对于人生苦海的自我化解,以及对于生活中那一层因为稀薄而弥足珍贵的幸福的会心微笑,都曾化作或凝重或洒脱的毛笔字从这双手里流泻出来,照亮了这所四合院里的平淡岁月。

在我的记忆中,这双手从没有打过我们兄弟姐妹,但也从没有抚摸过我们的脑袋。这是一双非常克制的手。作为父亲,恼怒或关爱也曾多少次蓄集到这双手上,但始终没有释放出来。我和它唯一密切的接触是有一年冬季(我尚未上学),这双手常常牵着我往县城走去。我家在县城有一间杂货铺,只在冬闲时开张,父亲每天把我带去给他做伴,顺便教我一些字,作为学前教育。

我的常常被冻成鸡爪子的小手，被那双宽厚温暖的大手握着的感觉，还像昨天一样新鲜。

父亲不紧不慢地走，哼着秦腔。我得快速迈动双脚才能跟得上他的步幅。他似乎完全沉浸在自己吟唱的境界之中，但他总是不忘在我的另一只手冻得有些难受时及时把手倒换过来。

我第一次惊异地发现这双手除了紧握铁锨把子外还有别的技能，就是在杂货铺里。粗壮的手指头拨拉起算盘珠子来竟像铁锅里爆豆子一样干脆利落，丝毫不显笨拙。有天早晨，他把写满了字的一块水牌交给我时，我再次呆住了。我尚在龆年，不识"人之初"。但当这些完全陌生的审视对象抓牢我的注意力时，混沌未开的童心一下子就被它们俊美而和谐的形态所倾倒。这大约就是人类所共有的天生的审美意识。正如我第一次看见鸽子时就觉得它们很美——这种美感是直觉的，不是来自对鸽子这一陌生形象的哪怕最简单的逻辑分析。

在那个冬季，在杂货铺后面一个空旷的院子里，在没有任何玩具和伙伴的寂寞中，我和这些陌生而俊美的汉字随意玩耍，逍遥自在，一点也不像现在的孩子在入学前就已经那么不自在。

水牌上的内容经常更换，至今还依稀记得片言只语。如：

> 鸡有五德。头戴冠者，文也；爪有钩者，武也；敌在前敢斗者，勇也；见食相呼者，仁也；报时不误者，信也。

我对这双手的敬畏还因为它所显示的力量。当这双手筋脉怒张，攥紧什么物件时，使人觉得那是十足自信的铁扣子。被这双手扎紧的粮食口袋，我们弟兄几个常常解不开。父亲时常给牲口圈里填上干土，用榔头砸平砸细。他挥动榔头的姿态与众不同。他不需要把榔头举得高高以借助惯性，他只需要很小的幅度，用小臂和手腕的力量抖动榔头，"腾腾腾"地快速砸下去，震得地皮发颤。

父亲是个左撇子。他的左手能做除了写字外右手所能做的一切，并且比右手更有力。逢年过节，他用左手抡起斧子砍肉。他把猪或羊的胴体竖在砧板上。让我们扶好，掂起斧子，看准了，虚晃一斧，找到感觉，然后一下又一下，准确、结实、自信，从尾椎骨一口气砍到脖颈。刀口平整，肉渣极少，像个职业屠夫。在他暮年的时候，曾极为失望地目睹了他的儿子使用斧子的情况。我自恃盛年，又曾在牧区吃过十几年牛羊肉，于是自信地拿起了斧子。几下过去，我那点自信开始动摇。斧子左一下右一下，执拗地偏离脊椎，刀口曲折而下，肉渣凌空飞舞。歇了几口气，总算砍成一大一小两爿肉，再看那砧板上和地面上，早已密密麻麻，"红花"似雪。

父亲拄着拐杖在一旁心疼地看着，什么也没说，只叹了一口气。微微抖动的花白胡子里深藏着困惑——他一定是为自己后代的退化而困惑。

父亲不仅双手有力，而且膂力过人。麦收季节，我跟着他赶着牲口去驮运麦捆。他先用牛皮绳把二十个麦捆分作两堆捆好，中间连结起来。那两堆东西约摸有二百来斤吧，看着像两座小山。他让我和他各执一捆，抬到一头体格壮实的毛驴背上。我费尽吃奶的力气，无济于事。父亲无奈地哼了一声，嘟囔道："白吃了十几年的饭！"他让我牵好毛驴，他自己把两大捆麦子摞在一起，双手抓牢中间连接的绳子，然后蹲下身子，哼哼着，蓄集着力气。突然一股猛力，像举重运动中的挺举那样，搬起两座"小山"。毛驴本能地缩紧尾巴，弯下脊梁，以承受像是要闪断脊梁的冲击，连我的心也提了起来。殊不知麦捆的冲击力在那双手里被控制、被消解。那两座"小山"落到驴背上时已变得无比熨贴和亲切。

力量和技巧兼备的一双手，为泥土一样平凡的父亲塑造出略微有别于平凡泥土的个人风格。譬如，与知识分子白皙文弱的手相比，这双手的孔武有力分明在提醒你：它不靠文墨吃饭，它是靠力气吃饭。而与普通农民黝黑粗糙的双手相比，这双手所流泻的优美造型和思想符号却在表明：它所创造的生活与纯粹靠力气创造的生活内涵不尽相同。它与其他农民的手看着相似,其实乃是形似而神不似。

由于这样,这双手使得父亲在知识分子面前和普通农民面前有了双重的精神优势。我从小就能感觉到,无论是下乡干部还是父老乡亲,在与父亲说话时都多了一分尊敬,似乎他们面对的不是一个农民。

这双手和书卷格外亲近。闲暇时间,在冬阳温煦的台地上,或在蜂喧蝶闹的瓜架下,父亲常常掇把椅子,手执一卷线装书,一坐就是几个时辰。看他轻拈胡须专心阅读的样子,像个教书先生,但一看那双下过大苦的手,就知道他不是。

每年一度给乡亲们书写春联是这双手的一项重要义务。这项义务一直履行了半个世纪。由青年到老年,父亲写的字由一丝不苟到渐渐马虎,一年年地在各家各户的门楣上闪耀,一年年地褪色,又一年年地新生,这已经成为根深蒂固的乡村风景。直至有一年春节前,他有点惝惶地告诉乡亲们:"我老了,手颤,今年的对子我写不成了。"人们——首先是我们弟兄几个,突然难以适应,并且多少有一点慌乱。这一年的春节,左邻右舍,包括我们家的大门上,便出现了五花八门的、显然是仓促上阵、缺乏底气的文字。初一早晨去拜年,面对这些生硬而胆怯的字体,我感觉有一样习以为常的东西从这个村子里悄悄溜走了。

在他还能写的时候,他给自己家写的春联自然是用了心的。一进腊月,我早就期盼着除夕下午那一刻——十几幅春联顷刻把一所普通的农家庭院装点出逼人的辉煌,让人觉得这院子有点陌生和目不暇接。我常常手拿浆糊刷子站在满院红光里流连。纸是颜色最正的"万年红";墨是加了酒调制的,黑而亮;字是圆润遒劲的行楷。我觉得,不需要别的,仅凭这些对联就可以过个好年了。

有一点我很清楚:父亲如此在意自家的春联,不完全是为了应景。他是努力为寒伧平淡的生活增添情趣,努力提升这所院子的精神层次。因此,他常常为选择春联的内容犯难。他不喜欢那些太俗气的联语。来拜年的人,到了大门口,喜欢驻足片刻;进了院子,也要浏览一眼。他们磕磕巴巴读完这些与农家生活不太相干的章句之后才肯进房。而父亲呢,则从客人们敬慕的反应中品尝着一点满足。

记得有一年春节我回老家,看见大门上联语是:

步绿柳之堤入红杏之圃尽是诗料
舞青萍之剑抱素月之琴无非春怀

正房檐柱上贴的是:

家无别况唐诗晋字汉文章
庭有余香齐草楚兰燕桂树

在我家的房廊屋舍和家什器具上,随处可见父亲的手迹。他用温暖而诙谐的句子粉饰着相伴终身的困窘,为缺油少盐的日子注入了些许滋味。北房门背上写的是:

草堂高卧,谨防梁上君子。

东房板壁上写的是:

不戚戚于贫贱,不汲汲于富贵,是达人也。

一只做工精致的炒面匣子上的诗句,想必是一个杏花似火的日子里,喝了几杯酒以后写的,用的是红漆,笔意灵动飘逸,至今鲜亮如新:

> 君王勒马要诗篇，
> 李白诗中借一联：
> 金勒马嘶芳草地，
> 玉楼人醉杏花天。

很多年后我查到：这是明朝吴伯宗的应制诗。应该是"杜甫诗中借一联"，父亲记错了，但也难得。

东房纱窗上的几行字醉态宛然，宣泄着由于时常缺酒而无可奈何的自我调侃：

> 酒能乱性，佛则戒之；酒能理性，仙则饮之。是以有酒则学仙，无酒则学佛。

我上小学时喜欢画画。有一天写完作业后无所事事（那个年代作业很少，简直经不起做），就撕了一张纸，伏在桌子上画了一幅铅笔画，这是我想象出来的居所：松柏掩映之下，有几间茅屋，门前有篱笆，篱笆上缠绕着牵牛花。画完就出去玩去了。傍晚回家吃饭，发现那幅画的空白处有父亲题写的字：

> 苍松掩小茅
> 贫舍出英豪

我高兴而且意外，就去找父亲，想问问这两句话是他自己想的还是抄写的。但没找到他。母亲告诉我，刚走不久，是和其他社员一起，带着铺盖、农具和口粮，到黄河以北的红柳滩开荒种地去了。等过了一个月他回来，我早忘了这事。

父亲终身嗜酒。有酒的傍晚他开心如孩子，无酒的日子沉默如顽石。他有一只白瓷粉彩的酒壶，是他平生心爱之物。逢年过节，我们用这只酒壶给他烫好酒递上，他用骨节突出的手抚摸着它。他慢慢饮着，抚摸着，颜面上带了些酡红，鼻孔里吭吭几声，我知道沉默就要打破了，果然，他开口说话了，比如："春宵一刻值千金啊，知道不？"或者问我："你既然是念大学中文系，那我考考你：这'开琼筵以坐花，飞羽觞而醉月'，这句话怎么解释？"

我以我的理解做了回答。其实我也不甚了然。但我发现，类似的问题，无论我怎么回答，他都宽厚地点头："对着哩。"我怀疑他是以考我的方式寻找他自己也不清楚的答案。毕竟他是个只读过小学的庄稼人，不是科班出身的秀才。

在他暮年的时候，我们忍痛剥夺了他喝酒的权力，原因是他患了高血压。于是他在所有的年节里只好无聊地沉默着，那只粉彩的酒壶也就成为纯粹的摆设，许多年之后我们才懊悔万分地想到：对于一个嗜酒成癖的老人，剥夺他唯一的乐趣比血压升高带来的痛苦更甚。这已是无法挽回的失误。在他去世后，我们把那只粉彩酒壶作为唯一的随葬品置于墓中，但愿能给他些安慰。

这双手最后一次濡墨弄毫，是在 10 年前。我正好回家探亲。一位杨姓农民挟着一卷红纸来到我家院子，是为了女儿出嫁，来求父亲写婚联。父亲为难地说："你也知道，我手颤，不拿毛笔日子多了，怕写不好。"

"就这一回。王家阿爷。我喜欢你写的对子。"

见父亲首肯，我立即张罗好纸笔。

"写啥哩？"父亲提着蘸了墨汁的毛笔问老杨。

"王家阿爷，越雅越好。'恩爱夫妻光景美'之类淡不兮兮的话我见不得，倒人的胃口。"

父亲说:"年轻的时候记的婚联多,现在老了,脑子空了,一副也想不起来。"转而问我,"你有没有?"

我只好承认:"平时没太留心,不记得。"我又问这位乡亲:"老杨,你也是喜欢读书的人,你要有满意的婚联,你说,叫我父亲写。"

这位农民乡亲甚为惊讶地看着我:"好我的你哩,你在报社里工作你都说不上,你把我这样的人用四股子麻绳捆起来,头朝下倒吊在梁上,控上三天,也控不出一滴墨水,我能说个啥哩?"

语出惊人。父亲被他逗出了兴致,让我现作一副婚联。我向来文思迟钝,一时给难住了。情急之中,忽想起不久前我给省城一位挚友的女儿出嫁作的婚联。尽管那是因人而作,并非通用件,也只好聊以塞责了。我撕了一片纸,用钢笔写下,递给父亲看:

有清照笔薛涛笺千里佳期早约定
无张敞眉梁鸿案百年好梦亦成真

父亲看了,迟疑地审视着我,"你这里说的薛涛是四川那个薛涛吗?"
"就是。不过我这里说的是薛涛笺,不是说薛涛。"我赶紧解释说。
父亲犹豫有顷,终于说:"成哩。"
于是开始写。他的身子佝偻得厉害,花白胡子摩挲着纸面。手确是在颤。他不得不用左手抓住右手手腕,以增加稳定性。他写得慢而认真,好像不是写字而是刻字。看得出来,他因为意识到这次书写很可能是绝笔之作因而愈不想敷衍示人。他和正在背叛他的双手做着最后的角力。然而,被他牢牢掌握了一生的娴熟技巧正毫不留情地从他手里逃逸。他竭尽全力不让那些笔画脱离手的控制,写出来的字总算端正,当年的精气神全不见了。

父亲放下笔,无限怅惘地看着自己的字,半晌,深深地、自责似地叹出一口气来,仿佛由于自己不小心,把一件永不可复得的物件打碎了。

这以后，这双手彻底地告别了包括毛笔在内的一切书写工具（在这之前很久，它已经告别了铁锹，继而又因视力不济告别了书卷）。

闲置起来的双手像是一件过了时的器具，毫无生气地依附在父亲寂寞的身躯上。父亲只是在吃饭、喝茶、擤鼻涕、擦口水时才用得着它。如此渺小的用场使这双巨手愈显出沦落风尘般的沮丧。

不仅如此，这双手的自洁能力也在迅速下降。我早就注意到，这双手在从事繁重劳动的岁月里反而比较干净，起码比其他农民的手要清爽一些。等它闲置下来之后很快脏起来。肤色晦暗陈旧，坚硬的指甲弯曲着，指甲缝里总有洗不尽的污垢。

患了慢性中风的父亲和他的双手成天在沙发里窝着，像废弃了的一架机器。只有每当来自城市的孙子们在父母带领下来看他时，这双手才立即显出些活力，它恳切地伸出去召唤那一双双白净绵软的小手。孩子们在父母的鼓励之下有点吝啬地把小手放进爷爷手中，但只停留一小会儿，便立即抽回。

事情明摆着，这双手最主要的技能的丧失，它的创造活动的终止，对父亲来说，意味着他的尊严、信念和生活乐趣的逐项丧失，甚至连活着的意义也开始成了问题。

有一次我听到坐在躺椅上晒太阳的父亲用慢性中风患者特有的含糊语调自言自语："……忘性大呀……忘性大。"

我走过去俯下身子问他："你说啥？谁的忘性大？"

"阎王。我是说阎王爷。他把我打发到阳世上之后就忘掉了！我的心都等焦了……"我想不出一句安慰他的话。哀莫大于心死。我们既然无法赋予这双手哪怕一点点昔日的乐趣，安慰的话语又是何等苍白虚弱。

在父亲的生命走到尽头之前，一个偶然的原因，这双沦落已久的手竟然重展了一次雄风。

那是几年前。大哥的儿子、父亲的长孙要娶亲，我和都在省城工作的两个弟弟赶回老家帮助料理侄子的婚事。大哥没文化，喜事上的文牍事务自然由我们三个当叔叔的来摆弄了。

行动不便的父亲成天雕像般沉默在沙发里，心其实没闲着。他问我："明天下午请娘家客吃下马席，请帖写好了没？"

我告诉他："马上就写。"并把从商店买回来的空白请柬拿给他看。父亲瞪了我一眼，用含糊不清的语音说，"亏你们都是有文化的人，就这么写请帖吗？规矩要懂。甭教人家笑话。"

我恍然记起，按农村过去的礼节，给娘家人的请柬与给其他亲友的请柬是有区别的，内容也不一样。

我们立即按父亲的意思制作了一个硕大的、裱成硬纸板的请柬，又用红纸做了一个封套。好在其时我三弟的毛笔字已经写得颇能见人，于是由父亲口授，我们三人费劲地把那些从白胡子围裹着的嘴巴里挣扎出来的模糊字眼逐一辨析、推测，记录下来：

  谨定于农历正月初六晡后三时敬备菲酌恭请亲翁亲姨阖府莅临。

封套的背面写的是：

  钟鼓乐之，琴瑟迎之

父亲接过这个超大型请柬，眼睛凑上去仔细看过，颔首认可。但他立刻发现了问题。他用坚硬的指甲指着署有我大哥名字的落款处，说，"这里没有一个自我称呼吗？"

"自我称呼就写'亲家'，对着吧？"我问。

父亲不满地哼了一声，摇摇头，然后说出两个字来。可是语音愈加不堪。我们的六只耳朵愈是焦灼，愈是听不清了。到后来，两个十几岁的侄子侄女也都凑了上来,在沙发跟前围成一堆。

父亲一遍一遍地重复着,目光里渐渐憋出些愠怒。忽然,出人意料地,他吼出了声。这一下我们全都听清了:"姻亲!婚姻的姻,亲戚的亲!"

是了,落款应该是"姻亲×××敬具",这才是文雅的书面语!

茅塞顿开,满堂哗然。

父亲意犹未尽。他颤巍巍地伸出一只手,用弯曲的食指指着我们。在那一刻,久违了的父权重又回到这只手上,"父亲"这个概念不容置疑地逼视着我。果然,他用弯曲的手指逐一指着我们三兄弟的鼻子,骂道:"一个比一个笨!"

我们大笑。孩子们也跟着大笑,随即又悄悄咬耳朵:"爷爷骂他们是笨蛋,他们还笑呢。"

我们怎能不笑。50岁的儿子被80岁的老父斥为"笨蛋",何异于醍醐灌顶、甘露沁心!不是所有的人都有福气在年届半百时还能领受到这样一份圣餐啊!

一声喝斥,时光倒流,刹那间父亲把我扔回到童年。童年多好,有人为我们的愚笨负责,我们不必担心自己愚笨。在失去父母的日子里,在心像风中的落叶一样不知所归的迷惘中,常常怀念起那一声喝斥。我多么愿意那只指着我鼻子的手,连同那一声喝斥永远定格在我的生活中;多么愿意我这个笨蛋儿子在做了笨蛋事情之后有一声威严的喝斥冲销我自责的痛苦……

可是上穷碧落下黄泉,何处去觅这只手的踪影?

……在最后一次行使过父亲的权威之后没多久,父亲走了。他静眠于灵床,双手呈半放松状。这双手将自己的命运紧攥一生之后,终于松开。它始终没有改变父亲的生活,它什么也没能改变。

2002年5月

# 第四辑
## 家在梨花掩映处

乡村正在失去记忆。在很长的历史时代里,人们对于乡村的记忆总是与一棵姿态独特的老树、一座青苔斑驳的石拱桥、一条细草夹持的小溪,或是一处墙歪门斜的菜园子相联系。这些都是某一个乡村的鲜明胎记,也都是触发记忆中的美感和艺术创作冲动的原动力。

## 1949，那个红火的秋天

1949 年，我 4 岁。还处在混沌未开的状态，但是能够记事了。不但如此，依照"近事模糊远事真"的自然规律，年事越高，童年的记忆越是清晰。

印象中，这一年从夏天起，原本平静如水的农村生活不平静了，有一种惶恐的气氛在蔓延。大人们只要在一起，不再谈论天气、收成和斗价（粮食价格）。他们说的最多的是"共产"。

那时人们不知道"共产党"这个概念，只说"共产"。这两个字，是用畏惧的语气说出来的。

"……听说兰州城叫共产围牢了。说是仗口上共产的茬茬胡都硬，器械胡都厉害。这一回马家军恐怕堵不住了。"

到了 8 月底，风声越紧了。夏收打碾结束，本该是抓紧秋翻的时机。趁大热天气把地翻好，晒上两个月，等于多上一茬肥料，来年庄稼就好。可是今年人们已经完全没有心思考虑秋翻了，日子能不能过下去还不知道哩。干硬的茬板地就那样在大太阳底下荒晒着。

我家的邻居——"贵德王"马元海家的异常举动加剧了大人们的担忧。

史料记载：马元海，字子涵，甘肃临夏人，与反动军阀马步芳是姑表弟兄。借着马步芳的气焰，他在贵德颇为霸道。更由于 1936 年，在甘肃高台围攻红军西路军的战役中，他被马步芳任命为"前线总指挥"，疯狂围剿红军，战后被加官晋爵，在贵德更是一手遮天。

我家的大门与马元海公馆的后门呈直角，相距不过几十步。

马元海我只见过一次，是在夏天的一个中午，我刚要出门玩耍，忽见马公馆后门里踱出黑凛凛一个大汉来，我连忙闪进大门，探头观望。这人身穿青绸长袍，外罩青缎团花对襟马褂，蓄着叫人害怕的络腮胡子，迈着叫人害怕的悠闲步子，背着手慢慢走。他大概在公馆里待得有些无聊，出来闲逛。走到水渠边一排大柳树底下，在半截土墙上坐下，威严地乘凉。

此时村庄里寂无人影。我相信，有许多双眼睛和我一样，从远处窥视着这个恶魔。我常听大人们说，对马元海稍有忤触的人，都会被他的手下抓进公馆，绑在大核桃树上拷打。

1949年秋天，我在门口玩耍时，时常看见有驼队从马公馆的后门出来，顺着巷道西去。骆驼都有负载，体积不大，但看上去分量很重。现在回想，他是在转移财富了。开始几天，驼队走得还从容，后来有点慌急了。牵骆驼的驼工大声呵斥着，骆驼们烦躁地嘶叫着，押送的人背着枪，骂骂咧咧地跟随着，巷道里腾起阵阵尘土。

一个早晨，村庄从睡梦中醒来，发现巷道里很安静。太阳老高了，还是安静。原来马元海已经逃遁了，带着他的亲信和护兵跑到不知什么地方去了。随后，人们又发现马元海庞大的家眷也不见了。有人说，家眷就在贵德，四乡里分散了。看这情况，共产确实要来哩。

史料记载：1949年8月25日，人民解放军第一野战军经过血战，攻破了被反动军阀马步芳自诩为"固若金汤"的军事要塞沈家岭。次日，兰州解放。解放军第一集团军乘胜追击，强渡黄河天险，直捣马步芳的老巢西宁。马步芳弃城而逃，9月5日，西宁和平解放。

西宁距贵德不过两马站，旌头所指，大军旦夕可达。

村庄里流言四起，人心惶惶。"共产"一旦到来，会不会杀人？会不会抢劫？咋办哩，咋办哩？跑吧，只有跑！人们苦苦地思摸着远处有没有可以投奔的亲戚故旧。东沟、周屯、常牧，或者是当车、新街、过马营……

踌躇难决之时，也有心大的人，还惦记着马公馆：既然马元海已经跑了，他的一进三院的公馆就空了，里面肯定还有带不走的东西，何不捞他一把？不捞白不捞。抢！抢他狗日的！

在反复探知马公馆确实无人值守之后，庄稼人的胆子大了，哄抢开始了。巷道里来回奔走的都是抢东西的人。马公馆三进大院，房子数不清，有大量没带走的东西：布匹、面粉、大米、清油、青盐、陈醋，等等。

啥都好拿，清油难抓弄。那个年代，老百姓家里没有铁制容器，装油都是瓦器。人们提着坛坛罐罐，磕磕碰碰地冲进马公馆，出来时满身是油。洒落的清油把巷道里的蹚土都洇湿了，也有人慌乱中磕破了坛子或瓦罐，清油泼了一地。

抢完这些，看看再没别的，就开始拆卸窗户玻璃。老百姓头一次见到玻璃，很是稀诧。马元海家的窗户，不但全是明晃晃的玻璃，卧室窗户还是七彩玻璃！这叫老百姓大开眼界。

我家庄廓院紧邻马公馆，要去抢最方便，但是没有。这是由于奶奶的管束。这一年春上我爷爷去世了。留下一大家子人，奶奶是主心骨。奶奶没文化，但有主见。她严厉地训诫全家人："你们记着，便宜是害，沾不得！旁人咋抢了抢去，甭眼热！人活一世，富也好穷也罢，不是个人的东西，一针一线都甭拿！"

直到今天，我都觉得奶奶说的这些话接近真理。真理都朴素，掌握真理不一定需要很深的文化。

陆陆续续地，越来越多的人家逃离了村庄，我家也不能再犹豫了。离县城二十多里，有一座穆甘寺。听父亲讲，爷爷在世时与穆甘寺的僧人有交情。危难之际，可以投奔的地方也就这一处了。于是，父亲带领一家人，会同几家叔伯弟兄，赶着牲口，驮着粮食衣物，或乘马，或徒步，组成一支浩浩荡荡的逃难队伍出了村。我大姐年方 17 岁，但胆大似男儿。她骑一匹沙青马，把我揽在怀里，提辔抖缰，催马前行，毫无怯态。

但是奶奶没有走。她舍不得离开这所庄院，她要守家。奶奶态度坚决，父亲说服不了她，只好同意，又怕她太孤单，就把两岁的弟弟留下来给奶奶作伴。

穆甘寺的僧人腾出不少房子让我们住。寺院里做佛事活动才用的大锅、大案板也让我家借用了。

这是在乱世中。可是不谙世事的孩子们快乐得像过节一样。那是我第一次来到草原，只觉得天宽地阔，风光迷人。满天飞舞的，是彩色蚂蚱，翅膀哔哔地煽动着，如同千百萧管齐鸣。我们每天都在草原上疯跑着抓蚂蚱，直到夕阳担山，母亲们做好了晚饭，在寺院门口高声喊我们回来，并且叮嘱掐几把野葱下饭，折几把鞭麻当筷子。

忧心忡忡的大人们聚在一起，谈论的还是贵德的世事。奶奶不知道咋样了？寺院里总不能一直住下去吧，入冬以前，茬板地总得翻吧？要不然明年吃啥哩？

直到有一天，大人们打听到了确实的消息，说是"共产"已经到了贵德县城了，可怪！来的都是"善兵"，人呢，一个都没杀；东西呢，一件都没抢，老百姓都平安着哩。

大人们半信半疑地收拾起东西。可我们这一大帮孩子还舍不得离开这里。

我奶奶后来的描述，证实了前面的消息。那一段日子，守着空荡荡的庄廓院，听着死气沉沉的村庄里鸟雀鸣叫，奶奶心里一阵一阵发虚。终于有一天，村庄里响起了脚步声，是队伍前进的脚步，由远而近，蹬蹬逼近。奶奶抱着我弟弟，端坐在院子里，忐忑地等待着命运的安排。

有人在敲门。是用手敲，不是用枪托砸。这更增加了奶奶的疑虑。她这一生见过太多的杂牌军队，从来不这样敲门。

奶奶鼓起勇气撤掉了门闩。开门之后她见到了两个共产党军人。这两个人完全不同于她以前见过的兵，更没有传说中凶神恶煞的样子。操着外路口音的两个小战士未开言先含笑："大娘，你们家的人都上哪里去啦？能不能借个水桶用用？"

史料记载：1949年9月18日，解放军第一野战军二师五团一营到达贵德县城。此前往新疆方向出逃的马元海，行至都兰县时瘫痪，被人民政府工作组劝降，回到西宁家中，旋病故。贵德县长马子芳出逃。贵德城关各族群众、寺院僧侣和河阴地区学校师生上街欢迎解放军。马元海公馆做了解放军指挥部。一军任命李熙波为中共贵德县委书记，任高凤岐为县长。街头贴出由青海省军管会主任张国声、冼恒汉署名的安民告示。贵德从此进入了一个新时代。

人们的心放到大校场里了。当我们全家离开穆甘寺回到村里的时候，立刻感受到一种前所未有的气氛。人们脸上的愁云不见了。言谈之间，彼此交换着一种新鲜、好奇和兴奋的情绪。

距我家门口几十步的拐弯处，我第一次看见了"共产"。那是一个持枪站立的哨兵，中等身材，穿着整齐的军装，打着绑腿，精神抖擞，雕塑一样安静。在他身后即是马公馆的后门。

回到我家大院，见奶奶和弟弟安好如初，房廊屋舍完好无损，全家人都说不出的欢喜。院子西北角，我们叫"尕北房"的一间屋子里，住进了解放军的一个伤员，头上包着纱布，有两个年轻战士伺候他。

"老乡！"我们第一次听到这样的外路口音，大吃一惊，愣在那里，不明白"老乡"是什么意思。

"老乡！你们都回来啦？"小战士亲切地继续跟我们打招呼。

"哦，回来了回来了。"从愣怔中回过神来的父母，总算明白了他们的话，"哦，你们缓伤着哩吗？好好儿缓着。要啥了我们哈说。炕煨子要嚛我们煨给！"

两个小战士一脸茫然，显然半句也没听懂，但是他们理解了父母亲的善意，点头微笑着。

从此，村庄里随处可以听到"老乡，老乡"这个稀诧的称呼。老百姓不知道该怎么称呼解放军，也"老乡，老乡"地称呼人家。

最吸引庄稼人的，是解放军的军事训练，尤其是攻城训练。选一处高墙大院，战士们每三人一组，轮番上阵。工具是一根一丈多长的松木杆子，前面一人紧紧夹住杆子头，后面二人夹住杆尾，从几十步外开始冲刺，到了墙根，前头的人忽然纵身跃起，蹬住墙面，身体呈水平状态，两脚快速移动，持杆的二人发一声喊，就把人送上了高墙。

老百姓摇头赞叹："啊嚓嚓，看人家这个本事！马家军阿里吃住哩？"

解放军在空闲的打麦场上安置了单杠和双杠，那都是用结实的榆木杆子做成的。跃上单杠的人，风车一样打转转，惊得庄稼人嘴巴张得老大。解放军在空地上栽了篮球架，旁边挖了沙坑，栽了跳高杆子。他们在业余时间玩的时候，我们一帮小孩子也上蹿下跳地跑去凑热闹。有一次我去抢球时篮球砸中了我的鼻梁，我大哭，几个战士赶紧过来，把我哄乖了才离开。

经常有战士牵着骡子走过我家门口。是往马公馆的军营送给养。骡子高大得叫人难以置信，而且极其彪悍强壮，贵德没有这种牲口。骡子这么厉害，显然不好控制，除了用"勒口"，上牙龈还扣了一条"小缰"。骡子驮的多是子弹箱，还有沉重的圆筒状器械。长大后，我成了枪械爱好者，这才明白，那肯定是82迫击炮。怪不得，普通的马匹咋能驮得动呢。有一回，骡子驮着一对大木头箱子，经过我家门口时绑绳断了，啪嗒一声箱子掉落地上。两个战士停下来重新绑好，顺手捡起掉落在地上的两片东西，吹了吹上面的灰土，递给我："小鬼！拿去。"

这东西像薄木板，有扑克牌那么大，很轻。我闻了闻，不是木头，倒有一种食物的香气。我试着用牙齿咬了一下边角，立刻，一种从未经验过的酥松和甜香刺激了味蕾。我飞奔进去拿给奶奶看,她惊讶地说,"哦,这是饼干,哪里来的?"

"这是老乡给我的!"我说。奶奶明白,我说的老乡就是解放军。

吸引孩子们的,还有解放军教唱的歌曲。儿童天生就有学唱的兴趣,可是乡村儿童除了"古今儿古今儿当当"之外,不知世上还有歌曲。在村子中心一户人家的院子里,每天晚上都有解放军宣传员教唱歌曲,青年男女和孩子们以极大的兴趣学唱,虽然不太理解歌曲内容,但那种全新的曲调让我们惊奇和着迷。我就在那个时候学会了《义勇军进行曲》《解放区的天》《三大纪律八项注意》……

有时回到家里,大姐把我叫过来,"你记性好,快想想,'中华民族到了最危险的时候'下面的一句是什么?给我唱唱。"

9月下旬开始,乡村的天空里时时回荡着清亮的童声。孩子们玩耍的时候唱,赶着牲口去泉边饮水的路上唱,挎着背篼捡牛粪的时候也唱。"向前向前向前……""解放区的天是明朗的天……"

与刚刚过去的那个惶恐不安的夏天相比,1949年秋天,贵德的天可真是一片明朗的天。

2019年10月

# 老 宅

## 一

人说贵德地方好。其实贵德的好地方还不到全县总面积的十分之一。这就是被当地老百姓比喻为"点心瓤子"的三河地区：河东、河阴、河西。

有幸生为河阴人，祖宗留下了一所宅院。宅院连着果园，五六棵年逾百岁的粗皮老梨树，枝柯横斜，冠盖如伞，自我记事起就是那副模样。秋天，枝头累累，一派梨黄。最让人眼馋的那些硕果，总是挂在离天最近的高枝，仿佛是大地献给上苍的贡品，架上云梯也够不着。风动树摇，啪啪地掉落地上，摔成八瓣，就是不让你囫囵品尝。

宅院里花木扶疏，不闻尘嚣。夏日的傍晚在花架下，冬日的中午在台地上，喝茶、聊天、看书，都让人久久不愿挪窝。或者什么也不做，静听时间的流动，亦得。

因为有了它，都在西宁生活的我们弟兄几个，就好像怀揣了一副抵御城市综合症的解药。每当心神疲惫，虚火上升之时，总要找机会回老宅小住几日。踩着果园小路上的野草走进去，费劲地解开被祖先们的手、也被我们自己的手磨亮了的那副沉重的熟铁扭丝门扣，哐啷一声，就把城市远远地甩在了身后。

这个宅院平时是个空宅。

它是十几年前，父母亲相继去世之后变成空宅的。每次回到老宅动手开锁时，空落落的心总是被回忆所碰痛。父母在时，这所院子的大门从来不用上锁。之后，我们渐渐习惯了风尘仆仆回来之后需要自己动手开锁推门这个事实，也习惯了壁悬蛛丝，案满尘灰这个事实。纸糊的木格子窗户难抵风寒，老旧的锅台和风箱总让人感到举炊不易，黄粱难熟。

阴雨季节，人在西宁，又担心年久失修的屋顶会不会漏雨，紧靠庄廓的水渠会不会决口。

变卖了它！弟兄几个各拿几锭纹银，挥泪一掉头，彻底融入城市，这是最省心的选择。我们清楚，不仅我们，还有许多和我们一样的人，最终要向城市投降。

但是，每一次，情感深处总有一个不甘心的力量拽住这个念头，不让它成为最后的决断。我们隐隐地感到，抛弃老宅很容易，填补它留下的精神空白很难。一纸契约交付买方的同时，我们心中最珍贵的回忆也会被连根拔起，被时间晒干。再次踏上故乡土地时，疲惫的心之舟，将在何处寻找熟悉的码头？

我们选择了坚守。弟兄几个一合计，投了一笔数目不大的资金，把老宅做了小规模重建，使房屋敞亮，厨灶便利，花圃规整。坐在焕然一新的宅院里，即使吃一碗家常面食，也觉得有滋有味。

在重建中我们意见一致地拒绝了石膏吊顶和封闭走廊等农村正在追求的时尚，为的是不让这个宅院变得过于陌生，好让我们向旧日的感觉靠得更近。

## 二

离开农村这么多年后才发现，能站在自家的屋檐下看天色，也是一种福气。孩提时代，习惯于站在大人身边看天色，一边仰望着变幻不定的云光霞气，一边听他们讲"早烧有雨晚烧晴"，觉得自己的呼吸与天地贴得很近。

在城市住宅里，我们从一间房子踱到另一间房子，是从一个水泥盒子进入另一个水泥盒子（韩少功语）。鸟雀不会自己飞到屋檐下筑巢（我们没有屋檐）；一阵轻风吹过，也不会有花瓣飘落门槛。

老宅由于大部分时间闲置，引来许多鸟雀筑巢安家。每次回去，看见屋檐下的砖地上斑斑点点的鸟粪，颇讨厌。但啁啾之声不绝于耳，像是欢迎主人的小乐队，也顿时释然。

夏季住到老宅，早晨唤醒我的常是布谷鸟。声音很响，好像就在紧靠围墙东北角的杨树上。而且每天都在同一棵树、同一时间。于是就把手机上的叫醒闹铃关了。其实在布谷鸟之前，早醒的麻雀一直在鼓噪，声音密集得像是在铁锅里炒亚麻籽，但不会把人吵醒。

窗户外偶尔会有画眉飞落，娇啼两声，像是向主人打个招呼，旋即飞走。白天常有俗名叫"火焰焰"的小鸟嘴里衔一根羽毛，飞来飞去寻找筑巢的地方。喜鹊这几年不多了，偶尔听到它的叫声，立刻想起钱钟书先生的准确形容："清利如剪刀"，而且刀口永远锋利。

冬季的黄昏，常有成群的红嘴鸦喧哗着飞越老宅上空。它们似乎委决不下今夜应该栖息何处，散兵线式的羽阵忽东忽西，左冲右突，在霞光暗淡的天幕上划出流畅的五线谱。

有段时间，家在农村的侄子在老宅屋檐下挂了两个纸箱子招引野鸽子，不久就有来客就宿。鸽子繁殖极快，一年时间，已是子孙满堂。早晨起来，看见它们在庄廓院墙头站成一排，安安静静晒太阳。瓦蓝色的羽毛在朝阳下明亮如锦缎，"咕噜咕噜"的呢喃声像是僧人在集体诵经。

鸽子们晒得浑身血脉畅通了，相互一招呼，訇然一声飞去觅食。它们的早餐基本固定在罗主任家。罗主任是前村委会前主任，持家有方，宅院宽敞整洁。他见鸽子飞来，进屋抓一把秕麦子，"唰"的一声往院子里一撒。鸽子们啄食完毕，扑棱棱振翅而起，罗主任和小孙子目送它们消失在蓝天中。

孙子说："爷爷，我吃馍馍掉点渣子你就骂我，你自己天天浪费粮食。哼！"

罗主任说："你不懂。鸽子是个活物，它吃了，不算浪费。再说，只要有人吃的，就有鸽子吃的。它能吃多少？"

野鸽子在我家老宅就宿，在罗主任家就餐，日子过得安逸。

一个青年村民去罗主任家，看见满院啄食粮食的鸽子，看得眼馋，就说："主任，你不知道现在餐厅里野鸽子肉的价钱！寻个筛子把它们抓了，我拿去卖，对半分钱，成不？"

"胡说！"罗主任喝斥道，"要赚钱找别的门路去，不要老打杀生害命的主意！"

有一年我回老宅去，直到黄昏，不见鸽子们来就宿。后来听人说，那个青年村民最终还是设计把它们捕杀了。村子里从此少了这道风景。

老宅院子里如今花木繁茂。计有：轮柏、丁香、牡丹、芍药、玫瑰、月季、剑兰、川草、金盏子、石子梅、九月菊、石竹、迎春、蜀葵等等。

所有这些花木都是三弟一手栽植。他是极为勤快的人，又善伺弄花草，每次从西宁回来时，总要设法弄到一些品种的根芽，在老宅院子里择地埋下，又亲手浇水、施肥、喷药。我们有时也动一下手，但常常苟且于懒惰。

如果没有他，老宅院子里如今有什么？满院荒草而已。

但即便是荒草，也比水泥地坪亲切百倍。雨水多的一年，夏天回去，小径两侧挺立着齐腰高的白茅草，像是迎候主人的仪仗队。花园里没有它们的立足之地，它们就谦卑地挤靠到路边，竭力用挺拔来证明自己虽不美丽，也薄可观赏。我拿镰刀割去这些白茅草时，浓浓的青草味儿弥散开来，使人有点歉疚：尽管是野草，可是长得多精神啊。

石子梅是多年生藤类植物，六七月开花，花奇繁。堆紫垒红，压满枝条。我叫来侄子，俩人用木杆子为它搭了个架子。它们便攀附而上，直抵房檐。早晨起来，抢眼而来的便是满地粉红色花瓣。不忍心把它们扫去。"落红成阵"，或者"落叶满阶红不扫"，都是不错的意境，何必一定要在整洁中寻找美？

可是老宅的花园再好，我们也无法把它装进集装箱带到城市去。每次离开老宅，总要不由地回望一眼院子。在沉重的榆木门扇哐当一声关闭之后，这些花儿们就得在"寂寞开无主"的状态中捱过，直至下一次铁锁开启。

## 三

老宅的围墙已有100多年历史，至今依然完好，这在本村中较为少见。墙体采用青海传统的夹板筑墙技术，生土夯筑而成。主墙有32板高，已到达极限。主墙之上又用土坯砌了一人高的梢墙，成为普通盗匪不易逾越的屏障。

贵德三河地区是一块河谷冲积平原。成熟于亿万年的黄土积淀，土壤肥沃而富于黏性。不仅适宜稼穑，也适宜挖窖、筑墙。挖窖窖不易塌；筑墙墙不易垮。即便土质如此优良，当年打这副庄廓墙时，出于对墙体质量的超高要求，裹着小脚的奶奶亲自和帮工们一起，用筛子一点一点筛土，剔除黄土中的草根砾石。那是多么浩繁的劳动，想一想都让我背上冒汗。

不仅如此，为了墙体的光洁，墙板还要随时用胡麻油涂抹。对于刚刚开始创业、家境并不富裕的爷爷奶奶来说，那又是多么奢侈的行为！

打墙那个时代，中国北方农村尚无一把钢锨。我们今天用的铁锨——实际是钢锨——是用机器将薄钢板冲压而成，轻便又结实。早先只有铁匠手工锻打的长方形铁锨，俗称"凿子锨"，颇为笨重。用笨重的凿子锨撂土，打32板高的墙，对当地人来说，难矣乎！爷爷预见到这个问题，所以雇请了循化的撒拉族民工。撒拉人素以刚强著称，但凡汉人拿不下来的苦活重活，他们都能对付得了。就这样，从循化来的撒拉人往手心里吐口唾沫，攥紧锨把，开始撂土。他们流着大汗，哼着小调，一天一天把墙打高，终于打出了32板高的墙，让当地农民为之咋舌。

围墙打这么高，是为了安全。兵荒马乱的年代，匪、盗、造反者、从前线溃退下来的败兵，都是庄户人家的祸患。庄廓墙的高度，大门的厚度，决定着防御功能的强弱。

不止一次，有过流弹呼啸、一夕数惊的时候。幸运的是从无歹人光顾过这所院子，它始终完好无损地挺立着。

贵德临解放那年，流言飞播，人心惶惶。河阴的百姓纷纷逃离，一村又一村成了空村。爷爷就在这一年去世。性格刚毅沉着的小脚奶奶让父亲带上全家，赶上牲口，驮上粮食衣物投奔他乡，而她坚决不肯走。她要和两岁的弟弟留下来守护这所庄院。

空荡荡的村巷里终于响起了队伍行军的脚步声。奶奶紧抱着弟弟，端坐在院子，倾听着墙外的动静。来了！她听到了敲门声。是用手敲，不是用枪托砸，这反而加深了她的疑惑。奶奶鼓起勇气撤掉了门闩。开门之后她看见了两个共产党军人。他们站在门外，并没有进来。这些人完全不像她这一生见过的各类杂牌军队，更不是传说中的凶神恶煞模样。操着外路口音的小战士未开言先含笑："大娘，家里没其他人呀？能不能借个水桶用用？"

至此，老宅的高墙已经耸立了40多年，未遇到考验。

此后又过了40多年。这期间，中国社会风云变幻，百姓命运跌宕起伏，但是乡村盗贼敛迹，老宅的防御功能形同虚设。

但到后来，情况发生了些变化。

不止一次，我们接到大哥从贵德打来的电话：老家院子进了贼了。急急忙忙从西宁赶来，慌慌张张开锁推门，只见一片狼藉。凡是能用的衣物器具都被贼席卷而去。东西虽不值钱，场面叫人窝火。

曾经请县公安局的干警看过现场，他们也纳闷：这么高的院墙，小偷是如何进去的？干警细看墙上蹭出的痕迹，说，这小偷手脚确实不一般。

说归说，事情并无结果。今非昔比，农村盗贼猖獗，县公安局的警力岂能顾得上这些小案？

盗贼反复的袭扰逼着我们去想笨办法：在果园里盖两间房，招个房客免费住下，让他把庄廓院看起来。弟兄们商定之后，我便亲自画了图纸。虽说不是正房，也要考虑造型，为的是推开果园大门之后，看到的是被梨树掩映的廊柱和栏杆。

房子如愿建起。一对收废品的夫妇成为免费居住的房客，老宅暂时安宁下来。

## 四

老宅与许多和它相似的宅院一样，是正在走向消亡的东西。它们太土，太随意，太个性化，也太占地方，因而愈来愈成为与当代经济社会发展相抵触的存在。

在它们消失之前，作为序曲，水磨、油坊、石拱桥、砖雕大门等东西已经消失或急剧减少，乡村的特征正在褪色。从事刊物美编工作的弟弟文中意识到这个现象在文化意义上的严重性，带着相机四处奔走，越谷穿峡，探村访寨，把所有值得铭记的东西挽留到胶片上，结集出版，名曰《岁月的痕迹》。其中也有从我们自家老宅拍摄的物件，如碧纱橱、八仙桌、太师椅、琴桌、支摘窗，还有一只老旧的风箱。

他赶在传统村庄消失之前，做了一件抢救性的工作。

标准化的时代已经来临。村庄的模式如今有了统一的标准。在笔直的线条上，一排排站位整齐、造型相似、尺寸一致的农舍不断地被复制出来。"我们坐在高高的谷堆旁边／听妈妈讲那过去的故事"已成为昨日的童话。随意堆放的草垛、领着鸡雏懒洋洋散步的老母鸡、供夏日的夜晚纳凉的石碌柱等将不再有存在的理由。因为标准化只服从一个目的：外观整洁和节约土地。

乡村正在失去记忆。在很长的历史时代里，人们对于乡村的记忆总是与一棵姿态独特的老树、一座青苔斑驳的石拱桥、一条细草夹持的小溪，或是一处墙歪门斜的菜园子相联系。这些都是某一个乡村的鲜明胎记，也都是触发记忆中的美感和艺术创作冲动的原动力。这就是为什么我们总会在异国异族艺术家创作的诗歌、油画或音乐作品中和自己十分眼熟的乡村景物不期而遇，并且怦然心动。

艺术家即使生活在城市，也不可能用诗歌、油画或音乐去表现所住小区附近的一个超市、一个餐馆或一个网吧。因为只有共性而无个性的东西是没有灵魂的，犹如机器人。

标准化的村舍有点城市的味道但又不是城市。它们远不具备城市的恢宏和完整。他们好像是城市这本书的幼儿版，又像是由乡村向城市过渡阶段中一个不稳定的存在。其实，即使是砖混结构的楼房，也未必比老式的土平房更经久，在生活节奏的鞭策下，破与立的频率在加快。昨日建、今日拆，如同一对孪生兄弟，又像是车之两轮鸟之两翼，保持着快节奏中的某种动态平衡。

标准化的脚步正在逼近老宅。推土机的声音就隐藏在某一处不远的天空下。

老宅中一些当年的器物还在，弃之可惜，留之无用。但明知无用，也不忍心由我们自己的手把它们弃了。眼下先让它安静地待着。

那些桌椅木器，是 90 年前的木匠们一丝不苟地做出来的，上面覆盖着来自四川（也许是云南、贵州）的上好桐油。桐油面被祖先们的手、也被我们自己的手磨得发亮，仍没有掉落。手指不易触及的缝隙里，桐油和岁月的泥垢牢固地粘结在一起。

这些木器代表着那个时代的审美观念和制作水平，也显示着那个时代的工匠做活"贵工而不贵速"的职业精神。即使在今天看来，仍觉得比例有度，匀称和谐。而且经几代人扶摇挪动，照样隼卯结实，毫无松垮的迹象。

老宅院子改建时换下来的松木窗扇，如今堆放在烧柴房里。正房窗户的木格子图案，是当年十分流行的"八卦锦"。薄而窄的松木条子上要开许多卯，相互套接后形成美丽的几何图案。厢房窗户的图案则是较为简单的"一马带三件"。

看见这些窗扇，就想起无数个遥远的夜晚，透过窗户纸，铺撒在院子里的温暖灯光。

我很想把这只八卦锦图案的窗扇带回城里去。可是，我该把它安装在楼房的什么地方？

2005 年 5 月

# 记得那年花如雪

一个人在青少年时代经受的考验，对于人格的最终成型究竟会有什么样的影响，这是个很难说清的问题。谁都知道，同样有过被命运"劳其筋骨，饿其体肤，空乏其身"经历的人，既长，或为精金美玉，或为贪馋老饕，品相各异，自成一格。要阐明其中复杂的变异规律，谈何容易。我只能根据自己的体察，小心地和保守地说，如果你最终没有变坏，那么当你回首走过的路，会很容易找到与你的秉性有着本质联系的那个遥远的脚印。但如果你变坏了，你肯定会迷失在回溯自己纯洁本性的路上。

我15岁那年，正逢饥饿的阴影覆盖广大城乡。春季一开学，学校就宣布，全校停课一个月，去东沟乡开荒种地，以期在秋收后缓解师生食堂粮食短缺的问题。

开荒地点在离城南30多公里的山区。

男女学生背着臃肿的行李，行李上插着板镢，叽叽喳喳地出发了。队伍在苍黄的山野中迤逦而行，喧哗声渐渐冷落下来。饥饿剥夺了年轻人活跃的天性。

两天后这支疲惫的队伍到达目的地安营扎寨。老师们指挥着大家在山坡上搭建起几座帆布大帐房，分别充当食堂、教师住所、男生住所和女生住所。

严峻的日子开始了。每人每天一斤口粮，没有副食。早晨哨子一响，匆匆起来，草草洗脸。哨子响第二遍，排队去设在山坡上的大锅台打饭。早饭的标准是二两（中饭晚饭各四两），这二两面粉表现为连汤带水的一马勺面条，为的是让空荡荡的胃囊有填充感。

在待开垦的草坡，我们以小组为单位站成一条横队，相互之间相隔约3米——等于每人面前有了面积大体相等的一垄地，这就是当天的任务。

我们用细瘦的胳臂挥动着对这个年龄的人来说过于笨重的板镢，把草皮一块块翻起来。很少有人打闹说笑。每天一垄地的任务可不轻松！需要节约使用气力——包括说话。偶尔完不成任务不会受到责罚，但老师的目光告诉你：你有可能影响全班的进度。这压力够让每一个稍具集体荣誉感的孩子当心了。

农村的孩子并不惧怕干活，只要肚里有食。但是任谁都怕饥饿。早晨那一马勺面条造成的填充感只能从宿营地维持到地头。实际上我们从刚一开始举起板镢那一刻起，就渴盼着午饭。

终于响起了午饭哨声，浑身的细胞都被激出了精神。各班班长提着竹筐去地头打饭。每人两个馒头。馒头匀称可爱，大小一致，恪守着公平的原则。一个馒头理论上是二两，但我们觉得它们被"瘦身"了，在巨大的生理渴求面前，它们显得出奇地渺小。

选中一处向阳背风的坑洼，让肢体以舒适的姿势坐下。我强压着胃部的冲动，先把馒头的表皮剥下来细细咀嚼，等麦面无与伦比的纯香被舌蕾充分体会之后，这才三下五除二消灭它们。随后而来的便是懊悔与幻想：懊悔吃得太快，以致使享受的过程变得模糊不清；幻想我还没吃，一切从头开始。

在同龄人中，我不算饭量最大的人，但体力的消耗一再表达为明确的生理信息：这样的馒头，假如让我吃饱，至少需要10个，至少。

有天早晨出工后，一位贺姓同学透露了一个重大发现：他半夜里跑肚子路过教员帐房,发现老师们在偷偷加餐。吃的是面片。这一消息像涟漪一样迅速扩展开来,成为一股压抑着的愤懑。尽管始终以隐秘的方式传播,还是被走漏了。有天出工前,老师通知全体学生在山坡前集合——教导主任有话说。

教导主任,一位方正干练、口才过人而被我们终生敬重的人,站在高坡上讲话。主任舌底生莲,使我们不得不慑服于逻辑的力量。其中有几句话也被我们视为经典训词,被记忆永久收藏:"……先生,毕竟是先生;学生,毕竟是学生;就是吃了,也是人之常情,何况没吃!"

这时,扶着板锨静默在他脚下的这支队伍起了一点骚乱,原来是初二年级有位同学晕倒了,训话也立即终止。

不用打听,我们都知道晕倒的原因是什么。从那天起,我们悲哀地意识到,我们与老师之间原先单纯的关系不再单纯了。

一天又一天,我们正处在发育阶段的身体在摄取与付出严重失衡的状态中亏蚀着。而就在这时,我们听到了可怕的消息:家乡的人断粮了。

最初听到的消息是:不少人家开始寻吃麸皮和麻渣等牲口饲料;随后听到的是,榆钱才长出一点尖叶就被人捋光,榆树皮也被剥去磨成粉吃了,留下了白森森的树干,看着怪怪的。

这个消息让我彻夜难眠。我离家的头天晚上,母亲想给我烙一个小饼子带在路上,在她打开面柜时,我看见角落里最后那点可怜的存货,就坚决地阻止了她。母亲为此而难过得连连叹气。上山后的这些日子,我没敢去想家里人在吃什么。现在我相信,与白森森的榆树有联系的人群里,肯定就有我的父母!

从第二天起,我打定主意要从牙缝里抠出几个馒头,带回去给父母尝尝。

每隔两三天,我就省下一个馒头,都是在地头吃午饭的时候。我把馒头放到火堆上(开出的荒地都把草皮堆起来烧灰,可作肥料),小心地翻动着，烤黄烤透，以便保存。

下午，我几乎是空着肚子干活。随着镢头的起伏，衣服口袋里的馒头在跳舞，折磨着胃神经。有好几次我改变初衷，扔掉镢头，伸手在口袋里抓住了它，口水和牙齿也在热切地等待着它，但我最终叹口气缩回了手。收工回到帐房后，我避开同学把它塞进一个小布袋，藏在被窝里。

酥黄的馒头是我的秘密，也是我的克星。多少次我在梦里闻到它的醇香，饿醒后发现口水涸湿了枕头。

开荒结束的时候，我有了7个馒头。

回家。回家。家是一块强大的磁石，此刻，把我们的心都吸疼了。下山那天早上，捆好行李，吃完一马勺面条，大家眼巴巴地指望着老师发给两个馍馍做盘缠。可是负责后勤供应的老师站在草坡上宣布：

"中午饭回家去吃！"

一句话犹如一股寒流，冻僵了一片希望。"回家去吃！"家里现在除了饥饿，还能有什么？再说，中午的两个馒头原本就在定量之内，我们理应得到它。

有什么办法呢？饥饿迫使老师们降低为人师表的道德标准，用克扣士兵粮饷的古老伎俩为自己果腹。

怨恨归怨恨，理解归理解。经验告诉我们：在道德所能遇到的各种挑战中，最厉害的莫过于饥饿。假如我自己处在当年老师的位置上，我能保证不那样行事吗？面对灵魂的质问，我只能底气不足地回答：不敢保证。

背起行李和失望，归心似箭的我们下山了。

我们步履匆匆地、争先恐后地行走在山野沟壑中。被春雪滋润了的山峦在暖阳抚摸下生发出柔媚的泥土气息。山鸡在荆棘深处鸣叫，泉水在河冰底下呢喃。但是，又有哪一颗年轻的心能够对这一切做出回应？从中午饭被宣布取消的时刻起，饥饿感就提前攫住了我们的意识。

然而，包裹在行李中的7个馒头，给予我别人看不出来的兴奋，这是一件与众不同的行李！

临近中午，队伍走得七零八落。高中同学早已经不见了踪影，剩下我们年龄小的初中生，被越来越沉重的行囊压迫着，三三两两地挣扎在遥遥路途。走到王屯乡，我发现身边只剩下了矮小机灵的魏和高大傲气的柳。三人相跟着，几乎不谋而合地瞄上了路边一截短墙，不约而同地把背上的行囊靠上去歇腿。我们不想说话，只是深深地嗅吸着空气中桃李花苞恼人的芳香。彼此能听见辘辘肠鸣。魏的机灵，柳的傲气，还有我的那点小幽默此刻荡然无存，饥饿把我们还原为没有性格特征的低级生物。

沉默有顷，柳开了口。他的声音沉闷如老人："王文泸，我知道你背包里有馍馍。"

我悚然一惊，稍一嗫嚅，便承认了。

"我肚子里烧得难受，饿得心抖着哩。你借两个馍馍给我，我给你还。一定！"

我微微哼了一声。

"我要是骗你，人不是！我们家就在县城西栅门。明天你来，我给你还两个大些的馍馍。一定！"

我基本上相信柳的话。他是我们班上为数不多的拥有城镇户口的职工子弟，在这饥馑的年月，凭国家核发的购粮本，每月还能买到少量面粉。

但是，明天……西栅门……万一……我迅速地在心里掂量着各种难以预测的可能，最后极其为难地拒绝了他。我说："你饿我不饿吗？我这几个馍馍是给我父母亲留下的。这些日子他们恐怕连一点面渣渣都没尝过了……你坚持一下。再有20里地就该到家了。"

柳用幽怨的眼神看了我一眼，没再说什么。

我胃里空得难受。起身向河边走去，他们两个下意识地相跟着。河冰正在融化，春水托着飘落的花瓣，无忧无虑地在鹅卵石上跳跃。我们蹲下来，捧起飘浮着冰渣的河水，大口猛吞一阵，把胃里的烧灼感压了下去。

傍晚时分，我们在一处三岔路口默默分手，柳、魏二人顺着大道奔县城去了。一条熟悉得叫人心疼的乡间小道告诉我，再有半个时辰就能到家。可是脚步开始蹒跚，虚汗浸湿了两鬓，胃部再次痉挛。我不得不把行李靠在一棵弯腰老柳树上小憩。也许，我该吃上一……或者半个？可是，整整一个月，我每时每刻推开饥饿的纠缠，成功维护下来的心愿，难道最终要被我咬出一个缺口吗？我在窘迫的日子里苦苦锻打出的这点自信，被我亲口咬坏，会不会痛惜永远？

村庄近在咫尺了。梨花！耀眼的梨花。遮盖了百里穷气的梨花，灿烂得像一堆堆云锦。天地如此美好，让我怀疑饥饿或许是一种生理错觉。而在这时，我看到了掩映在梨花丛中的东西——被彻底剥光了衣裳的榆树树干，像一根根戳在大地上的白骨，触目惊心。

……父亲正坐在廊沿下剥一堆新挖的羊角葱；水汽迷蒙的锅台旁，母亲用铁勺搅动半锅黑乎乎的东西，一股不太好闻的气味直冲鼻孔，看不清那是什么。幼小的弟弟们个个面有菜色。

父亲凝视着我的脸，对母亲说："尕娃瘦了。"

母亲说："瘦了。黑了。"

我打开行李，拿出那7个酥黄的馍馍，分给全家人，包括我自己。母亲吃着，一边用手掌小心地承接着馍馍渣子。有晶莹的东西一直在她的眼眶里打转，但她始终没让它流出来。

7个馍馍的故事是15岁少年的一次自我考验。没有这个故事，今天的我自然还是我，不会更辉煌，也不会更黯淡；但拥有这个故事的我从此多了一点执拗：无论利己的动机在多大的广度和深度上改变着生活的意义，也无论这种改变使多少熟悉的面孔渐渐变得陌生，我也不愿意自己被彻底改变。比如：面对身处困境的亲朋期待的眼神，我不会掉过头去；更不会把一点点付出当成割自己身上的肉一样吝惜。

2007年9月

# 从汉河到校园

黄河到了贵德境内,仿佛要疏松一下筋骨,轻轻一扭腰身,甩出一条汉河。汉河没有流出去,像黄河的一段盲肠。河水不深,仅及腰腋。河岸上的沙滩干净柔软,像丝绸。夏季,两岸水汽泱泱,野草杂花之间,有山雉鸟雀啁啾。这里平时很少有人。

那时我在城南小学读书,大约是在四年级。农村孩子,土里滚土里长,一年洗不了两回澡,除了脸蛋,浑身没一处皮肤洁净。入了夏,汗起汗落,肤垢一寸厚。烦躁之时,就常常想到汉河。因为常有青少年溺水的事情发生,所以下河玩水,是老师和家长时刻防范的事情,不容易得逞。

我们的班主任老师姓焦,教语文。他是本地人,身材敦实,黑胖,说话鼻音很重。这是个严肃而朴实的老教师,课教得好,我们对他既敬又怕。他多次警告我们:"吃完晌午,老老实实在校园里呆着。谁要敢到汉河里玩水,回来有好吃的果子!"

但是汉河实在太诱人了,我们的计划还是暗暗进行。有七八个知交,都是些可靠家伙,不会打小报告。乘着午休时校园里一片嘈杂,我们装作追逐打闹,把手中的干粮袋子陆续扔出围墙,伺机溜出校门。捡上干粮袋子,一路小跑,直奔汉河。

温暖的、饱含青草味儿的水汽直冲鼻孔,皮肤都痒痒了,恨不得一头扑下去。但是且慢。第一要紧事，把干粮袋子扎紧，各自找个地方，挖开沙子埋好，抹平，免得被眼尖的老鹰叼了去。再撅来半根沙柳或一枝臭蒿，插下去作记号。另一件事，脱下汗碱干硬的褂子，杵进河里，胡乱揉搓几下，捞出，拧干，平铺在发烫的沙滩上。这才下水。

其实我们不会游泳，我们是瞎扑腾。再说汊河水浅，浮不起人来。但我们有办法让自己浮起来。我们的裤子就是游泳圈。农村孩子穿的都是不开叉的大裆裤。我们把裤子浸湿，用芨芨草扎紧裤口，再折来两截沙柳枝，把裤裆呈十字撑开，提起裤脚，往水面上一墩。嘭的一声，整条裤子气球一样鼓起，一个U型游泳圈就做成了，大笑着把身子压上去，双手往后刨。空气嘶嘶叫着，透过经纬线往外逸出。游出十几米，裤子瘪了，再提起，再墩，再游。

我们苦于摸不准时间。有时正玩在兴头上，会抹一把脸上的水珠，互相问：会不会迟到？但如果下午没有主课，便不太害怕。与其迟到了挨批，不如干脆逃课。一学期逃几节课，在我们那个时代算不了什么。随便编个理由，就可以搪塞，只要瞒住焦老师就成。

摊在沙滩上的衣服还没有干透。我们早饿了。挖出各自的干粮袋子，光着身子坐在绵软的细沙上狼吞虎咽。馍馍被沙子捂得温热，又吸了点潮气，暄软可口。袋子扎得紧，没进一粒沙子；埋得不露痕迹，没让老鹰得逞。我们很为自己处事周到而自豪。渴了，就掬一捧河水吞下。

黄野鸭在离我们较远的地方警惕地游弋。花翅蜻蜓在水面上炫耀飞行技术。我们久久地注视着这奇怪的生灵，想不通它为什么能在空中悬停，还能"倒车"。

同伴中有个叫周易淇的，比我们大三四岁，显得成熟。家里穷，入学晚了。他家就父子二人。父亲是个聋子，会一点银匠手艺，常带他去牧区藏族人家揽活，打造奶勾、耳环、手镯等物件，他因此知道许多我们不知道的事情。周易淇平时以梁山好汉浪子燕青自诩。我们承认，这确实是一个聪明家伙。他的眼睛黑而有神，手指修长灵活，会做许多玩具：牛筋弓、雕翎箭、风筝、走马灯，还有青龙偃月刀。

他有一把自制的弹弓，精巧而结实。弓叉是一截长得恰到好处的沙棘木做的，细致地削刮过；弓筋是听诊器上的胶皮管，弹性极好。周易淇虽然强健，但并不霸道，他乐于和大家共享他的宝贝弹弓。揪一把蒲公英来，在沙滩上一排栽好，捡来小石子，开始打。每一轮每人五发，计分。蒲公英被打中，绒球炸开，一群"伞兵"缓缓降落，煞是好看。得分少的人就得跑腿去捡石子，揪蒲公英。

浪子燕青有时候会带来一把骨笛，有一拃多长，奶油色中透一点暗黄，他说是用豹子骨做的，不知是真是假。

他用这把骨笛吹小调。他会吹《满天星》，还有《柳青娘》。他吹得不是特别好，但有一两个乐句吹得动人。我认为那是关键性的一两个乐句，每次听到这里，心里会"噌"的一下，被一种苦苦的、柔柔的东西所击中，十分受用。

躺在沙滩上，周易淇有时候会问："再过 10 年，我们在干什么？"

这个问题我们从没想过，一时无人回答。周易淇并没有等待回答，他更像是问自己。枕着胳膊，愣愣地看着天上的流云出神。他 15 岁，是半大小伙子了。

回学校的路上要经过一处瓜田。紧靠瓜田地头，是一道不太深的沟壑，沟岸上老柳成行，丝绦如伞。我们早早地敛声屏息，猫腰进入沟壑。如果这时守瓜的老汉正在窝棚里睡觉，那是天赐良机。匍匐前进的动作就在那时练成了。贵德的西瓜直到立秋后才能成熟，所以我们偷到的多是生瓜。拿到柳荫底下，找块石头砸开一看，瓤子还发白呢。但心有不甘，抢一块，咬上一口，"呸，日鬼！"弃之而去。

又有一次在汉河玩水，忽然想起，音乐课老师病了，下午的音乐课换成了语文。糟了，焦老师！"……小心有好吃的果子！"

慌忙套上还没干透的裤裆,往学校奔去。跑过瓜田时,连扫视一眼的余暇都没有,只顾往前奔。离学校还有三里地,隐隐地听见了预备钟声。校园的老树上挂着一口铜钟,有工友负责敲钟,第一遍是预备钟,节奏慢;三分钟后是上课钟,节奏快。那个年代乡野一片宁静,钟声传得很远,所以我们听得清。

我们放弃小路,抄捷径,冲进快要黄熟的庄稼地,说一声"罪过!"胡踩乱踏而行。

还没跑到校门口,钟声变了,心就沉了下去。

"……赵州桥像一道美丽的彩虹,在风雨中挺立了一千四百多年……"鼻音很重的焦老师用青普话高声朗读课文。

"报告!"站在教室门口,我们小声喊了一声。

"它是全世界仅存的一座历史最悠久、保存最完整的敞肩石拱桥……"嗡嗡的鼻音把我们的童声弹了回来。

"报告!"大着胆子吼了一声,豁出去了!

"进来!"老师停止了朗诵,锐利的目光看得我们透心凉。

"中午干啥去了?"他用平静的声音问。我们沉默着,老师逼视着。有顷,周易淇大着胆子开了口:

"……中午我们到聂家湾子去了。摘了几个豆角儿,休息了一阵,不小心睡着了……"

"放屁!"老师忽然换成了青海老本腔。"敢不是聂家湾子吧?敢是到十字坡吃人肉包子去了吧?把蒙汗药吃上了萨?把你们睡不醒着!"

教室里一片哄笑。

"过来过来过来!"老师叫我们站到讲台前。他拍去手上的粉笔灰,揪住我们的头发拉到他跟前,逐个检查一遍,啪啪啪一排耳光抽过来,眼前金星乱迸。

"你们骗谁哩?啊?把你们能着!"他在我们头发里发现了沙子。

"其他同学自习，你们几个，跟我来。"

跟着老师来到操场，心怦怦跳着，不知道他要怎样整人。

"听我口令：间隔一米，站好。第二套广播体操第七节，全身运动，预备——"

"一！"

刷地一声，我们蹲成了一排马步。双臂侧屈伸，双手握拳上举。

老师不喊"二"，他把我们定格在"一"上。很快，双腿打颤，两臂也端不住了。

"老师！"有个同学恳切地叫了一声。

"哼！"老师过来往他屁股上赏了一脚，"保持姿势！"

背上渗出汗来了。

但焦老师毕竟仁慈，他的惩罚并不太过分，就在同学们摇摇欲坠之际，喊一声"二！"我们长吁一口气，立正。于是就收场。

自此，我们安稳了一段时间。但仅仅是一段时间。天愈发热了。汗碱。汉河。终于又去了。这次我们有了经验，上岸后，彼此仔细检查头发，把沙粒吹拍干净，然后返校。

然而焦老师更有经验。他在我们的头发里没找到沙子，就喝令我们把裤腿捋上去，略看一眼，用指甲往我们腿肚子上一刮，一道白印子立刻显现。啪啪啪，仍然是一排耳光，金星乱冒。仍然是第二套广播体操第七节。仍然是在我们摇摇欲坠之际，喊一声"二！"然后收场。

在和老师的周旋中，我们长高了，毕业了。离校前，我们去向焦老师告别。老师说："以后我再也管不着你们了。听我一言，汉河那个地方不要去。你们才睁开眼睛活人哩，不能出事情啊！"

我们说："真的不去了，老师您放心。"看着老师黑胖的脸和鬓角新添的白发，心里竟有些不舍。

毕业之后，我再也没去过汉河。当年那几个伙伴早已星流云散，失去了联系。周易淇还没毕业就辍学了。十几年后,听到他的消息,好像是去贵南县还是兴海县打工,途中遭遇车祸,去世了。

听人说,自从黄河流量减小,汉河30年前就干涸了。

几年前,跟着一个搞专业摄影的朋友去过汉河那个地方,汉河没有了,汉河这个名字也没有了。当年有水有草的那个地方,现在打上了厚厚的混凝土垫层,听说国内一家开发公司正在这里设计一个旅游项目。

黄野鸭、山雉、花脚蜻蜓、浪子燕青和他的骨笛,变得那么遥远,那么虚幻,仿佛只是在梦中存在过的东西。然而《满天星》和《柳青娘》的旋律,又那么逼真,就在耳边。尤其是那一两个关键性的乐句,苦苦的,柔柔的,让人心里"噌"地一动,像是被什么东西击中了。

迎面走来一个少年,背着一架巨大的、用袋子套起来的电子琴,沿着河边的水泥路匆匆前行。这是个星期天。

走近了,看清少年个子高挑,眉眼有点像当年的周易淇。但不像周易淇那样黝黑结实。他脸色苍白,神情有点忧郁。

他为什么不开心呢?

不知怎么地,俄罗斯歌曲《三套车》的一句歌词倏然跳进脑海:

"……小伙子你为什么忧愁,

为什么低着你的头……"

2011年11月

# 梦在河之洲

夏日的黄河边，是我们少年时代释放遐想和多余精力的去处。河心有几片沙洲，引得我们在戏水时常常引颈伫望。暴雨后，从上游冲下来的枯柴乱枝堆积其上，那都是极好的柴火，看得我们眼馋，又无法打捞。而到秋季，那个地方沙白如雪，仿佛等待着仙人践足。

最早提出创意的，是一位黎姓同学，一位富于才情和幻想的少年。他言道，如能约三五知己，壶酒箪食，到那沙洲上盘桓一夜，头枕黄河，仰观星汉，想想看，那是什么感觉！

黎才子的创意如一星火种，立即引燃了被单调沉闷的学校生活压抑已久的激情。每天的晚自习后，就寝之前，躺在宿舍的架子床上，便是我们用想象来完成细节之时。

行动时间必须在初秋。太早了有在酣梦中被暴涨的河水卷走的危险，太晚了难敌深秋的寒意。最好是暑热初退，风清月白，"满天星斗焕文章"之夜。

干柴是必备的。不仅是为了烹茶煮肉。河心沙洲上的一簇火焰就是诗。

酒不能从商店里买。瓶装酒度数太高（那个年代的白酒都在60度以上），容易过早醉人，而我们的初衷不在于酒，在乎山水之间也。最好能搞到家酿的酩馏酒，烤热了慢慢地饮，酒性温和而后劲持久，最能资助谈兴。

老茯茶，白条肉，焦疤洋芋，都不可少，又都不在话下。酒醉了可唱"茯茶滚成牛血了，茶叶儿熬成纸了……"

酒醉了还要给每一位老师起一个绰号，要入木三分。老师曾给我们的每一次难堪，我们都要以发泄来洗雪。

不用担心隔墙有耳。这里只有黄河水听我们狂言乱语。

可是，两大难题怎么解决：渡河工具，还有买酒肉的钱。除了一颗不乏想象力的心，我们不名一文。

我们把这两个难题暂时打成包袱搁置起来，一学期又一学期，晚上就寝之前，还在宿舍里继续着黄河沙洲上的梦游。

我们想象——

夜已深，火舌依然活泼地舞蹈。河两岸人籁已寂，入耳皆是天籁。被白天的喧闹掩盖了的声音都被放大了。

一种叫"地狗子"的昆虫在秋耕过的地里低吟，是唱给季节的歌。谁家的牛忘了赶回家了？懒洋洋地鸣叫。听得出来，它在青草繁茂的渠沿上吃了个肚儿圆，用浑厚的胸腔音向上苍道谢。

四下里的狗吠是一个地理坐标，在暗夜里标出村落分布的区域。耳畔波剌剌一声响，那定是鱼儿跃出水面，抖乱了映照在河里的另一个星空。

偶尔会有人籁，那一定是婴儿的啼哭。不远，就在河岸的哪个庄廓院里。那么急促而稚嫩，是新生儿吗？今夕何夕，你在细浪轻拍的诗意中临盆。这个小老乡，将来也会有我们这般情怀，在河心的沙洲上延续我们的遐想吗？但愿。

从高一到高三，我们的行动没有任何进展，但纸上谈兵的热情还在持续。我们想象——

明月在天，繁星满河，我们在沙洲上制造的声响将会产生怎样的效果。黎同学素擅二胡，此时一曲《云中鹤》，袅袅余音踏波蹈浪，穿村入户，岂不惊得酣睡中的村夫农妇披衣而起，凝神侧耳，以为今夜有神仙女儿出嫁，车辇经过天空，洒下一路仙乐？

临近毕业了，想象还在继续——

用三块石头支起来的茶壶里，茶水还在咕咕地低语。我们在微醺中还在讨论一个问题：带的衣物不多，黎明前可能会冷。各抱一块余热尚存的石头入睡，是否胜过热水袋而更为浪漫？由于这个话题，几经争执和推敲，两副联语也产生了：

抱石暖席狡兔笑
抵足论道老鱼听

大梦枕波涛，好随蛟龙游海去
小壶傍野火，且等仙客猜拳来

我们想象——
远处传来第一声鸡啼时，我们眼皮渐重，话语渐迟，耳畔水声渐模糊，于是相与枕籍，不知东方之既白。
……夜宿沙洲的计划在我们的想象中不断被扩展、被完善，而行动却在蹉跎中被耽搁。后来我们走出学校，离开了这方水土，各奔前程去了。
又是多少年过去，偶尔回乡，老朋友聚首，还会说起这项被永远搁置的计划，头颅相顾，银鬓参斑，自嘲是一伙"语言的巨人，行动的矮子。"
嘲笑归嘲笑，我们又在寻思，人生苦短，生命过程又被衣食住行等过于具体的问题暗暗蚕食，难得有奇思妙想从日常轨道逸出，扩展为生命的另一种形态，比如幻想。假如真的去那里住上一夜，所获是否果如所盼，也很难说。
再者说了，美丽的地方如果不能衍生出美丽的联想，也多少有点可惜了。

2007 年 12 月

# 多姿小叶杨

在青海,凡是海拔稍低的河谷地带就有小叶杨。

小叶杨应该是青杨的一个亚种。树身高大,树干通直,但叶片明显小于其他杨树,因此得名。分枝呈扇形,树冠浑圆。与河北杨比,显得秀气;与新疆杨比,显得古典。高龄小叶杨,树皮有匀称的鳞状皱裂,于是得了"龙鳞小叶杨"的美称。祁连县的河谷地带多见此物。它们是画家和摄影家眼里永不过时的题材。

小叶杨是青海的乡村风景树。早春风暖,万物尚未脱去冬装,黄河谷地的小叶杨,树冠早早泛出一抹鹅黄,像画家轻轻晕染的一笔,似有若无,让人心动。而在八九月,小叶杨灿烂的金叶照亮了河谷田野,那种黄色太抢眼了,有喧哗的感觉,是秋天谢幕前的一道节目。

小叶杨耐旱,抗病能力强,寿命长。栽植成活后,只要不遭遇连年干旱,度过关键的十几年,就可以轻松活过百年。贵德松巴村是个面对黄河、三面环山的山村,环境封闭,古木蓊郁。多亏这里的村民有敬天惜地的传统,从不乱砍古树,树身粗大的高龄小叶杨比比皆是,其中最大的两棵,高耸云天,卓尔不群。大的一棵,胸围竟达780厘米,树龄不知有几百年。更罕见的是,这么高龄的树,长得瓷瓷实实,郁郁葱葱,树身无裂隙、无空洞、无枯枝,丝毫不显老态,仍处在生长旺盛期。我问同行的野生植物研究员吴玉虎：用什么办法准确测定这两棵树的年龄？他说专业的做法是钻取树芯。但那样会造成伤害，最好不用。

由于这些古树的存在，松巴村就有了一点世外桃源的氛围。

古树名木是可以触摸的历史。一个乡村，一个城镇，绿树再多，如果尽是些小树，没有古木巨株，给人的感觉就是没有昨天，没有根基。

古树名木有很强的象征性，容易成为地标性符号。湟源县日月山下、青藏公路两旁，曾经高高耸立了70多年的那两排大杨树，是几代人对湟源最深刻的记忆。贵德城南山上，南海殿前的那一汪水池周围，曾有几十棵巨大的小叶杨环池而立。树貌苍老，古气森森，是登临者最难忘的印象。张荫西先生《南海长联》中用"鉴池涵月，古木巢鸦"描写这些杨树造成的意境。

鸟儿喜欢在小叶杨的枝杈上建巢。柳树和松柏上从不见鸟巢，不知道为什么。有些杨树上鸟巢多达四五个，大的鸟巢比农民装草的背篼还大许多。建巢的多为红嘴鸦，还有喜鹊。建巢是一件辛苦的事，最难的是一开始那几根枝条的安置，由于缺少依托，枝条会掉落无数次。鸟儿除了锲而不舍地从地面上衔回，别无选择，发脾气是没用的。

夏天，鸟巢被树叶遮蔽，不易看到，入冬后就清晰可见。鸟巢为冬天的杨树增添了生气。朔风凛冽的早晨，或是落雪满树的傍晚，鸟巢让人联想到相濡以沫的生命，心生温暖。

冬天的傍晚，红嘴鸦们归巢时，原本寂寞的天空立时生动起来。庞大的羽阵在天幕上忽东忽西，划出流畅的五线谱，啁嘈之声不绝于耳，表达着回家的兴奋。几度盘旋之后，忽而像接到了解散的口令，红嘴鸦们敛翼歇声，纷纷各入其巢，树林归于平静。

这种景象现如今比较少见了。因为高大杨树在减少。

高大杨树的锐减是在1958年到1960年，农村实行集体食堂制度那几年。此前庄户人家过日子，一筐柴草，两簸箕羊粪，也能烧熟一顿饭。集体食堂锅大、灶大，熊熊燃烧的灶膛每天都要消耗大宗木柴。怎么解决？砍树。于是许多上百年的小叶杨轰然而倒。

古树消失的另一个原因是建设需要。农村电网改造工程，还有水电工程，都砍了不少古树，因为它们妨碍了道路建设。乡村现在很少见到古树了，偶尔见到，让人惊喜莫名。从西宁到互助县城，杨树遍布田野，皆是芊芊小株，不见一棵古树。

为了建设的需要，砍树有时无法避免。问题在于人们对树的态度。砍了就砍了，毫无痛惜之情。在道路规划者们看来，碍事的树就是待砍的一堆烧柴，与当地历史、与文化情感毫不相干，砍了就砍了。当身姿苍劲的大树被砍倒、吊装、拉运时，就跟拉运一堆垃圾没有区别。

小叶杨是速生树种，容易成活。只要植树规模足够，管护工作跟上，十几年时间也可以成就一片树林，但几个十几年加起来也成就不了一棵古树。

没有古树的森林，再大也是单薄的；没有古树的村镇，再美也是肤浅的。

2013 年 1 月

# 文昌宫的风铃

贵德西街，两棵大柳树高约7层楼，古意森森，数人不能合抱，是当地的地标性植物。据考，此物为明代嘉庆年间所植，树龄在500年以上。大树近旁原先有一座文昌宫，当地人叫文昌庙，不知建于何年。由于两旁都是街铺，没有宽裕地方，这个庙占地面积很小，小得近乎微缩景观。但飞檐斗拱和砖雕工艺，又一丝不苟地精致。小庙香火旺，常年有烟霭飘出墙头。我小时候时常路过那里，偶尔也进去看看。里面只有小巧的三间正殿，没有厢房。院子小得不能再有厢房了。不知庙倌晚上住在在哪里。

文昌宫四个檐角下悬挂着铁质风铃，老远就能听见铃音。清亮，从容，满街道都是这个声音。

风铃是通俗的叫法，正式的名称是"檐马"，也称"铁马"。

我很奇怪，即使微风天气，尘埃不起，风铃依然响得明确。我曾仰头查看，明白了。铃铎里面含着铃锤，锤下悬挂着木牌，葫芦形状，手掌大小。木牌轻，受力面积大，只要有一丝风，就能碰响铃铎。

风铃声清纯如泉鸣，极少被其他声音混淆。因为那个年代街道上除了寥寥行人，没有更多声源。每次听到风铃声，我都会生出些感动，但我说不清为什么要感动。

文昌宫的墙体用的全是青砖。门头和墙柱都是厚实的条砖砌成，墙面用正方形青砖拼出几何图形。贵德不产青砖。一砖一瓦都来自外地，这座小小的建筑够得上奢华了。

庙门前有个造型讲究的煨桑炉，也由青砖砌成。煨桑炉旁边，栽着一个拴马桩，花岗岩凿成，凿出了六个面，柱头凿成南瓜形，柱头下面有两道凹槽，正好系缰绳。

是个什么样的石匠，有耐心把拴牲口的物件凿得这么好看？我每次摸着南瓜形的柱头，暗自猜想。

大柳树的裙裾垂下来，遮出好大一块阴凉。微风吹过，枝条就摇曳出优雅的舞姿，风铃也立即响应，敲出节拍。

听父亲讲，文昌帝君是晋朝人，本名张亚，是个爱国爱民的好官。去世后成为文昌帝君，主管文运，所以读书求学的人尤其崇信，所以贵德曾有大小十来座文昌庙。

紧傍着大柳树，是一条"官渠"。顾名思义，是官府出资兴修的渠道。官渠里常年清波淙淙，流量充沛。按今天的概念估计，差不多有1个秒立方。500岁高龄的大柳树因为渠水滋养，丝毫不显老态，年年浓荫翁郁，生气勃勃，见不到半根枯枝。

大柳树和小庙宇，反差鲜明地厮守着，有点彼此回护照应的意思。

官渠两边是街道铺面，县城几乎所有的商铺都集中在这一带。拂晓，趁着渠水干净，无水井的人家，就来挑水。下午和傍晚，则有杂碎铺的伙计们端着大木盆来清洗羊下水，为的是后半夜下锅熬煮。曙色微分，就会有顾客来享用羊杂碎。

官渠还分出两条支渠，引进城内，灌溉蔬菜树木。贵德城虽然滨临黄河，但黄河水历来指望不上。城内无数粗大的梨树、桃树、杏树和桑树，还有园圃菜畦，一直靠这条官渠水养活。

文昌宫西侧有一家杂货铺。掌柜姓杜，是个瘦小的老人。他总是袖着双手，倚在柜台上，平淡地看着街道。

他的脸永远是平淡的，或者说根本没有表情。这就是当年贵德人最普遍的表情。偏处一隅，生活封闭，极少与外界交流，没有机会培养出更丰富的表情。

一到冬天，杜掌柜就会把"毡窝"套在脚上保暖。大如冬瓜的毡窝使他的身量立即失去比例。毡窝的厚底比古装戏的靴子还要厚。有了毡窝，他可以更长时间地倚在柜台，平淡地看街道上的行人。

杜家杂货铺斜对面，是我家的铺子，也卖杂货，生意同样清淡得让人瞌睡。有时候，父亲会带着我到杜家铺子闲坐一会儿。杜掌柜看见我，就会踮起脚，从货架上取出一颗糖递给我。玻璃纸包的糖块，翠绿的或玫红的，很香，很甜。

父亲和杜掌柜说话很少。天天见面，没什么新鲜话题。更多的时候，只是平静地坐着，似乎就是为了倾听彼此的呼吸。这也是贵德人惯常的相处方式。他们沉默的时候，就只有文昌宫的风铃在自语。

如今想来，具有贵德历史特征的几个元素都集中在那里了：

杜掌柜的表情，代表着普通贵德民众的表情。

大柳树，代表着遍布贵德川水地区的乡土树种——旱柳。

官渠，代表着贵德田野纵横交错的灌溉水系。

文昌宫，代表着贵德民间普遍的文昌崇拜。

文昌宫的斗拱和砖雕，代表着贵德的古建筑艺术。

袖珍型的文昌宫毁于1958年。官渠的水由于上游水源不保，也已干涸多年。两棵大柳树还顽强地活着。树底下如今车水马龙，商贩如云。

旱柳，虽然以旱冠名，却是喜水怕旱的树种。"水栽柳，湿栽杨，榆树栽在高台上。"这是民间经验。大柳树失去了官渠的保障，情状殆矣。它已被列入全省受保护的古树名木目录。两年前，一根干枯的大枝杈，水缸般粗细，突然断裂坠地，幸而没砸着行人。

文昌宫消失半个多世纪，上年岁的人们仍然没忘记它。"可惜了，那么好看的一座小庙！那么好听的风铃！"

近年，有公司对恢复这座古建筑表现兴趣，可是缺少参考资料，人们的口头描述总是参差难一。

2016年，我在一本荟萃了几百幅老照片的画册中意外地发现了大柳树下的文昌宫！远年的印象被这幅照片激活，比记忆清晰多了。照片拍摄时间是1919年，整个建筑看上去完好无损。再看那两棵大柳树，已经长得和今天一样大了，只是枝叶比今天繁茂。

2016年5月

# 火烧芍药酒牡丹

老家院子里有一丛牡丹。是老三兄弟栽植的。他一生痴迷花卉，常利用假期从西宁弄点幼芽，用湿土包了根须，带到乡下老宅，不待过夜，立刻挖坑栽下，培土灌溉，一般都能成活。

这棵牡丹十几天后抽枝萌芽，长出瘦弱的叶子，好像还没有适应水土。没敢给它施肥，怕它"虚不受补"。次年它缓过来了，枝干有一尺多高，叶片也肥壮，五月初，开出几朵粉色花，招来了蝴蝶蜜蜂。又一个春季来临时，它已大如伞盖，花骨朵们争先恐后地从密叶中探出笑脸，几年之内，它突飞猛进，高过人的肩背。如今，整个花丛大如巨型圆桌，几乎占去花园三分之一的面积。

每年"五一"，牡丹开始吐苞。这也是我们弟兄回家度假的日子。每天一早，就去看那花苞，看哪一朵有先开的迹象。但花苞们沉得住气，眼看香腮泛红，粉唇微启，就要开了，直到傍晚还是不开。假期可又少了一天！

有一天早起开窗，忽觉暗香浮动，知道花开了，出去一看，果然开了一两朵，一声欢呼，大家都来看。再看那未开的几十个花骨朵，让人着急。它们全开了多好，哪怕只开一个小时。人一走，这些花可就是"寂寞开无主"了。然而真是如此，我们从来没欣赏过它们整体开放的盛景。每次都是提着行李恋恋不舍地看上一眼，大门"咔嚓"一锁，就把它们撂在了身后。

退休了，我回去得早。这年节气也早，四月下旬，牡丹树已经含苞欲放了。花骨朵之繁密，超过往年，我数了数，竟有二百多个。"五一"长假还没到，可它们一个个咧嘴含笑，随时就要大笑的样子。我打电话告诉了在西宁的老三。他一听，有点着急，说还得几天才能回来。可是打完电话的第二天早上，就像恶作剧似的，一下子就有十几朵开放了。

牡丹号称国色天香，身份高贵，花期就短，只有吝啬的两三天。这一次，它最好能坚持到亲手栽植它的人回来。于是我在村子里转悠，碰到熟人就问，有没有什么办法让牡丹多开几天。

"有啊，有办法。"一位上了年岁的村民告诉我："火烧芍药酒牡丹。你听说过没？"

见我茫然，他就解释说："牡丹是酒仙转世，喜欢酒。给它浇点酒，它会多开几天答谢你。芍药是火神的书童下凡，入冬的时候，把它的枯根拿火烧一烧，来年分蘖就多。不信你试一试。"

我从未听过如此说法，觉得事近虚妄。但，姑妄听之姑试之吧。

我去街上买回两斤高粱酒，想了想，怕把牡丹烧坏，就把它倒进一个大铁桶，兑满清水，爬到牡丹树下，用铲子挖出一圈地沟，把那一桶兑了酒的水倒进去，壅好土，拍实。起身望着牡丹树，心里问它：两斤酒会不会把你给搞醉了？

次日一大早就去院子里看。牡丹开得精神抖擞，数量又增加了一倍。到第三天，满树牡丹差不多全开了，闹哄哄的一大片，清香袭人。

牡丹开到第四天，老三还没有回来。第六天，他回来了，牡丹还在开，没有一朵凋谢，仿佛一直在等他。牡丹的花期延长了一倍，看来老农的话有道理。

第七天早上，盛开的牡丹显出些疲态，花瓣边缘懒懒地往回收了，中午过后,微风拂动,花瓣们留恋着,犹豫着,终于,第一片花瓣率先离开枝叶,扑向泥土。很快,前赴后继,满地落红。只过了一夜,一树牡丹完全凋谢了。

"可惜啊,要是再开几天多好!"老三无限惋惜地说。

"行了,它已经为你挣扎了好几天。"我说,"万物都有生长规律,不能违背。古人不是说了吗,违时而花,为造物所忌。"

至于火烧芍药,我们一直没试过。因为每年入冬时,我们早就像候鸟一样窝在省城的家里。牡丹树身旁像小弟弟一样的那几丛芍药,每年也都循规蹈矩地开着。得找个机会拿火烧一烧它们。

2018 年 7 月

# 露宿的感觉

竟有满川的波斯菊，花大如碗；竟有橘红色云霓从地平线超低空飘来，拂过花海，拂到脸面。鼻孔奇痒。一声喷嚏，醒转过来，愣愣地面对满天星斗。伸手往鼻子上摸去，毛茸茸的一团，是夜游的蒲公英。

星空比入睡前扩张了许多。星星稠密得似乎就要喧哗起来。猎户星座（俗称"三星"）像一条金腰带，已经稳稳当当地漂移到穹隆正中，向下界炫耀着它的三颗宝石；而北斗星却低垂在天幕西北侧，冷冷地斜睨着人间。

"冬天七星管夜，夏天三星管夜。"三星是民间的叫法，就是猎户星。现在是夏末秋初，根据三星的位置，知道这会儿大约是午夜稍后一点——这是一个十几岁的农村少年早已懂得的常识。

傍晚的溽热已经消尽，后半夜的清凉痒酥酥地抚摸着脖颈，像一只顽皮的手。有小风紧贴地皮荡过来，将幽幽的苦香送进鼻孔。是老去的野艾和薄荷的气味，使人想起季节，想起辛弃疾的词："连翘首，惊过半夏，凉透薄荷裳。"

又有别一种草香接踵而至。嗅吸再三，辨不清到底来自胡麻的淡蓝色花朵还是来自荞麦的绛红色蓓蕾。

每一翻身，身子底下厚厚的麦穰就以热烈的低语作回应。这是"阿勃"小麦的麦秸，茎秆硬，声音脆。如果是"南大2419"，响声却是细柔得多。

地气在生发。<u>丝丝缕缕</u>，透过麦秸，透过粗毛线织的毯子，舔舐着年轻的腰肢。腰肢年轻，不在乎这点潮气。

"啪"地一声微小的脆响，是地埂上的羊尿脖草在爆裂。这种果壳像半透明的尿脖似的药草，繁衍子孙的方式像在做游戏：在果壳爆裂的瞬间，细小的籽粒被弹射出去，没入草丛。未能弹出的倒霉蛋们在果壳里沙沙地抖动，像是在扼腕顿足。

"地狗子"在不远处吟唱。估计离睡的地方相隔有四五垄地。这是一种茶褐色的昆虫，昼伏夜出，吃庄稼的根须。它的叫声像蝉，但比蝉声从容，而且执著。

"铁叫子"的声音清脆如剪刀，在空中跳跃，东一下西一下，要把夜色剪破。但夜色厚重而富于弹性，被它剪过的地方立刻就弥合，不留一点痕迹。

需要小解。抬头望了望麦场边上黑森森的树影，倏然想起不远处是一片坟地，想起有关坟地的传说，于是犹豫着，延宕着。很想伸脚蹬醒酣睡一旁的伙伴，又恐从此被他小视三分。

终于钻出被窝，大声咳嗽着，故作从容地向麦场边上走去——不能把尿撒在光洁的场面上，否则会在明天早上招致大人们的臭骂。

心里发虚。想哼几句革命歌曲，不料脱口而出的却是一部家喻户晓的电影中日本鬼子进村的背景音乐。

解完手时听见什么地方有一只禽鸟"扑棱棱"地飞起。扭头望去，星光微茫的野地里亮出一汪水银似的光华，闪闪烁烁，匍匐而来。那是秋水在深夜里造访这条干涸了一个夏天的渠道，惊动了野雉的短梦。

钻回温暖的麦秸窝之后睡意全无。星空愈发灿烂起来。仄起耳朵判断着那一股偷偷摸摸的渠水行进的速度。"咕咕"的水泡声此起彼伏，那是所有干渴的罅隙一齐在痛饮。"哗啦"一声，是渠岸上的土块掉落水中。

想象着蚁穴进水之后的举国混乱和紧急大搬迁；想象着幸存的蚁族在新辟的领地草草安置之后，惊魂未定地谈论这次"千载"不遇的洪灾；想象着负责警戒的蚂蚁的失职引起的愤怒……

"……本拟处斩，念其已死，不复议刑，钦此！"我替蚁国草拟了诏书之后笑靥浮上了嘴角。一种酸甜的困倦碾过全身，冷不防被一个扫兴的念头硌疼了：假期还剩五天，作业才写了一半！

……去他娘的作业。明天夜里，在星光照耀的茬板地里有一个重要的约定。我们将用烧红的土块焐熟一窝新秋的洋芋。还有篝火。还有上次没讲完的故事……

夜忽然变黑了，远处村鸡乱唱。在预期的焦巴洋芋的热香中，沉沉睡意淹没了最后一丝思绪。

我们睡得很死。我们是自愿来看守麦场的。其实要是有人把我们偷走了我们都不会知道的。

年少的时候我们时常找各种理由挟起铺盖去田野里露宿。

后来我们住得离田野越来越远，并且铺得越来越绵软。

把自己交给高楼和席梦思之后，我们做的梦也越来越单调平庸。

2001 年 6 月

# 灼热的手心

酷暑季节，我在家乡的小路上遇到一位满头是汗的农民乡亲，在柳荫下寒暄起来。他刚从集镇上买了两把镰刀回来，抱怨说，一连几个夏天，他都在农贸市场寻找木头把子的镰刀，就是没有！见到的都是这种钢管焊接的镰刀。使用这种镰刀割庄稼，手心烧得不成，还不吸汗，手掌老是黏糊糊的。

我从他手里拿过镰刀看了看。镰刀片小巧，钢管把子笔直，末端包着一截胶皮。再看镰刀的尺寸，两把分毫不差，是由机器按统一标准加工的，称得上"制式镰刀"。

镰刀虽小，也能反映工业社会的特征之一：标准化。

小时候我们使过的镰刀，都是铁匠手工锻打出来的，大小厚薄不同，木头把子的粗细也不同，适合不同体力不同年龄的人选择。年少力薄的我，操一把小号镰刀，发狠干一天，也能割七八十来个麦捆。有一种特大号的镰刀，叫"衫镰"，长约一尺，厚背宽刃，形如弯月，适合壮汉使用，"唰唰唰"几下就是一个捆子。衫镰和使衫镰的人都让我敬畏。

木头吸汗。镰刀使用多年，把子被手掌磨得异常光滑，也不会让手心发烧发腻。

我劝那位农民乡亲，别再东跑西颠地寻找木把镰刀了，它已经退出历史了。你使用铁把子镰刀的时候，戴副手套行不行。

农民乡亲笑了。"手套我想不到吗？王老师你也是农村出来的人。"

他说得对，手套会消解手掌对镰刀的握力，干活时间一长，就觉得不来劲。

镰刀把子由钢管换木头，这简直算不上一个技术问题，更涉及不到成本问题。可是谁来关心一个农民手掌的灼热？镰刀制造商吗？不会。他们只造不用，不会想到别人的手心烧不烧。下乡干部吗？也不会。自从土地联产承包后，再也不存在干部下乡帮助夏收一说了。

虽说手心与粮食有关，但粮食从手心开始到消费者嘴里，还有漫长的中间环节。所以手心的烧灼只有手的主人知道。

2017 年 8 月

# 田园将芜胡不归

初冬,老家花木一片萧条,很冷清了,但还得回去。立冬后十天之内,必须打冬水,给土壤保墒,明春,果树和花草才能正常萌芽生长;房顶上厚厚的落叶必须清扫干净,否则来年下雨,房子就会漏水;花园也得打理,给牡丹们、芍药们、刺梅们清理出明春生长的空间。

梨树的高枝上还悬挂着冻硬了的果子,它们像死活不肯断奶的孩子,纠缠着母亲;又像是对主人的遗忘表达怨气。

哦,梨儿们,请理解我吧。长那么高,不架上云梯够不着;就是架上云梯,我还敢上去吗?树,还是百年前的健硕体态,而我已经不是五十年前那个手脚利索的小伙子了。

在过去,谁家的果树入冬后还挂着果子,必然会招致村人的嘲笑:"看看这家人,懒成啥了?"而现在,这样的人家多的是,谁也别笑话谁吧,彼此彼此。村子里随处可见悬挂着冻果子的梨树,一颗颗失去了活力的冻梨,像实心的铃铛,在寒风中咣当,有点儿诗意,也有点儿滑稽。

再说了,世风已经大变,懒惰不大容易受到嘲笑。相反,人们更羡慕那些四体不勤就能挣到大钱的人。

但老伴还是不甘心,用一根绑着塑料瓶的长杆子,从高枝上摘下来几个长把梨,算是对它们的一点安慰。

扫好的落叶必须集中起来烧掉，把灰烬撒到花园里，翻土埋好，浇上水。草木灰是改善土壤板结状态的最佳材料。

干累了，就搬一把椅子到台地上，边看书边休息。初冬的太阳暖暖地照着后背，抚慰着困乏的筋骨，像温灸一样受用。我很快跌入黑甜之乡，书掉落了也不知道，直到一只喜鹊把我吵醒。

就在这块台地上，父亲曾教我诵读《幼学琼林》，时间久远了，依稀还记得片言只语："风欲起而石燕飞，天将雨而商羊舞。""岁歉曰饥馑，岁丰曰大有。"……

健壮的父亲有时候会毫不费力地提起一块巨大的磨刀石放到台地上，熟练地磨刀。镰刀、菜刀、剪刀，还有一把家常用的五寸骨柄刀。他告诉我，磨刀一定要蘸青盐水，双手压低放平，磨出来的刀才经久耐用，不容易变钝。

就在这块台地上，母亲曾边做针线边告诉我，她当初从一个小户人家嫁到这个大户人家时，知道这个家里规矩多，事事小心。每次用朱漆盘子端着面条往上房里送，经过这块台地时心里就害怕，如果吃到第三碗面条已经软烂了，我爷爷就会问她，"这是你擀的面吗？剩饭一样！"所以每次擀面，她都用足了功夫，供十几口人吃的一大锅面，吃到第三碗还不软烂，太不容易了。我从那时候就知道做人的艰难。

这个台地上，有过许多故事，它们并没有全都随风飘散，其中一部分还在我身上延续。比如，我一直用盐水磨刀。逢年过节，这点技术大有用场。还有，我喜欢自己动手擀面，隔三岔五地擀，乐此不疲地擀，引以为豪地擀。擀出的面完全赶得上我母亲，确保吃到第三碗也不会软烂（当然现在也没有吃三碗的饭量了）。我老伴手劲小，所以擀不出那样的面。

其实盐水磨刀也好，手擀面也好，都不重要，这个院子把一些更加重要的东西种在我生命里，陪了我一辈子。此后我无论阅尽了多少沧桑和冷暖，它们都没有改变，比如诚实和厚道。

今夜月明星稀，万籁俱寂，炉火温暖。木头房子散发着自幼熟悉的气息。我要睡了，明天还得回西宁，但愿童年生活再次进入我的梦境。

2017 年 11 月

# 熬茶的末路

2012年第一场冬雪覆盖互助山川那天,我和几位朋友去南门峡一户农民家做客。

雪大、天寒,远山近岭白茫茫一片。这时候,最期待的就是热炕、熬茶。而热炕和熬茶也在那一天期待着知音。

知音们噱着寒气在热炕上坐定,窗外还在落雪。烧得暖烘烘的烤箱上,两只大茶壶在欢快地低语,茶香随同壶嘴子的蒸汽氤氲满屋。

整整一天,我们喝着加了花椒、草果的熬茶,十分过瘾。当然不是只喝熬茶,还有焜锅馍馍、酒、肉、菜和手擀面。更有大家喜欢的焦疤洋芋。我们不搓麻将不打牌,只是沉浸在"古今多少事,都付笑谈中"的放松之中,有熬茶和飞雪相伴,谈兴始终不减。大家都说,如今这样的享受,就是奢侈了。

但这只是个特例。这是邀请我们的朋友特意安排的,好让我们重温一下久违的生活场景。在农村,熬茶正在慢慢地退出待客用品的圈子。

喝熬茶是农耕社会慢节奏的生活方式。顾名思义,熬茶要熬,用砂罐慢慢地熬,急不得。家里来了客人,主妇用柴草烧开一砂罐茯茶,颇费点工夫。等茶熬好时,烧茶人的头发肩膀上早已落了一层草木灰。

但砂罐熬出来的茯茶就是香!关键是那时候的茶叶正宗。出自湖南益阳的大砖茶，紧密瓷实，把整块茶分开，有时需要借助刀斧。破开的断茬上可见亮晶晶的茶碱，俗称"金花"，那是茯茶的精华。

青海气候寒凉，喝茯茶健脾暖胃，这是它经久不衰的主要原因。茯茶属于黑茶系列，是发酵茶。新采的茶叶经过蒸、捣、焙、压、封等工序制成茶砖，入库后，茶叶进入后发酵期，也叫"后熟期"。存放时间越长，发酵程度越高。陈年老茶熬出的茶水，味道之醇厚，与新采的茶叶相比，不可同日而语。无怪乎过去青海人那么钟爱茯茶。

茯茶曾经是通用礼品，无论走亲访友，托媒提亲，茶砖必不可少。有些地方，把说媒提亲的过程干脆称为"走茶"。走头道茶，二道茶，三道茶，一直到迎娶那一天。

可如今那样的茯茶哪里去找？超市倒是不缺少茯茶，包装纸上一如既往地印着"湖南益阳"的字样，徒有其表也。买回来使劲一掰，随手就开了，手无缚鸡之力的人都能对付，焉用刀斧？放到锅里加水烧开，颜色寡淡，味道自然也寡淡。内行人一看就知道，这是采制不久的新茶，为了商品流通得快，把发酵的时间减省了。

前年回老家，我大哥特意为我熬了一壶茯茶。"你喝，看味道一样不？"我喝了一口，大吃一惊，多少年没喝过这样的好茶了！问他哪里来的？他说这是寺院里来的。只有寺院里还保存着这样的陈年老茶，恐怕存放了十几年了。他说，假如能找到"文革"以前的茯茶，味道肯定更好。

好茶难得，这还罢了。关键是喝熬茶需要耐心和工夫，否则就不叫"熬"，应该叫"泡"了。现代社会一切都追求速成，谁还有工夫去"熬"茶。所以农村人现在待客用茶也遇到难题，茯茶熬起来太麻烦，掰一疙瘩放在杯子里用开水沏，又觉得太潦草。于是不少人家也像城里人一样，开始用绿茶之类招待客人。但绿茶属于不发酵茶，讲究的是新采新喝，尤其看重"明前茶"，就是清明前采制的新茶。绿茶存放时间一长，茶叶里的新鲜天然物质就会损失。照产茶区人们的说法，再好的绿茶，放一两年，就等于一把干草。青海地处偏远，不易喝到新鲜绿茶，茶叶从城市流通到农村，时间更长。我们在农村喝到的绿茶，多为比较廉价的陈茶，更是一把干草。

城市人喝着比干草略强一点的绿茶，有时也想念茯茶（当然是青海人）。到餐馆里吃饭，会告诉服务员："来一壶熬茶。好长时间没喝了。"餐馆提供的熬茶虽然比不上自己家里熬制的，也多少能满足顾客的怀旧心理，聊胜于无吧。但餐馆后来意识到卖熬茶不赚钱，就不提供了，代之以价钱高得多的铁观音、碧螺春、普洱等。你执意要点熬茶，服务员则会报以小沈阳式的回答："这个真没有。"

熬茶供求之间的矛盾启发了商家的思路，一种方便的袋泡式熬茶开发上市了。这给出远门的人提供了便利，但作为家居饮茶，却不相宜。那是用喝绿茶的方法喝茯茶，纸袋子泡在杯子里，线绳搭在杯口上，有点不伦不类。

农村待客用茶出现了尴尬。熬茶、绿茶都不是个办法，干脆用白开水？不成体统。

生活方式不可能一成不变，熬茶熬着费事，袋泡茶又不相宜，这给喜欢熬茶的人出了个难题：要么改变你图省事的生活态度，要么放弃你难以割舍的兴趣爱好。

2013 年 1 月

# 贵德梨话

外地人把贵德梨叫"长把梨"。贵德人从来不这样叫,叫"梨儿"。再具体一点,叫"甜梨儿""酸梨儿""软儿"。青海方言中,许多名词后面都缀有一个"儿"字。这个"儿"字不可少,它软化了名词的生硬感,听起来亲切,还有点童趣:"麦穗儿""炕桌儿""草帽儿"。

甜梨儿学名"新疆梨"。这说明,它的老家在新疆。但不知是什么年代,经由什么途径来贵德安家的。

无资料可考。于是我猜想,有贵德商人去新疆,爱上了这种甘甜多汁的梨,想带回自己家乡试种。返回时,他的驼队除了货物,还带回了种苗。

他把带有根须的树苗用湿毛毡包好,绑在骆驼鞍子上,一路上不断给毛毡浸水,千辛万苦,带回贵德,竟然种活了。

我承认这是臆想。试想,从贵德去新疆,要过日月山、经青海湖,穿越柴达木盆地,翻过当金山后,还要穿越塔里木盆地,才能到达盛产水果的库尔勒,以及更远的吐鲁番、哈密等地。在古代,这几乎不可能。贵德商人中也没那么大气魄的人。

于是我又猜测:是甘肃河州(今临夏)的商人从新疆带到自己家乡的。他并没有把树苗绑在骆驼驮子上。河西走廊一千多公里,走不了几天树苗就会干死。他应该是把梨核里的籽儿抠出来带走的。在河州栽培成活了。到了明朝洪武初年，新筑的贵德城竣工，需要派人守卫。朝廷迁派河州的王、刘、周三姓共 48 户人家，到归德（今贵德）屯田守城。背井离乡的人们，凄凄惶惶上了路。很担心那个叫"归德"的地方，气候和水土怎么样，能不能养活人。他们的行囊里，除了必需的生活物品，还有一小袋甜梨种子。如果那个屯守之地能够生长果木，就一定要把甜梨种上。甘甜多汁的滋味或许多少能慰藉思乡之苦。

终于来到了贵德盆地。呀，谢天谢地，运气不错！土厚、水肥、气候温和，宜桑麻、宜瓜果。从河州老家出发时，后生们还嫌老人们太啰嗦，东西够累赘了，还要带什么梨树种子。现在怎么样？什么叫先见之明！

这也是个猜想，不过好像合理一些。

贵德是新疆梨的第三故乡。新疆梨遇到了一方水土品质与原产地相似的落脚点。数百年间，无数双勤快的手操劳着，种苗，移植，灌溉，嫁接，修剪，梨树蓬勃繁衍，遍布贵德三河地区。仲春花开，如云朵，似雪浪，堆满晴川。

沈世杰有诗："更喜弥川新老树，春来怒放万千花！"

2017 年 12 月

# 被南京遗忘的青海人

十年前一个秋凉逼人的日子，在南京玄武湖畔，我等待几个同伴。近旁一个开电瓶游览车的姑娘，也裹紧了风衣等候顾客。寂寥中，她问我是从哪来的，我答以青海。她显然对这个概念比较陌生，迟滞了片刻才算明白。见此情景，我就告诉她："姑娘你知道吗？青海的多数汉人祖籍都是南京，这里是青海人的老根。说起来，咱们还是远亲呢。"

"真的吗？从来没听说过。"她半信半疑地说。

"从来没听说过"！这话听着叫人感到悲哀。于是我就给她列举了几个南京方言，那都是青海人直到今天还在使用的：

"奘""倘或""将就""娘娘""手脖腕""廊檐水"，等等。姑娘有点吃惊，不得不信了。

那一瞬间，我脑子里冒出一个题目：《被南京遗忘的青海人》。我打算写好后寄给《南京晚报》或《扬子晚报》。

明洪武二十年（公元1388年）春天，被朝廷遣派移民青海的那一部分南京百姓，在军士的押送下，泪眼婆娑地最后望了望家园，三步一回头地踏上了西去的路。没有诗，只有远方。

六百多年过去，南京把这些人彻底遗忘了。

而这些人呢？胼手胝足，挥汗垦殖，开始了新生活。依赖着河湟谷地提供的物质基础——青稞、小麦和油菜（那时候洋芋这个外来物种还没有落脚青海），他们在这块既算不上肥沃也不算不上贫瘠的土地上艰难地扎下了新根。斗转星移，他们连乡音都丢失了，但始终没忘南京这个老根。

2005年，我省一家媒体派出记者去南京，去寻找一出叫"竹子巷"的街道，那里是青海人原先的居住地，也是后来的出发点。

这应该是一次很有文化意义的社会调查。

"竹子巷"这个名称是口传下来的，未必确切。须知，那个时代中国人的文盲率高达95%以上，青海肯定还要高。一个名词经几代人之口，发生错讹的现象比比皆是。

果然，记者在向南京人询问这个名称时，人皆茫然。有人估摸，或许是"珠玑巷"。也有人认为，可能是"珠丝巷"或是"竹蓆巷"，也可能是"珠屐巷"。

但无论是哪个"巷"，总之今天已经找不到了。光阴匆匆，白云苍狗，高楼大厦渐渐覆盖了城市的大部分空间，连竹子巷的大概位置都难以确定了。

我还听说，对于媒体组织的这一寻根行动，除了个别从事社科研究的专业人士，普通南京民众并不热心。这让人听着有点心凉。

就在我来南京的前夕，西宁地方史学者李逢春先生还嘱托我："你到南京后如果有时间，就打听一下水北门这个地方。水北门如果找到，竹子巷的位置就可以确定了。"

虽然我的祖籍并非南京，我还是尽量地去打听了。结果仍然令人失望。现在的南京人，很多都是从外地迁来的，不是"纯粹的"南京人了。这还在其次，关键是，他们对这个话题并不感兴趣。就好比走在街上，遇到有人问路一样。他回答了人家，那是出于起码的礼貌，并不是因为那个人与自己有亲缘关系。

我总算明白，世事变幻，此南京非彼南京，岂止"物是人非"，实则人非物亦非了。你就是找到了竹子巷又能怎么样？你的兴奋未必能引起人家的共鸣。不过是剃头挑子罢了。酝酿中的那篇文章，不写也罢。

　　转而一想，归根结底，还是因为青海没有经济地位，才被人家冷淡。假如当年迁出去的那些人不是在青海，而在纽约或旧金山定居下来（当然那时也没有这样的城市），发展成了一个富人区，我敢打赌，无须这些人去南京寻根，南京方面可能早就组成高规格的民间使团，主动去那里攀亲了，富在深山有远亲嘛。这不难理解，商业社会有自己的行为法则，利益决定行为，"势利"二字虽然不好听，但也有它存在的合理性，法则就是如此。

　　离开南京时，我想通了，"寻根"意识终究是农业社会遗留下来的古老情结，在今天，基本可以看作是人类感情的返祖现象了。

　　青海人，好好热爱脚下这片土地吧，一方水土养一方人。既然南京早已把你遗忘，你为什么还不把它也忘掉？

　　暑尽新凉，初冬微雪，炖一锅羊肉，熬一壶茯茶，打开酷狗音乐，听一曲《我对你只有放弃》，不亦乐乎？

2018年5月

# 第五辑

## 边迷茫　边穿越

他们不知道的是，城市人同样是隐者。他们与邻居虽然近在咫尺，天天碰面，但可能彼此都是蒙面人，连姓名都不知道；他们的社交活动虽然活跃，内心空间却很封闭。他们表面上集群而居，实际上是离群索居。他们内心远比乡下人孤独。

# 此岸和彼岸

## 在城市的密林里

不知不觉地，城市生活中出现了很多农村人。

他们或是居住者，或是栖居者。

居住和栖居有什么不一样吗？有！所谓居住者，大多有子女在城市工作。城市是他们下半生停靠的港湾。既然家乡的土地已被征用，房屋也被拆迁，再没多少牵挂了，干脆到城市安家。拿拆迁补偿款付了商品房首付，依傍着子女住下来。无论能否找到挣钱的门路，反正就打算待在城市了。

所谓栖居者，是年龄和身体还有资本，在各种劳力型行业或是服务型行业找到了临时饭碗的人。虽然薪酬不多，但工作基本稳定。不过他们的根还在农村。父母已然衰迈，也只能守着老家。几亩责任田要么"流转"给了种养公司，要么就那样荒着，也不能放弃。他们住的多是聘用单位或老板提供的集体宿舍，或是自己在城市郊区租赁的房子。他们对城市的天价房子从来不抱幻想。只想挣些钱把老家的房子翻新，给儿子娶媳妇或给自己娶媳妇。

什么时候聘用单位不要了，或老板不要了，或他自己不想干了，随时卷铺盖走人，所以只能算是栖居者。

城市的喧嚣嘈杂，交通拥堵，还有人情冷漠，时时让他们怀念乡村的宁静空间、草木气息和亲邻之间的信任。但怀念归怀念，生活归生活。城市能拴住他们，是因为有比宁静、比草木和亲邻重要得多的东西。你只要勤快耐劳，不怕苦脏累，不嫌报酬低，城市这个巨大的海绵能吸纳好多卑微小民。况且，城市完善的生活设施，干净的饮水，远非乡下可比。城市更加安全的公共空间，使他们避免了被宗族势力和乡村强人欺负的可能；城市活跃的文化生活，也吸引着他们的眼球；在城市，他们也减少了人情开支造成的经济压力。在农村，由于亲缘关系的繁复，隔三岔五就得掏腰包。也许你手头很紧，但脸面更要紧啊。且不要说红白二事，就连某家买了辆农用车，某家老人做了寿材，某家新房子"上梁"，某家老庄廓换大门，某家孩子小学毕业等，你都会接到"罚款通知"。你要是装聋作哑，等于自绝于人民群众。

还有，在几代人毗邻而居的小环境，谁的家史在别人心中不是一本账？谁的成长细节不被乡村记忆所收藏？任何时候，你透明的人生档案里，别人可以随便翻出几页，或贬损之、或调侃之、或添盐加醋以博一笑。但生而为人，谁身上还找不出些尴尬事呢？相比之下，城市像密不透风的森林，很适合隐藏个人信息。

在城市做个隐者真好！

他们不知道的是，城市人同样是隐者。他们与邻居虽然近在咫尺，天天碰面，但可能彼此都是蒙面人，连姓名都不知道；他们的社交活动虽然活跃，内心空间却很封闭。他们表面上集群而居，实际上是离群索居。他们内心远比乡下人孤独。

对于这些，乡下人是不太清楚的。

## 乔木和灌木

农村人发现，城市里竟有那么多闲人！有许多看上去并不太老，头发乌黑，精神饱满，说话声高气亮，走路脚底下风响。但他们好像什么正事也不干，成天下棋打麻将，遛狗玩鸟，逛街逛公园。

农村人想不通：他们怎么就那么舒坦？

看看他们。连自家门口的雪都不扫。连人行道上的一片落叶也不检。怪不得手那么干净。

看看这狗。狗娘生了它，给了它四条腿是干啥的？还要叫人搂在怀里走路，比亲儿子还娇贵。老天爷给了它一身皮毛是干啥的？天还不冷，就给它穿起衣服。

但乡下人也就这样想想而已，逐渐也心平气和了。这就是命。

"人家不拿扫把是人家的命，我离不开扫把是我的命。"

"把泰迪狗当成儿子养也是泰迪的命。"

这么一想，一切都释然了。

城市人当然不会因为自家门口的雪由别人来扫而心生不安。我交了物业费，你拿着工资，还有什么好说的。道理由钱来讲。

城市人只有在春节期间才感觉到，道理并不是任何时候都能用钱讲得通。许多法定假日，乡下人都可以放弃，该值班还得值班。唯独春节不同。在城里耗了整一年，总得回去和父母孩子团圆几天吧？总得去一趟祖坟，把老先人请回家过年吧？总有几位至亲长辈，得去拜个年吧？至于这三天的工资，要扣就扣，我并没有卖给谁。

就短短三天，城市街道陡然脏了许多。小区的垃圾箱满到无以复加，鞭炮礼花碎屑狼藉满地，惨不忍睹。

用惯了保姆的人家，突然有点不习惯了。

就这三天，城市人不得不承认，离开乡下人，生活还真不方便了。

对这些数量不少的"新城市人",城市人的态度也在转变。最初或许有点歧视,渐渐地也在接纳。何况,这些文化不高、又无技术专长的乡下人,并没有对自己的生存造成挑战,没有造成物价上涨,没有造成交通拥堵,更没有成为职场上的竞争对手。这很让人放心。

主流社会才是城市的灵魂。"新城市人"对主流社会不能产生任何影响。但是他们的存在,却是城市保持活力的要素之一。一位打工者给记者说:"一个城市,如果市长一个月不在、半年不在,谁能感觉到?还不是照样运转。但是假如没有我们这些扫马路的,修鞋的,当保安的,抢修下水道的,装修房子的,餐厅里端盘子的,会怎么样?"

这就好比是植物的群落关系。在一片绿色翁郁的森林里,乔木需要脚下的灌木为它涵养水土,灌木需要头顶的乔木为它遮挡阳光。它们互为依存,缺谁都不行。

城市人开始宽容地看着这些"新城市人",看着他们在公共场合毛毛糙糙的举动。脸上不再有鄙夷之色。很多城市人乐意把淘汰下来的家具、穿不完的衣服送给自己熟悉或不熟悉的"新城市人"。雨雪天气,看到还在辛苦劳作的环卫工人,虽然没说什么,心里其实也很感动。

## 隐形藩篱

观念的改变比行为的改变困难得多。

居住或栖居在城市的乡下人,很快学会了用青普话和人交流,学会了随时说"谢谢""对不起",穿起了和城市人相似的衣服,学会了到超市用支付宝购物。最重要的是,自从用上了智能手机,他们和城市人平等地分享着全球信息,长见识了。乡下人的孤陋寡闻曾经是城市人编排笑话取之不尽的素材。如今这类素材已经枯竭。《乡里的亲家母》等流传已久的经典段子再也没有了续篇。永远也不会有了。

至少在表面上，他们与城市人的差距迅速缩小。

但这就等于他们已经或者正在融入城市了吗？

也没这样容易。农村人虽然身子进入了城市，进入了工商业社会，但他们的思想观念和价值取向还滞留在农耕社会。一贯重视血缘和地缘的农村人，在更加重视职业关系和团体关系的城市人群中，内心很容易陷入孤独、无助、失去归属感的迷茫之中。

他们无法像在乡下一样，郁闷之时随便走进哪个乡邻家里，倒一倒苦水，听几句虽然无用但听着受用的安慰。乡邻可能对他说："老哥，公务员难考。娃娃没考上就没考上，再甭（读bao）熬（读nao）煎了。活人的路又不是就这一条。戏文里不是唱着哩吗："世人都想把官做，谁是牵马坠镫的人？""

但他能贸然敲开一个认识不久的城市人的防盗门，去倒几句苦水吗？笑话！

他们始终找不到进入城市人心扉的门径。甚至连合适的称呼都找不到。在农村社会，与陌生人交往，带有血缘色彩的称呼是一把好用的钥匙。但当他们把这把钥匙带到城市时，发现打不开任何一扇心扉。"姑舅哥"无论叫得多亲切，丝毫不能拉近与陌生人的距离。"阿爷阿奶""大哥大嫂""阿爸阿娘"，在城市也没人买账。

乡下人习惯于把自己的家长里短倾吐给素不相识的人。而城市人，即使出于礼貌，心不在焉地听完他的絮叨，绝不会以自己的讲述作为回应。他们最多有个微笑。城市人守口如瓶倒也不一定是出于保密，而是因为不屑于与资格不对等的人交流。

隐形的藩篱始终存在。

比如，在餐厅当服务员的女孩，最不愿意客人问自己是哪里人。尤其不愿意提这个问题的人是自己老乡。偏偏就有客人会这样问："姑娘，你是哪里人？青海？青海哪个县的人？哦哦，那咱们还是乡亲呢！"

优越感和自卑感形成的心理落差，就跌宕在服务员心头：你问这个做啥哩？是老乡又怎么样？你就是个来消费的，我就是个端盘子的，难道你还能给我介绍一份比端盘子更体面的工作吗？

在这种时候，隐形藩篱几乎就可以触摸了。

"新城市人"哪怕居住在城市中心，精神仍然处在城市边缘。

## 家园何处

生活在城市的作家诗人们，经常写到"家园"这个概念，这是个诗意的概念，内涵其实并不很清晰，经常把它混同于"家乡"。

所谓家园，至少应该有个院子，有块田地吧？哪怕是几堵夯土筑成的墙、两扇走风透气的门、巴掌大的一畦菜地、歪里曲巴的几棵树。就这些，也算得上家园，也承载得起"家园"应有的内涵。

在城市，你很难把自己居住的那个由公寓、物业、超市和保安值班室组成的小区说成是"家园"。如果勉强这样认为，那就是在矫情，或者纯属怀旧。

对严重缺乏精神归属感的新城市人来说，家园是难以抹去的牵挂。城市再繁华，也是别人的城市，自己的家园还在山那边。也许，还可以回归，原有的生活方式还可以重来，无拘无束的日子，虽然不富裕，但也不是不能过下去。

然而真正回去一看，又总是失望大于希望。城市化浪潮中，此家园已非彼家园。有些熟悉的村庄已经整体搬迁，搬进了楼房。这些楼房虽然还保留着原先的村名，但既无村子也无庄廓。它只是作为最基层的一个行政组织存在。住进楼房的村民们，去燃气公司打卡，去物业管理处缴费，去超市买菜，俨然成了农村的城市人。

还没有搬迁的村庄怎么样？

曾经井杵相望、鸡犬相闻的村庄里，土木结构的庄廓院正在溃退，砖混结构的"盖板房"迅速崛起。彩瓷门框艳俗，钢制门扇紧闭，铜制暗锁结实。面对它们，你最终会打消敲门进去闲坐一会儿的念头。

且不要说你幼时偷过萝卜的一个菜园，掏过鸟窝的一棵老树，捉过迷藏的一片林地，看过皮影戏的一处打麦场，统统没有了痕迹，就连你几年前还频繁出入的某个院子也不知去向。剩下的一些老庄廓，默默留守在原地，显然是一些还没有在拆迁协议书上签字的住户。这些庄廓院门户陈旧，形象慵懒，因为等待着不能确定的未来而恹恹无生气。

人也变了。一些熟悉得像家人一样的乡亲迁走了，一些来路不明的人搬来了。人口快速流动的时代，乡邻之间的深度交往变得日益短暂和肤浅。

春节拜年，曾经是隆重的年度认亲活动，也是一次大规模的睦邻活动。揣着一腔诚意，沾着两脚黄土，东家门里进，西家门里出。一番家常话，几杯年头酒，可能有点松弛的血缘链条再次紧固，可能有点疏远的乡邻感情再次拉近。如今呢，也学城里人，用团拜代替了。名曰"团拜"，其实"团"而不"拜"，没有任何仪式，不过是"团"在餐馆，AA一顿而已。嘈杂喧闹的餐厅里，连个板都喧不成。

过去，谁家老人去世，主人用不着为发丧抬埋、款待吊客等烦琐事宜发愁。帮忙的人不请自来，把别人的事当成自家的事来办。粗活细活，各司其职，人多手杂，却又配合默契。

即使是与逝者生前存有芥蒂、不大来往的人，也会赶来烧一沓纸，跟着送葬队伍到墓地，夺过别人手里的铁锨撂几锨土。

一次婚丧嫁娶，就是一次众乡邻协调行动的大演练，一种古老风俗的再传承。

而如今，越来越多的农村人深感遇到红白二事缺人手。尤其是白事。吊客来了几拨，饭菜还没响动；送葬的日子定了，打坟的人没着落。孝衫谁会缝？材头谁来写？麦衣子哪里寻？大麻绳谁家有？一趟一趟地去请人。主人躁火烧心，事情仍然一地鸡毛。

这时候他们就会想："看来城市化也没什么不好。可以把丧事承包给殡仪公司啊。"

其实，这都算不了什么。如何生存才是大事。靠几亩责任田，肯定过不了日子。办农家院？搞牛羊育肥？搞农产品加工？搞温棚种植或是家庭刺绣？说起来道路千条万条，但不是每个人脚下都有一条，也不是每个人都能担得起失败的风险。

不仅是农村变了，新城市人自己也变了。回到乡下，发现已经不习惯没有暖气、没有抽水马桶的住所，不习惯抓柴抓草、烟熏火燎的做饭方式，更不习惯网络信号不好的环境了。

算了，还是回城市谋生吧。本来就是下苦人，城市从来不拒绝廉价劳动力。

此岸已登。彼岸已逝，他们再也回不去了。

## 下一代

为长久计，新城市人在城市安营扎寨了。但是下一代能不能在城市盘锅垒灶？这是他们最闹心的事情。多数人的孩子还在农村，由爷爷奶奶陪着。且不说城市与农村教育质量有天壤之别，农村人更无能力像城市人那样，在学校之外，不惜花大钱以各种校外教育垫高孩子的竞争起点。就这两条，基本可以看到农村孩子未来的命运。除了个别天赋异禀、刻苦过人的孩子，农村人的下一代与城市人的下一代人在社会舞台上平分秋色的希望不大。

或者让他们放弃幻想，回到田野去创业吗？这想法本身就近乎幻想。

农业劳动不止需要力气，而且需要自小养成的生活习惯，需要与自然、田园相默契的一种情趣。无论是割倒一片黄熟的麦子，栽下一排耐旱的柳树，或是拔起一畦带泥的萝卜，如果能在热汗蒸腾、腰酸腿困的同时，也能体会一份筋骨开张，血脉通畅，默然自喜的心情，这样的劳动才有动人之处，否则就无异于苦役。但是你能指望那些已经敲惯了键盘的白皙的手愉快地拿起铁锹和镰刀，过沾泥带土的日子吗？

假如逼着他们从零开始学习一种古老的操作姿势、一种简单的劳动技能，那么当父母的拉账累债，供他们上大学又有什么意义呢？

可以预见的是，走出农村的孩子，在接受完各种不同层次的学校教育之后，即使面对残酷的职场竞争，他们也不会掉头走向田野。他们将义无反顾地继续涌向城市。尽管处于劣势，但毕竟是一代更加年轻，且有一定竞争能力的新城市人。他们不会满足于像父辈一样主要从事一些苦、脏、累的工作。他们实现自我的愿望更加强烈。他们在城市舞台上追求角色的努力也不会停止，尽管追求的道路很漫长。

2021 年 1 月

# 想起了贵州那一天

一出宾馆就闷热。想了想，又回到房间，把照相机放下了。观景要用心。有心就够，何必依赖照相机。索性，把钱包也放下了，装在身上捂汗。这是会议安排的游览，也无须花钱。我只抽出一张百元钞，装在屁股兜里备用。

身着短袖汗衫，手拿一瓶矿泉水，轻松出门。

今天安排去长岭坡国家森林公园。不知是否荒僻？越荒僻越合我意。

一望见古木蓊郁的山林，汗津津的身上仿佛有了些凉意。

在宽敞的停车场下得车来，尚未来得及打量眼前的景物，就被一群兜售小零碎的妇女儿童包围。这些人就像一支训练有素的队伍，从潜伏地点突然冒了出来，迅速锁定每一个目标。

缠着我的是三个人。一个三十来岁的妇女，肩挎一只手工编织的篮子，装满了各种饮料；一个男孩，十一二岁，双肩包里装着一个西瓜；一个女孩，年龄更小，斜挎包里装着新煮的苞谷。

我举起手里的矿泉水，示意不需要别的。但没用。"买点吧，买点吧。"不停地说。我说我要爬山，不想拿多余的东西。说完抽身就走，不料他们跟了上来。

我站下来劝他们回去，说了还是白说，他们没有离开的意思。

这三个人簇拥着我往前走，锲而不舍地。气喘吁吁地。其时也，情景颇有些滑稽。就好像我是参加长距离爬山比赛的选手，而他们负责后勤保障似的。又像是一个年迈的家长领着家人去远足。

二十多分钟之后，我再次站住脚看着他们。他们回避着我的目光，但态度依然坚定。

那就随你们的便吧。

山路两侧尽是高大的水杉和苦楝，日光时而被遮蔽，就有"空翠湿人衣"的感觉；时而哗地投射下来，灼灼地烫人。

这是2008年，我年过花甲，体力很好，腿脚灵便，没感到有多老。

同车来的人们被我落下好远，只闻人语响，不见人上来。他们都比我年轻，但走路的功夫好像软点。

山路渐渐陡峭。到了半山亭，我坐下来歇腿。那三个人也进来，在我对面坐下擦汗。他们始终回避着我的目光。妇女汗湿的衣衫紧贴着瘦削的身子，她瘦得几乎没有了女性特征。两个孩子也黑而瘦。

如何是好？已经跟了这么久。给他们每人五十块钱，劝他们下山去！可是钱包、零钱……一时大悔。

想起《水浒》里鲁提辖对史进说的话："洒家今日不曾多带得些出来，你有银子，借些与俺，俺明日便送还你！"

最难忘史进的豪爽："值什么，要哥哥还？""便去身边包裹里取出十两一锭银子，给了鲁达。"

真够哥们！

可是眼前没有史进，也没有李忠。

我问那个妇女，这俩孩子这么小，也出来挣钱？她说男孩是她的侄子，家里困难，上到四年级就不上了。女孩也是本村的，上二年级。今天星期天，就跟着她出来了。

男孩有一双忧郁的大眼睛。他一直严肃地看着地面，好像那里有一道难解的数学题。

　　女孩黝黑的脸蛋上满是汗水。粗糙的小手抓着沉甸甸的挎包。被汗水洇湿的发辫粘在脖颈上。皮肤底下浅蓝色的血管隐隐跳动……

　　这三个人，已经如此深刻地进入我的记忆，我要相机干什么？

　　我让那个妇女拿一瓶可乐给我，她的表情松弛了。我把瓶盖拧开，递给女孩，"给你喝，孩子。"女孩怔了一下，不知所措地望着我。又说一遍，这才接过去，羞涩地噙住瓶嘴，很享受似的喝起来。再要一瓶，给了男孩。

　　我从裤子口袋里摸出那张潮乎乎的百元钞递给妇女。她难为情地说："我找不开，我没钱……"我说："不用找。你到山下售货亭把钱换开，五十块你拿上，剩下的给他们每人二十五块。你能做到吗？"

　　她惊讶地说："我能！多谢你了。"

　　女孩打开挎包，挑出一个最大的苞谷递给我，我谢绝了："我不要，小姑娘。你拿到山下卖掉，或者自己吃。"

　　钱包。钱包。史进！

　　他们离去。我独自往上走。

　　没有导游唠叨，没有游客聒噪，也没有快门诱惑。一个人安静地走，盈耳都是鸟鹊的歌唱。细听，好像不全是歌唱，有愉悦，也有悲凉：

　　"仙仙妙！仙仙妙！"

　　"苦也哥哥……苦也哥哥……"

　　这些小生灵们，或许并非我们一贯所认为的那样一概快乐？

　　终于挣扎到了峰顶。哇，端的好去处！放眼望去，云海浮动中，喀斯特地貌如万千楼台，一层层排向天边。烟霞缥缈，光影绚烂。天上耶？人间耶？

　　忽然明白，凡世和天堂，"是一不是二"（净空法师语）。哦，黑瘦的妇女，黑瘦的男孩女孩，悲欢各异的鸟雀们，你们莫非是菩萨幻化，来给我开悟的吗？

身上的汗收了,还是听不见有人上来,大概都爬不动了。就返回。

隔着浓郁的林木,听见了人声。半山亭里坐满了人。亭子中间的石桌上,摆满了切开的西瓜、饮料,还有煮苞谷。

"王会长(我时任青海省报业协会会长),快来吃!哎呀,你们青藏高原的人爬山厉害,一转眼影子都不见了!"

"这些东西,你们是从刚下山的那三个人手里买的吗?"

"是呀,我们包圆了!其实我们不需要这么多。"

哈哈,原来他们是义买!

忽然觉得这些新认识的面孔长得一个比一个好看。

2017 年 8 月

# 邻　居

邻居曾经是一个多么温暖的字眼。

谚云：有千年的邻居，没有百年的亲戚。在人口不易流动的时代，尤其在农村，几户不同姓氏的人家毗邻而居，并且代代为邻，是十分普遍的现象，而亲戚之间的交往，一般两代而止，三代以后通吊庆者少见。

从我记事起，我家庄廓院的两重大门在白天都是虚掩着的，从不挂扣子——这是为了使邻居免去叫门之劳。既然盗贼之类不可能远天远地来这里行窃，对邻居又有什么好防范的呢？邻居差不多等于分灶吃饭的自己人嘛。

上初中时，第一次认识"以邻为壑"这个成语，曾使我大惑不解。

虚掩着的大门随时会被邻居推开。进来的可能是一个脚步沉重的当家的男人；可能是一个声音很响的壮健的妇女；可能是一个脸颊绯红的羞怯的男孩。来借一把斧头，来讨要几株染指甲用的海纳花；或是来打听一下今年的"田社"究竟在哪一天，以便决定上坟的日子。

但邻居造访也不一定有什么事由。当家的男人可能披一件破旧衣服，背着手悠闲地踱进来，漫不经心地打量一眼跟他自己的家一样熟悉的别人的家，和主人打声招呼，然后蹲到院子中间的花圃旁边，抽着烟，东一句西一句地扯一阵有关庄稼的话，随手拔去眼前的几根杂草，站起身，拍拍手上的泥土，再和主人招呼一声，离去。

这样的造访似乎只是为了再次确认一下彼此的存在。

而在很多时候，邻居互访的目的是寻求精神慰藉。

可能在晚饭前后，邻居带着劳作一天后的疲惫和几声饱嗝进来，在廊檐下的木床上坐下，谢绝了母亲端上去的一碗饭，接过父亲递过去的旱烟，或平淡或激愤地诉说一些忧虑和烦恼。那往往是这个阶层的人共同的忧虑和相似的烦恼。说完，叹一口气，望着天空的流云或晚霞，沉默着。父亲也安慰似的叹口气，忠实地陪伴着邻居的沉默。这时候，只有粗重悠长的呼吸强调着他们之间的共鸣。他们用呼吸释放掉一些沉重，渐渐心平气和起来。邻居最后总是用一声总结性的叹息结束造访。这最后一声叹息传达着一个永不改变的信息：人就这么活着吧。

在农村过日子，不能没有邻居。春种秋收的季节，邻居之间常以"变工"的形式解决人手不够的问题；婚丧嫁娶，邻居又是现成的"知客"；有粗重的物件要搬动，自然还是叫邻居。完了，各自拍拍身上的尘土回家，主人道一声谢即可，不必特别答谢。

所谓"远亲不如近邻"，乃是农耕文明的产物，与工业社会无缘。

邻居之所以重要，还因为他们互为价值观的重要参照系。谁家的老人如果受了委屈，也会有好心的邻居委婉地说这当家的人："老哥，啥事都能马虎，有两件事情马虎不得：上粮纳草，孝敬父母。上粮纳草不怕官，孝敬父母不怕天！"

在我还没有走出家乡之前，以一个井底之蛙的思维，以为世界上的邻居都是这种关系。

然而就在那时，我就听我的一位上海籍的老师讲，在上海，住在同一个筒子楼里的邻居可以安然相处多年但不知道彼此姓甚名谁，做何营生。

我那时在骇怪之余，还觉得这事颇为虚幻。一个井底之蛙般的少年，即使赋予他十倍的想象力，他也不可能想到，仅仅过了几十年，老师说的这种邻居关系正在成为这个星球上的人们逐渐普遍接受的模式。

　　后来我离开农村去升学，毕业后被分配到戈壁新城德令哈工作。这是一座诞生才几年的小城镇，坐落在瀚海大漠腹地。因为地广人稀，人际之间有了一层天然的亲和力；因为缺少时间条件，社会成员还没有形成亲戚网络；因为居民籍贯甚杂，也不存在土著与外来者文化心理上的隔阂。总之，由于这种种"因为"，邻居的意义被凸现出来了。

　　比如，在我居住的那个家属院，如果一个职工下班后看见邻居的门口站着一位风尘仆仆的客人，而邻居尚未下班，那么，这位职工不可能听任远道而来的客人等下去的。延客入室，一杯热茶，几句寒暄，这是瀚海大漠里邻居最起码的责任。

　　每年冬季来临之前，住户们相互帮助打煤砖，是一次无意识的睦邻活动。从头一天互相约定开始，一种直率的和友善的交流便贯穿于打煤砖的全过程。打煤砖是辛苦的，又是欢乐的。在持续不断的玩笑中，在汗水和煤渣的交融中，在一大锅面条被稀里哗啦消灭的满足中，往日也许有过的一点芥蒂烟消云散，邻居关系又处在了一个新起点。

　　有一次我出差西宁，返回时搭乘一辆破旧的卡车颠簸两天，于风雪交加的夜晚回到小镇。院子里阒无人声——人们都已入睡。我开门走进冰窖一般的小屋，连皮大衣都没脱，用冻木了的、穿着翻毛皮鞋的脚踏碎几根柴火，急急生火驱寒，一边考虑要不要空着肚子先睡下。

　　这时房门推开了。我的邻居——一个块头很大的物资调拨员，睡眼惺忪地站在灯下，用简洁的河南话说："回来啦？添好煤，过来吃饭。"

　　我惊愕地望着他："你们还没睡？也没吃饭？"

　　"不是。我估摸着你今晚回来，叫老婆留了一碗饭，一碗菜，还在锅里温着哪。"

　　这就是我的邻居，既非酒肉朋友也非莫逆之交，只不过是普通的邻居。之所以普通，是因为彼此都没觉得这样的邻居关系有什么不普通之处。

后来我调到真正的城市定居下来。真正的城市里，拥挤的楼群把邻居们十分亲密地捆在了一起。但拥挤的楼群并没有把邻居的感情捆在一起。一种咳唾之声相闻、老死不相往来的生活格局由钢筋水泥铸就了。

不用说，久居城市的人对邻居这一概念都有着一言难尽的体会，即使是一个迟钝的乡下人造访城市，也能多少看出点端倪。

假如你是一个乡下人，懵懵懂懂地到城里来找你的亲戚。你不懂得如今城里人见客需要电话约定。你一身累赘地提着大包小包从长途车上下来，慌里慌张地换乘几次公交车来到亲戚家的住地，一栋楼房一栋楼房地、一个单元一个单元地打听，累得嗓子冒烟，浑身臭汗。终于打听清楚，放下心来。你强迫酸困的双腿继续挪动，一直爬上五楼六楼或七楼，整个身心都已处在即将与亲戚会面的轻松喜悦中，可是亲戚家紧闭的防盗门如一瓢凉水浇灭了你的兴奋。亲戚不知道你要来，他或她不在家。你把坠得你两臂发酸的大包小包放在楼道里，开始敲门。你敲得响亮而持久，但整个楼道都极为宽容地沉默着，这使你相信，你即使把亲戚家的防盗门拆下来背走，也不会有人过问的。

待你确信亲戚家里无人之后，你便无可奈何地和理所当然地去敲对面那扇门——亲戚邻居的门。一般来说，不等你敲到第三下，那扇门便会灵巧地打开一尺宽的一道缝。站在门缝后边的邻居眼睛里储满了城市人的冷漠。显然，亲戚的邻居已经预料到你终究会敲他家的门。

并且，显然，亲戚的邻居还知道你将提出的问题。

"不知道。"三个事先预备好的字迅速地截住了你的话头。这三个字节奏轻快、音色模糊，像牙痛患者不愿把字咬重一样。

你还想不屈不挠结结巴巴地问点什么时，对面的门已经不容商量地关闭了。

这就是你亲戚的邻居。你不会想到，这个邻居和你的亲戚并没有仇恨。他们在楼道里相逢时会客气地点头，有时还会寒暄几句。你不知道，这就是城市里极为正常的邻居关系，丝毫不值得大惊小怪。

当然，任何事情都不是绝对的。对于如同棋盘上的棋子一样终身都在挪窝的城市人来说，如果运气好，在挪窝的过程中有时也能碰上一个好邻居，比如我现在的邻居——我对门的住户。

是一对年老的退休夫妇，和儿子儿媳住在一起，全家都是温良恭俭让的忠实实践者。

在突发沙尘暴的时候，我能坐在办公室安之若素，就是因为邻居的提醒，上班前关好了所有的门窗；在停水的日子，我不必提个桶东奔西走，也是因为邻居的提醒，提前储备了足够的用水。

如果我是出了远差回来，碰巧家里无人，邻居会闻声而至，问道："饿不？有现成的汤面条，我们正吃呐。"

邻居的友善里透着一股彼此默契的信任，绝没有小市民之间虚张声势的亲密或知识分子间过于形式化的客气。比如，邻居会直率地批评我们用水太浪费，忘记了水的价值与价格并不等值。在没有什么可看的电视节目的晚上，邻居偶尔会过来，在客厅里小坐一会儿。邻居会毫不客套地说："有点冷。能不能拿个什么给我盖盖膝盖？"

我知道，遇上这样的邻居是我的福气。

在我多次萌生退休后去内地购置一处住房度过余生的想象时，"邻居"这个概念总会猛不防蹦出来，成为影响我们决心的综合性因素之一。

于是我常常扪心自问：你能在气候宜人的江南购置一套不错的住宅，但你能同时购置一户不错的邻居吗？

2003 年 6 月

第五辑　边迷茫　边穿越

# 听起来像个童话

2004年夏，我带记者在贵德新街乡采访一个民族团结进步的典型——乡村医生李加才让。采访中问到一个并不重要的问题：他当初买下大队合作医疗室，需要一大笔费用，这是怎么解决的。他说，除了前些年当裁缝积攒的一点钱，他还有一个重要财源。

他给我们讲了一个故事。这个故事与我们的采访主题无关，所以写长篇通讯时没有用它。

那还是草山和牲畜刚刚分配给牧户的年代，邻县贵南的一位牧民骑马来找他，恳求他出诊。患病的是这位牧民的妻子。他去了，仔细地给患者诊治。病人转危为安之后，他准备告辞。可是主人看上了他脚上的一双新靴子，请求按原价转卖给自己。这双靴子是李加才让去省城进药时在民族用品商店买的，花了42元，款式质量都好，所以不愿意转卖。

但那位牧民太喜欢这双靴子，恳求不已。无奈，李加才让同意了。牧民说："我手里只有12块钱。李曼巴你到我的羊群里挑两只羊吧，能顶30元。（那个年代一只羊也就值十五六块钱）我可以帮你把羊赶到贵德你家里去，或者留在我的羊群里也行，反正是你的。"

李加才让说："我不去挑，也不想把羊赶回去。你随便给我两只就行，当然最好是育龄母羊，还是留在你的羊群里。以后产羔了，是我的，我付给你代牧费。遇到狼害或者天灾，死了，你给我捎个口信就成，我也不要你赔。"

口头约定就这样形成了。李加才让脱下靴子，换上牧民给他的一双烂鞋，背起出诊箱，打马回家。

和往常一样，他在乡间行医，春忙到夏，秋忙到冬，渐渐把这事忘了。

直到有一天，那个牧民突然出现在面前，他才想起，已经五六年没见到他了。他认出了牧民脚上的靴子，靴子已经破旧不堪了。他问那位牧民，这几年生活怎么样？那位牧民叹了口气，说："唉，再不说了。"看来日子过得不顺心。

牧民说："李曼巴，我是为羊的事来找你的。我给你留的两只母羊，一只前年冬天叫狼吃了，这几年它下的羊羔最多。另一只还在。加上它俩的子孙，现在你有39只羊了。我来问你，这些羊怎么办？是卖掉，还是留着？"

李加才让惊得半天合不拢嘴巴。

最后商定，继续由这位牧民代养。以后繁殖了，母羊全留，羯羊出售，卖得的钱作为代牧费，归这位牧民。

仍然是口头约定。

又过了好几年，村里决定把一直亏损的合作医疗室作价，出售给个人经营，动员李加才让接受，他急需一大笔钱，就想起了他的羊。骑马到贵南草原，几经打听，找到那位牧民，说明了来意。牧民说："你的羊嘛，前年春天刮沙尘暴的时候丢失了5只，再也没找到。去年春天狼吃掉了两只，现在有126只。"

这让李加才让又一次惊叹："妈妈呀！"

这听起来像个童话，然而不是。

他让那位牧民找来羊贩子，把羊全部卖了。刨去代牧费，用剩下的钱顺利地买下了合作医疗室，干得红红火火。

我们问他:"假如那位牧民不说实话,告诉你,最初的两只羊都叫狼给吃了。或者瞒下大部分,留给你少部分,你会相信他吗?"

他说:"那也得相信。我一开始就给他说过,羊死了捎个口信就成。我不可能为这事去贵南调查。那不是伤人家的心吗?再说,怀疑别人的人品,我自己也丢人啊。这个事情全凭良心哩,良心没办法查。"

2014 年 3 月

# 文明边缘地带

瞿昙乡因为名闻遐迩的瞿昙寺而得名。这是一个沟壑纵横的山乡，老百姓多数很贫困。幸运的是瞿昙河水质好（可能含有微量元素之类），所以吃这条河水长大的男男女女，多属聪明伶俐之人，并且形貌也很端正。

1991年秋季，我带着由报社的一些编辑记者和县上的几名干部组成的工作队在瞿昙下乡，我担任工作队队长。我们的主要任务是向农民灌输一些思想，帮助完善联产承包制，整顿村级组织，落实计划生育政策等，事情还很繁杂。

对山外来客永远有着好奇心的乡民们很快知道了这支工作队成员的来源，"噢，报社的，都是文化人！"

相处的日子稍久，我从这些衣着敝旧、生活拮据的人身上感觉到这里的人与其他贫困地区相比，有些精神差异。那就是：在同样纯朴的乡风民俗中氤氲着一层文化气质。那些胡子拉碴的嘴巴和少油寡肉的生活丝毫也不影响他们对文化的亲近。这里的人好谈历史，热爱书法，崇仰文化名人，并且以对这方面知识的有限的占有为自豪。即使是没文化的人，也不缺乏对文化的敏感，不缺乏对那些远远高出于他们的水准的传统文化的欣赏态度。也许正是这一切，才在一定程度上弱化了他们作为农民阶层固有的自卑，强化了他们精神上的归属感。他们有礼貌地待人接物，用干净的语言和人交谈，自觉维护着一些约定俗成的文明规则，从而使得看起来稀松平常的乡村生活因为有了文明的骨架而变得法度井然。

比如，到农民家去访问，进门必是三杯酒"打个冷"（我们去时时值冬令，不知夏季有无此俗）。如果家中无酒，必去邻家借来，履行完此项手续，再谈正题。

他们的语言干净，说话从来不带"把子"（脏字），更没有城市语言中常见的痞子话。这跟有着城市人优越感的西宁人形成鲜明对比。西宁人说话带"把子"很随便，而且往往不分场合。有一次，一位工作队员对正在用铁锨往房顶上撂土的房东老汉说："你歇一会儿，我来撂球两锨。"这一家老少立刻大窘。羞赧之状，不啻乍闻淫词秽语，弄得这位队员好不尴尬。

山路难行，乡民们多有养骡子代步者。骑骡子的人，路逢应该招呼的人，必定先行离鞍，再致问候，以示谦恭。我在乡间小道上，每每遇见年老的骑者，在看清他们的下马意图之后，总是连声劝阻，但都无用。至于一些年轻人，见到我之后，老远地就"滚鞍下马"，动作颇有些夸张，不禁令人莞尔。

我与乡民们交谈，注意着尽量使用生活化的词语，比如把生活叫"光阴"，产量叫"收成"，土块叫"干胡"，以表现我们贴近群众的态度；而乡民们正好相反。他们尽量挑拣文雅的词语，以表现他们贫而不俗。有一回，我和两位记者去徐家台村了解一件事情，途经一溜短墙，见两位须发皤白的老人正坐在墙根负曝闲谈，就过去和他们打招呼，随后蹲下来，向他们询问生产生活方面的情况，他们都有礼貌地作了回答。有顷，其中的一位忽然问道："不敢动问王队长贵庚多少？"

我们一怔，又都笑了。我说："虚度四十有六。"

"噢，年富力强，年富力强！"这位老者频频颔首。另外的一位接着又问：

"王队长仙乡哪里？"

"敝乡贵德河阴。"

"噢，好乡土，好乡土！"两张皱纹密布的脸上，再次绽开温文尔雅的微笑。

事后我想，这种舞台化的发问方式出自灰头土脸的庄稼人之口，固觉可笑，但当今一些风度翩翩的节目主持人只会直白无文地问："老大爷，您今年几岁啦？"也未免太没文化。

这地方的农民尊崇书法和书法家，能写几笔字的也不乏其人。到村民家去串门，如果家里挂着一幅字，他必定请你评判一下这字的优劣。如果这幅字多少有点来头，主人说起来更是神采飞扬。尽管他们自己很可能认不全那一幅字。乡政府的炊事员郑师傅也是一位书法发烧友。每每，我们蹲在食堂的木头疙瘩上喝他做的油茶时，他便要借机宣传一番当地的土著书法家。有早已作古的，亦有正在土坷垃里刨食吃的。介绍过程中又要大加评论。起初我以为这位郑师傅也是"有两把刷子"的人，及至有一次乡政府发工资，看见郑师傅在花名册上签写名字的艰难情状，才知大谬不然。他其实与其他农民一样，只不过以对艺术的喜爱和尊崇来维系着自己在精神上的依托感。

有天早上，我们照例在食堂喝郑师傅烧好的油茶（真想念他做的油茶），郑师傅忽然想起一件事："噢，对了！磨台村的老鲁手里有一幅字儿哩，是他爷爷写的。他爷爷是晚清进士。嗨，人家那个书法！不比不知道，一比吓一跳。"

我问他，以他见过的当代人的书法，比起鲁进士差距若何？郑师傅不屑地用大马勺叩着锅沿说："哼，脚后跟上的垢痂都不如！王队长，耳听为虚，眼见为实，有工夫了你去磨台看看，就知道我是不是吹牛！"

此后他又多次问我去磨台村看过没有。我因为一则对郑师傅这位评论家的权威性早已怀疑，二则我自己并不懂书法，三则——这是最主要的——我们的工作重点已转移，所以始终没有去瞻仰那幅"一看吓一跳"的字。

冬至过后，天气一天冷似一天。还有一个月就要撤队了，工作日益忙迫。有天下午，我在乡政府的宿舍里铺开稿纸，准备早早起草工作总结，这时记者小张来了，他从十几里外的古龙湾村赶来，冻得唏唏哈哈的，我赶紧把炉子捅旺，让他烤烤手。

小张告诉我，他的房东老薛恳请我去一趟，有要事央求。我问啥事情，小张说，老薛死活不肯说，必得"等王队长来了当面说"。于是我和小张在乡政府门口的小饭馆吃了点饭就匆匆上路了。

擦黑时分来到古龙湾。暝色昏蒙中感觉到老薛家院落狭小，房舍破旧，人口众多。

主人差不多是倒屣而出，把我们请进堂屋。灯光下看清这是一位年近六旬的人，铁塔也似的壮实。广额、隆准、阔颔，相貌大方。小张介绍说，老薛是乡间兽医，家有九口人，但不是超生游击队。除了他和老伴、儿子儿媳、孙子孙女，他还拉扯着从小失去父母的侄子侄女。于是我对这位肯于拉扯这么一大家子人而并无愁苦之态的主人生了几分敬意。

一面满间大炕上早已放好炕桌和茶具。老薛让我坐上首位置，并且再三敦请我："升端，升端。"直至屁股完全居于中轴线才罢。他和小张相向而坐。

一切礼节如仪。先是"进门三杯酒打个冷"；继而大呼"上茶"；继而敬烟；继而又隔着窗户喊："快点炒！"

我们告诉他已吃过晚饭，不必再费事，但他不听。

儿媳妇把菜端上来：大头菜炒肉丝和洋芋炒肉丝各两盘。盘子很大，油放得很汪。看得出来，这是这个九口之家所能待客的最好菜肴了。

随后他把全家人都喊来，炕沿上板凳上都坐满了人。

老薛拿过酒碟，满斟了六杯，在炕上单腿跪起，开始正式敬酒。我看气氛如此庄重，料定他家必有难言事，就把酒碟接过来放到炕桌上说："酒先不喝，老薛你有啥事只管说，行这么大的规程做啥哩？"老薛不听，"王队长你先饮了我再说。"

他不说"喝",而说"饮"。这是一种文雅的词语。

"你说了我再饮!"

"不。饮了再说。"

拉扯之间,感到他那双经常给牲口接骨正位的手力逾千钧,就要把人的骨头捏碎了,只好妥协。

三巡过后,他清了清嗓子,就要开言了,忽发现我的屁股已挪了位置,"噢哟,炕太烫了!不过王队长你还得升端!"说着顺手取过摞在被子上的毛毯,叠成正方形,要给我垫上。我正色道:"老薛你不要胡来!都是青海人,哪有把被子上的东西拿来垫屁股的道理?"

老薛哪里肯听?到底还是让我坐了。

这才言归正传,却原来是一桩与书法有关的恩怨。

老薛不识字。家中但有红白事,或是逢年过节,书写之事照例都是请他的堂叔提笔。他堂叔只比他大十来岁,虽也是农民,但读过私塾,毛笔字写得见功见力,是这个村庄里首屈一指的书法家。无论远亲近邻,有求必应。

尊崇与被尊崇,形成自然的默契,稳稳地平衡着乡村人感情上的某种供求关系。

一年又一年,日子就这么水波不兴地过来了。事情坏就坏在有一回老薛进城办事时喝了点酒。他喝得并不醉,但酒的质量太糟,属于"挖心大曲"那一类。所以,他骑着他那匹总是打扮得威风凛凛的大青骡子回家的路上,被冷风一吹,酒涌上来,头就大了。进村后看见了堂叔,堂叔正在自家的门口用榔头砸粪土。老薛本该"滚鞍下马"的,但此时身子发软,力不从心,于是便省去了这道礼节,双手扳定鞍桥,高声向堂叔问候。记得堂叔当时淡淡应了一句,也没说什么。但从此以后再也不给他写春联了。

老薛隐忍着。春联虽属细事,但当他一次次挟着一卷红纸去求本村二流三流的书法家时，却越来越深刻地体会到他在精神上已被堂叔打入了另册。

过了几年，老薛的大儿子结婚，多年不登门的堂叔忽然拿着一幅写好的中堂前来祝贺。老薛大喜过望，以为堂叔捐弃前嫌，要重修叔侄之谊了。孰料喜事过后，一位有文化的亲戚来家中闲坐，看了壁上新挂的中堂后，掩口胡卢而笑。老薛大疑，追问之下，才知这幅中堂的内容是嘲笑老薛的。老薛当时就把中堂扯下来撕了。从此两家又进入冷战状态。

"……因此上，这么多年，我一直思谋着，得请一个有名望的文化人，给我好好写一幅中堂，配一副对联，我拿到县城花点钱装裱上，挂在家里争一口气！"老薛结束了他的诉说。那双骨节突出的大手在诉说过程中一直下意识地紧攥着，现在松开了。

原来如此。事属可笑而情实可悯。我赶忙推辞说，一不会书法，二不是什么"有名望"的人，这个忙帮不上。

"不信！"老薛牢牢盯住我，老谋深算地摇头微笑，"不信！报社的同志不会写，谁信哩？"

小张在一旁证实说，跟王老师共事多年，确实没见过他濡墨弄毫。

老薛略有些失望地叹了口气，又恳求道："关键是词儿。你把词儿好好作上就成哩，就写我这个家庭。字儿到时候再托人。还有一件，你千万甭写成白话文，白话文挂到墙上味道寡淡。你费点心了拿文言写，我给你作揖了！"

这事对我来说颇有些难度。于是就说："你听我说老薛，赌那个气干啥哩。买几张好画儿挂上，也一样。现在装裱费那么贵，你家里又不宽裕，花那个钱做啥哩？"

"好我的王队长，这个你甭管。"老薛斩钉截铁地说，"这个钱我情愿花，砸锅卖铁也情愿！就看你肯不肯帮忙哩。"

我还在踌躇，却发现满屋子鸦雀无声，那一双双眼睛里都盛满了期待，于是只好答应了。

"这就对了！快，敬酒！"老薛立刻精神大振，"我的天，一件心愿总算了了。"

回到乡政府后，冗务缠身，这件事一直拖延着。撤队的日子渐渐迫近，我知道这件事再拖不得了。好不容易等到工作队放了一天假，又赶上微雪天气，乡政府院子里很安静。我把自己关到宿舍里，生好火炉，开始抓耳挠腮，搜索枯肠。废弃的稿纸扔了一团又一团，临近中午，总算有了一联一赋。辞曰：

青山列屏，门映瞿昙紫气；绿水环乡，户临一川流韵。载苦载甘，攻桑麻如攻经典；亦悟亦迷，参人生如参大道。长者仁厚，同堂有三代之乐；幼者慧秀，一门有九口之盛。身非圣贤而气自坦荡，居非洞天而人自逍遥者，何也？盖境由心造，情随缘生。福田一说，原无绳墨，行不负于人，心无愧于己，已矣。

对联是：

崖畔黄花带露采，畦头新韭趁雨锄

重新抄清了，读一遍，自感中堂平平，对联尚可。再读一遍，忽发现"趁雨锄"的"雨"字却是仄声，于整体的音韵上有挂碍。日后遇到行家，必会看出毛病，须得换一字才好。然面壁移时，颠倒苦思，更无一字可以代替"雨"字，乃罢。

午饭后，带上手稿，踩着一层薄雪，去乡政府附近的瞿昙古刹，敲开寺管所的大门，向所长讨要了几张宣纸，又去本乡一位擅长书法的谢老先生家中，求他用心写了。晚饭后，约上小张，带上手电筒，直奔古龙湾。

老薛全家好一阵忙乱。一切礼仪如前番。还是三杯酒打冷，还是滚烫的石板炕，还是叠成正方形的毛毯，还是大头菜洋芋丝各两盘。但老薛显得比上一次高兴多了。他用洪亮而权威的声音把全家人召集起来，让我把中堂和对联展开给大家看了，把大意给他们讲了，老薛大喜："我虽然没文化，意思我全懂着哩。从今往后，家里来客，他有看头我有说头！"说着，腾地跳下炕来——他要站在地上给我敬酒。

我忽然意识到，我于不经意间介入了另一个人郑重的生活。而今天这个日子，对老薛一家来说是一个严肃的历史性日子，是被侮辱与被损害的人格扬眉吐气的日子。我责怪自己处事不周，没带上一条"红"给他庆贺庆贺。

于是传杯换盏，海阔天空。北斗西斜时我们告辞。老薛再三问我工作队啥时候撤，我知道他的用意，就说还没定，等候上级通知哩。老薛打着手电，一直把我送到大路边，握着我的手，极为恳切地说："我这里离乡政府远，消息不灵，走的时候你一定言传我一声，千万甭悄悄走掉！"我答应了。

残腊将尽，我们结束了下乡任务，开始打点行装，跟乡上的干部话别。报社接我们的车辆也到了。小张提醒我："要不要去古龙湾跟老薛告别一声？"我想了想，决定不去了。我知道老薛的心意，可他家太困难了。于是便悄悄离开了这片山乡。

去年，忽有一位在青海师范大学任教的朋友来我家做客，说他为完成与地方史有关的一个课题，去了一趟瞿昙乡，在一户薛姓农民家里见到了我的"大作"。老薛十分自豪地给他介绍了这幅中堂和对联的来历，非常遗憾地说，他当时拿不出啥好的，给王队长准备了一点新磨的豌豆面和胡麻油，指望他走时带上，答应得好好的，结果竟悄悄地走了。

朋友还转述了老薛的另一句话："城里人再啥都好，就是太假！"

2003 年 1 月

# 被风刮走的年月

9月，柴达木盆地天高气爽。从茶卡、都兰、格尔木到花土沟，800多公里沥青路，流畅如飘带。车轮与路面轻松摩擦，配合默契，仿佛是两者在低语。雨季已经过去，沿途也不见水患侵蚀路基的迹象。

好路！

好路加好车，使柴达木出行的艰难永远地成为历史。

然而昨天还不远。在望不到头的砂石路上颠簸一天，浑身骨头快要散架的感觉还在记忆深处。养路人弓背弯腰，迎着凛冽寒风，拉着架子车，或驾着由骆驼牵引的刮路板缓慢行进的情景还和昨天一样鲜明。

这一切，已被时间之手深埋在这清爽整洁的路面之下。他们的故事，他们的笑容或愁容，他们用粗嘎的嗓音吼出的歌声，也都被柴达木的漠风刮得不见了踪影。好像什么都没有发生过。

走遍柴达木，见不到一处当年的道班房——那是曾经分布在公路沿线的一枚枚忠实的棋子，每隔十公里一个，负责常年修补槽坑、路肩、涵洞，特别是夏季翻浆的路段。

1954年，自慕生忠将军率军修通了青藏公路之后的30多年里，这条最能磨损汽车的高原简易公路，就是靠那些湮没无闻的第一代养路工维护的。一锹一锹地，一米一米地，一年一年地。

这一切，都被风刮走了。

"嗨，那风！"对于当年的养路生活印象最深的，是柴达木的风。

汪永明，现任海西养路总段党委书记，父母亲都是养路工。他的童年记忆里满是大风。"每天早晨出门的时候，母亲把我裹得严严的，放在路边的沙石堆上，就去干活。我哭着喊着，眼泪很快就被风吹干。不停地哭，不停地被吹干。"

"雁石坪那风！"现年78岁的冉世贵，一个历经沧桑的老养路工，回忆起当年时，脸上浮出一个憨厚的笑容，"说起来你可能不信。风大的季节，出门解手，得拿一根长绳子把腰拴住，绳子另一头让屋子里的人紧紧拽住，解完手，大声招呼屋子里的人把自己拉回来。"

"嘿，五道梁那风，那是上了刺刀的风！"74岁的孙秀仁，曾是五道梁的养路工。晚上睡帐房，穿着棉衣，裹着被子，还是冷得难以入眠。有好几回，狂飙突然发力，扯断了固定帐房的绳索。帐房像一只风筝，被夜空吞噬。次日费了些周折，才在一条山沟里找到。记不起多少次，深夜里爬出被窝，抄起铁锨，顶着刀子般的风，去解救困在雪堆里的车辆，冻得手脚失去了知觉。

海西交通史上第一代职业养路工，多是来自青海东部、甘肃和宁夏等地的穷苦农民。通过了简单的招工登记，告别了家人，爬上前来接人的大卡车时，他们已然为"吃上了公家饭"而兴奋不已。每月30元的固定收入，更增添了他们对职业的忠诚。全年没有假期，也没有八小时工作制。他们不在乎，他们已经很满足。道班房没有钟表。要那玩意做啥呢？路坏了随时就得修补，还能掐着钟点上班呀？笑话。日未出而作，天已暮乃息，这就是钟表。他们虽然没文化，却也明白，穿越柴达木盆地的青藏公路，是保障西部地区战略物资和生活用品供应的大动脉。他们紧攥着铁锨把子，心中充盈着责任感。

最初的生产工具是铁锨、十字镐和柳条筐。住的是帐房。后来配备了架子车。十几年以后配备了刮路板和骆驼。这是谁想出来的招数呢？简直就是了不起的发明！从此，由骆驼牵引的刮路板就成了海西州国道上几十年不变的风景，直到沥青路面的出现。

……一辆辆军用或民用的卡车、吉普车或班车呼啸着从养路工人身旁驶过，车后扬起的沙尘朦胧了骆驼和养路人的身影。从来没有人停下车，上前问候一声他们，也几乎没人看清过他们的面容。

"下苦我们不怕，本来就是吃苦人嘛。就是海拔高，面条煮不熟。高压锅？哦，那是很多年以后的事情了。吃水也是难心事。"孙秀仁老人说。

柴达木盆地以干旱缺水闻名。一些寥若星辰的沼泽和季节性溪流，离道班或远或近。夏天去拉水，冬天去挖冰。

而在五道梁，这个让经历过严重高山反应的人谈起来色变的地方，养路工们自己挖窖收集雨水。一夏一冬，就吃那有涩味的窖水。吃到春天，水窖见底了，这才发现死兔子和死耗子。

深夜里常常有不速之客敲门。挟裹着一团寒气进来的，往往是一个过路的货车司机，或是一个军车的司机和助手。车子抛锚了，饥寒难耐，怀着期望来道班讨一口热汤热饭。没说的，立即打火做饭。饭罢，在土炕上挤出一块地方，让客人住下。

那是粮食定量供应的时代，养路工们也常常吃不饱肚子。客人身上可能没有应急的粮票，临走，都会打个欠条交给主人，言明某年月日，在某道班吃饭几顿，合钱粮若干，日后奉还。部队对此事比较认真，每过一段时间，会有驻军某部的司务长乘车寻来，一个一个道班地核对白条子，送还粮票和饭钱，表达谢意。地方司机就难说了，会有人守信而来，也有人杳如黄鹤。下次，遇到类似的情况，道班工人还是照样接纳。"对不起，我们这里没有多余的粮食"这句话咋能说得出口呢？人家饿着肚子呢。

日子被风刮走了，刮不走的是绵延千里的公路。他们用汗水养护着，一锹一锹地，一米一米地，一年一年地。年轻的容颜被风刮走了，刮不走的是越刻越深的皱纹，还有星星白发。

许多养路工人的孩子都被耽误了学业。学校离道班远，走读不可能，住校没条件。有的长大后就接过了父辈手中的铁锹。有的带着没有文化的缺憾，去茫茫人海寻找出路。像汪永明那样念了书，又参了军，转业到地方，事业有成的，并不多见。

慕生忠将军当年抖落一身朝鲜战场的硝烟，带领一支特别能吃苦的部队，还有民工，仅用7个月时间，修出一条通往拉萨的简易公路，改变了原始的运输方式，缓解了西藏极为严峻的物资供应形势。这位"筑路将军"后来当之无愧地成为柴达木文史资料以及文艺作品中的明星人物。而养路人的功绩从一开始就被忽视了。30多年的劳动量累积起来，是否也相当于修筑一条或几条青藏公路？不好估算。

除了极少的几张照片，历史的记忆里再也没有他们的踪影。

"说起来，那个年代亏欠你们了。"我试探着小心地给冉世贵老人说。

"不亏不亏。国家对我们好着哩。"老人急忙纠正我的观点，脸上依然是憨厚的笑容。

在茶卡、格尔木、花土沟、茫崖、冷湖、马海……我注意着快速掠过车窗的路边景物，希望能发现一处保存完好的道班房。那是四面土墙围起来的院子，院子里头是所有道班房应该有的"标配"：几间呈丁字形的土坯房，靠墙放着的架子车、铁锹、十字镐、刮路板和挽具等物件。但是没有发现。

比起繁华的内地，海西境内高速公路的休息区都空旷、冷清。每次我在休息区踱步时，就有一个念头浮起：这么空旷的休息区，有一组雕塑该多好。一侧，是驾着骆驼刮路的养路工；另一侧，是宝塔形状的艺术造型，由新的、半新的、磨秃了的和磨得难以辨认的铁锹和十字镐堆垒而成。如此，这个休息区立刻会被历史气息激出些生动，游客逗留的时候，或许还能生发出一些感想。

从某种角度看，平凡是一种自我伤害，因为它太容易被忽略，它被忽略了，从而使历史的完整性有所缺失。与此同时，与平凡相对应的一些传奇，即使没有根，也无端地被人铭记。在格尔木，以展示慕生忠业绩为主题的将军公园里，有一面"南八仙"的浮雕很是吸引游客眼球，常有人在那里感叹流连，拍照留念。浮雕表现的是八个女地质队员在戈壁迷路殉职的情景。这段故事够得上凄美或壮美，近年来频频进入与柴达木开发史有关的文本之中。但没有多少人知道，所谓南八仙的传说纯属子虚乌有。那是假的，第一代养路工却是真的。

2015 年 12 月

# 我为什么不喜欢给自己留影

在胶片时代,照相成本太高,非专业人士一般玩不起。对于摄影,我懂得一些基本的构图、用光等方面的知识,但胶卷太贵,玩不起。进入数码时代,照相就像喝水一样方便。我的兴趣反而在下降。有时外出,带个机子也只为捕捉点有意思的人或景。唯独不喜欢为自己留影。有时只因为不便拂逆朋友的热情或者服从会议的安排,才勉强与别人或单独留一张影。原因有三:

一是觉得通过摄影留住自己形象的想法近乎自欺欺人。河水在流淌,生命在流逝,当你蹚水过河之后,没等穿上鞋子,河就不是原来那条河了。同理,在快门按下的那一瞬间,你已经变成了"旧我",比一秒钟以前老了。这种结果随着时间的流逝而变得异常无情。照片上的自己永远比当下年轻,这是一个残酷的事实。如果我们去翻检 5 年以前、10 年以前乃至 20 年以前的照片时,谁的心里不是充满了"流水落花春去也"似的失落感:我原先这么年轻!

既然如此,拍照到底干什么呢?是作为凭证,证明自己曾经到过什么什么地方,参加过什么活动吗?那又有什么意义?在日常生活中,除非涉及刑侦需要,谁又需要你提供这样的凭证?给自己证明吗?更没必要。人的一生中,如果某个地方的环境、气候、气味,以及跟你接触的那些人的神态、语气,曾经深刻地进入过你的记忆库,你将永难忘怀。难道说没有照相机的年月里,我们的记忆是一团模糊不成?以我个人的经验,所有最鲜明画面,都与生命体验有关,都保存在大脑皮层里,而不是胶片上。

二是因为照相的时候老有人提醒:"茄子!"为了不扫人家的兴,在快门按下之前,就得迅速换上微笑的表情,姿势也得摆一摆。于是,造假的照片就产生了。可以说,所有自觉的留影都在表演,都在造假。照片上的表情、姿态并不是你的常态。如果把它们集中在一个相册里,你会看到一个完全虚假的你——任何时候都是一脸阳光,精神抖擞。只有自己明白这不是真的。我倒希望有人给我拍下烦闷无聊、萎靡不振或笑出眼泪的样子,那倒更符合生活的真相。但是这样的照片迄今一张也没有,假如自拍或请人拍,那更是造假。

三是因为在影像资料泛滥成灾的今天,拍照的目的和意义逐渐丧失。拍照与其说是一种需要,不如说是一种行为习惯。正如手里如果拿着一把扇子,就会下意识地摇一摇;拿起一把玩具枪,就想扣动扳机一样,拿着数码相机,就无法拒绝镜头和快门的诱惑。右手食指毫无节制地制造着旋生旋灭、难以保鲜的幻影。结果是,大量旅游照片躺在电脑里或是堆在抽屉里,从此打入了冷宫,再也懒得翻动它。

2015年,我和朋友去俄罗斯和北欧旅游,除了拍点异域风光,极少给自己留影。我的兴趣在他人身上。由于担心侵犯别人的肖像权(西方人很在乎这一点),只能偷拍,顾不得选取最佳角度了。

比如,公园长椅上伏着身躯,吃力地用放大镜看报纸的俄罗斯老太太;在克里姆林宫红墙外面的台阶上坐着小憩,浑身沾满石灰斑点的男女农民工;冬宫的入口检票处,一有空闲就埋头读书、不玩手机的女管理员;在街头忘情地表演木琴联奏的民间艺术家;在高速公路服务区,独自坐在咖啡店一角,默默地想心事的导游姑娘(与几分钟前在旅游大巴上话语滔滔的她判若两人),等等。这些场景,吸引着我去窥测他们的内心世界,去寻找一种若明若暗的信息途径。我还拍了中国游客慌里慌张横穿马路的样子，在商店里一窝蜂采购的样子，在候机厅咋咋呼呼的样子……我给这一组图片起了个总名《到处都是咱们的人》。

多年前，有次去东大街办事，在一棵树荫下，看到一位上了年岁的环保工人，正靠着树身打盹，看来是累了。他用双手握着的扫把，支撑在胸前，以防止睡着后身体倾倒。他身上最鲜明的一个特点，是修剪得十分整齐的两撇胡子和刮得干干净净的脸庞。显然，这是一个虽然生活艰难但绝不马虎自处的人，那张脸和那两撇胡子足以代表他的乐观和自信。

可惜我当时没带相机。

鲜活的素材在现实生活中俯拾皆是。只不过如今的摄影家们一般都见不到这些，见到的多是"大美""神奇""秘境"等名堂。

如果站在历史角度看，摄影对社会形态的记录功能无与伦比。我们今天处在人造光影的包围之中，数码相机和网络的神奇功能，使得每个人成了摄影家。在网上偶尔也能看到一些有现实深度的摄影佳作。让人感觉到，一张具有强烈现实精神的图片，其思想内涵远超洋洋数千言的文章。问题是，摄影手段在网上的出色表现，都是偶发的、零碎的和难保不失片面的。要想用镜头描绘出一个比较囫囵的世界，那需要摄影家的职业精神，需要十年磨一剑的耐心。可是有谁愿意踏破铁鞋，去一枝一叶地寻觅和积累，以期完整地再现社会的真实形象？有谁连续不断地、长期追踪过某一个行业的兴衰、某一种风气的消长？有谁用了10年、20年或更长的时间，用镜头锲而不舍地记录过某一处村庄和城镇的沧桑，一处雪山或湿地的变化，为历史留下最权威的佐证？在表现人间美景的作品趋于饱和的今天，摄影家们仍然在不厌重复地瞄准名山胜水，比赛着拍摄技术、印刷技术和制作成本的投入，结果是精美的画册汗牛充栋，受众都差不多患上了视觉厌食病。

这真是摄影的悲哀。

2014年9月

# 假如夏吾才让跟了张大千

1988年夏,我和一位记者去黄南州采访夏吾才让。大师家住同仁县吾屯上庄。那是一个宁静疏朗的山村,村里不少农家都有绘制唐卡的人。

夏吾才让那时刚刚获得中国工艺美术大师称号。他是青海第一个获此殊荣的人。但从他脸上看不出一丝荣誉感。言谈之间,除了农村人固有的诚朴,还透出些佛家弟子的恬淡和超脱。

大师那时年近七旬,瘦削,清癯。眼睛不大,但有神采。他不懂汉语(这让我们有点意外),也不太爱说话。我们之间的交流是靠州文化局干部杨秀(名字我已记不准了)做的翻译。

我们在主人引领下参观了他绘制的几幅唐卡。虽然我对唐卡艺术素无研究,但面对那一幅幅工艺精品,我们立时被倾倒。这些用迷人的线条勾勒的佛像、云朵、莲花、殿脊瓦楞、袍裳褶皱,绚丽如梦幻,细微到毫发,让人叹为观止。

我们想了解夏吾的从业生涯。遗憾的是,由于语言障碍,他说得很简略,而且几乎听不到细节。或许是他自己把它们丢失了。一个人对于生活的独一无二的体验,以及在艺术天地里的感悟都无从窥探。我们无法深入到他的内心。他为什么不学汉语呢?农业区的藏族学汉语,乃是笼中捉鸡一般的事情啊。

对于他的一些经历，我们仅仅知道了梗概。18岁时他遇到了中国画大师张大千。他那时是塔尔寺的一名普通画工。张大千来青海是为了一个绸缪已久的宏大计划——去敦煌莫高窟临摹壁画。他从四川来青时带着家眷，准备在敦煌稳稳当当地住下来，不慌不忙地实施他的计划。但这个计划他难以独自完成，敦煌壁画浩瀚璀璨，靠他一双眼睛两只手远远对付不了。他需要帮手。对此他早有主意。四十出头的张大千，不仅早已成名，而且久闯江湖，老于社交。他先是拜见和游说塔尔寺的寺主，征得同意后，挑选了二十几名画工给他做帮手，其中就有夏吾才让。考虑到迢迢旅途的安全，他又说动了权倾青海的政要。最终，派出一个排的兵力，护送张大千他们到敦煌。

莫高窟的凋敝让张大千吃惊。由于国民政府财力捉襟见肘，又兼连年战争，莫高窟连起码的值守经费都难以保证。年复一年，风堆沙拥，都快把一个个洞口埋住了。夏吾他们的头一个任务就是挖沙清理洞口。

他们在敦煌一住就是两年多。每天重复着同样的工作：借着烛光，伏在画板上临摹壁画。一般情况下，由张大千构图，画工们调制颜料，为画图着色。张大千为什么专门来青海找人，而不是直接从四川带上技艺娴熟的帮手，这下清楚了。作为国画大师，虽然对于色彩的掌握早已炉火纯青，尚不掌握天然颜料的特点和用色技巧，并且，敦煌壁画极为强烈的色彩搭配，与他过去平淡简约的画风也大不相同。面对佛教壁画艺术这一课，他还得从头修起。他找的这些画工，既是帮手，也是师傅，他实在是找对人了。

我后来看到一些介绍夏吾才让的资料，都说"早年师从张大千……两年后师满……"云云，似乎是夏吾得了张氏真传。我认为这是臆断之言，缺乏依据。他们之间并没有正式的师徒关系，充其量是夏吾受了张氏的一些艺术熏陶而已，本质上还是雇主与雇工的关系。可以肯定的是，敦煌两年，张氏所学到的，肯定比夏吾所学到的更多。这从他俩各自后来的艺术发展就可以看出。张大千回到四川后，画风大变。莫高窟的壁画给了他深刻的艺术启迪，此后他的画作一改往日的纤细阴柔之态，气势恢弘，色彩极度绚丽，线条柔中带刚，尽展盛唐遗风。除此以外，他也从夏吾他们那里学到了天然颜料的独特用色知识。可以说，敦煌两年，张大千是最大的艺术获利者。这"利"也包括他最后带走的那二百七十多幅临摹作品。而夏吾才让呢，收获也不小，敦煌的两年临摹实践，对他来说，无异于一场旷日持久的高级研修。内心的艺术感受必然大异畴昔，他日后绘画技艺的精进，毫无疑问也包含着敦煌的艺术营养。只不过面对我们的询问，他仍然是"茶壶里煮饺子——倒不出来"，讷讷数语而已，无力做出归纳。

但有一个关键问题：夏吾才让从张大千那里学到了什么？他后来画的唐卡作品中，借鉴了张氏的哪些技法？对此提问，夏吾依然语焉不详。这固然由于语言表达的困难，但也说明了一个清楚不过的事实：张大千带夏吾才让他们来到敦煌，是来给他干活的，并不是来给他们免费当老师的。不仅如此，艺术切磋的基础也不存在。一方是博学多才、蜚声海内外的艺术大家，一方是技能熟练而没有多少文化的年轻匠人，素养相去甚远，难以论道。

所以说，夏吾才让与张大千到底有无师承关系，这是明摆着的事情。

这是闲话，暂且按下不表。

值得一提的是，在敦煌期间，张大千从众多的画工中发现了夏吾才让出色的天赋，有了收他为徒弟的想法，曾不止一次地动员他："夏吾，等把这里的活弄完，跟着我走吧，去四川学画画。要不要得？"

夏吾的机会来了。须知，当时江南画界有多少青年才俊欲拜张氏门墙而不得。现在，登天的梯子就在眼前，何不就此攀援而上，去叩响国画艺术的壮丽宫阙？

然而夏吾和机缘失之交臂。他犹犹豫豫地回绝了张大千。我们问起原因，他含糊地说是不想离开家乡。这让我们深深地为他惋惜，尽管这事与我们的采访主旨无关。但，惋惜归惋惜，理解归理解。妨碍他做出决断的，就是青海人固有的地域文化心理：保守和谨慎。和偏远地区的普通农村人一样，夏吾对于出去闯荡世界心里没谱，缺乏勇气。

此后我经常设想，假如当年夏吾毅然决然地跟了张大千，离青入川了，那会怎么样？

一种可能是，他会得到张氏亲炙，很快进入一条旁人也许要摸索多年才能找到的路径，迈进中国画的门槛，惊叹其堂奥之深。他会跳出唐卡艺术的拘囿，一头扑进中国画无比广阔的天地，从张氏那里全面地学到花鸟、人物、山水等不同题材的画法，掌握工笔、写意、重彩和泼彩等技法的神韵。以他的颖悟和勤奋，技艺突飞猛进，多少年后，他应该化茧为蝶，成为艺术领域中神仙般的人物了。

但事情也许不像我想的那么简单。从画匠到艺术家，有一个难以逾越的障碍，那就是综合文化素养。中国画讲究诗书画一体，其实是强调画家首先必须是文人。全面修养的建立，才有发展的可能。夏吾才让没念过书，文化素养先天严重不足。除非他用上十几年工夫，"恶补"汉文化课。且不论有无此可能性，即使有了，如没有创新能力，也未必成为第二个张大千。更大的可能是，他最终成为一个功底扎实但构思平平的画家。因为，绘画艺术与工艺美术不同，前者重创造，后者重传承。创造能力强的古今名家，多为狂放不羁，善于奇思妙想之人，这近乎"气质决定论"。夏吾的气质显然不属于这种类型。技能可以在后天磨练，但气质多半是从娘胎里带来，而不是从老师那里得来。虽说每一代国画大师都在以前人为师，但绝不是对前人的重复。他们信奉的是"师古而不泥古"，是"学我者活，似我者死"。他们终生追求的是自成一格：我不想像你，你也别想像我。所以，不仅张大千没有传承人，齐白石、徐悲鸿也没有。再往前，郑板桥、王冕、徐渭、石涛、八大山人、赵孟坚、韩滉、顾恺之……也都没有传承人。

工艺美术就不同了，它讲究的是规范和传承，忌讳的是随意突破和改造。所谓推陈出新，也只是雷池之内的动作，总不会越界。当然，能够把规范演绎到极致的人，也是高手。夏吾才让苦心磨炼，在线条勾勒、结构比例、色彩调配、人物造型等方面将他平生所学融会贯通，把热贡唐卡艺术的绘制水平推到了新高度，已属难能可贵。

所以，假如夏吾当年跟了张大千，青海此后将少了一位顶尖级的工艺美术大师，而中国画坛未必多出一个重量级的画家。年少的夏吾才让老实保守，没有跟着张大千负笈远行，选择留在家乡，也许是对的。

人世间能人真不少，但深知并能把握好自己的并不多。把握好的，就是成功者。

2007年2月

# 好故事　堪思量

一般来说，媒体的报道只适合于从媒体的角度去解读。如果换个角度看，有时会看到完全不同的意义。

2005年初，央视曾两次播出过一个专访节目，说的是一个普通农民冒险搭救城里人的故事。梗概如下：家住湖南张家界的农民赵明健只身进山砍柴，傍晚即将返家时被剧毒的五步蛇咬伤。出事地点离山外颇远，快走也得两三小时，显然赶不上蛇毒夺命的速度。为了保命，赵明健毅然用砍柴刀将毒蛇咬伤的右手食指斩断，越莽穿榛，沥血逃命。与此同时，已经进入血液的蛇毒已顺着静脉向心脏偷袭，他感到一阵阵头晕恶心，两腿发软。在与死神赛跑的途中，隐约传来的呼救声却让他停下脚步。循声找去，原来是一对由上海来此旅游的年轻夫妇误入峡谷迷路，困在悬崖中部的一处石坎上，上下不得。其时二人已经喊得声嘶力竭，但空谷无人，暮色渐浓，忧惧烧心。赵明健情知自己命悬一线，耽误不起，但又不忍离去。当他用血流不止虚弱无力的手将这夫妇二人救上悬崖后，后者这才得知救命恩人的危境。赵明健借用对方的手机给村里报了信，给夫妇二人指明一条安全出山的路，自己选了一条险而捷的陡峭小径继续逃生。当他终于逃出大山时，已经精神恍惚，视力模糊。所幸村里人及时开车赶到，把他送到乡卫生所，随后又转到县医院……

事情的结局是，樵夫赵明健大难不死，15天后出院回家。住院期间，那上海夫妇人托人给赵明健送去了800元钱以示感谢。

这个以倒叙方式展开的短片中，有两处地方给人印象深刻：一处是记者问赵明健，你当时已有生命危险，为什么还要去救他们？赵明健回答，那会儿感到身体虚得厉害，估计逃不出去了。心想，不如把他俩救上来。丢一条命，换两条命，值了。另一处是，那位获救的上海男士在家中抱着出生不久的婴儿，很幸福也很真诚地对尚不解人言的小宝宝说（当然也是给镜头后面的记者说），孩子，要不是那位赵大叔，爸爸妈妈就没有今天，当然也不会有你了。

故事梗概大致如此。读者也许要问：一方有大义，一方有真情。这有什么问题吗？

好像有点问题。问题就在那800元钱上。

这个800元，像个扎眼的刻度，显示了"情"和"义"两者之间严重的价值错位。这两位被救者不至于不闻"受人滴水之恩，当以涌泉相报"这句如雷贯耳的古语吧？真要是滴水之恩倒也罢了，但他们所受乃是涌泉之恩，然而竟以滴水相报！试想，这年月，治个普通感冒就得化去数百元乃至上千元，赵明健住院半个月，花费可想而知。他是个穷人，亟需银两，此其一；而那上海夫妇并不穷。从形象上看，那人仪态雍容，若非小资，定属白领。此其二；退一步说，假使他们不属小资白领，也不会不懂得生命无价这个道理，此其三。那为何会以如此寒碜的方式行事呢？让我们来猜想一下他们的逻辑。

——在那个绝处逢生的夜晚，回到宾馆后，惊魂未定的年轻夫妇，庆幸之余，又经历了怎样的思量和计算！砍柴人救了自己的性命不假，笃定要感谢的哝。但话又说回来，造成他住院的元凶是五步蛇，这与阿拉无关，两码子事不能扯在一起。所以也没必要把他的住院费全包下来，适当表示即可。但表示多少，一定又难坏了精明的上海夫妇。太少了小气，太多了犯傻。那就500元以外，千元以内吧。800元蛮可以吧？晓得一个农民打一个月工才挣几个铜钿？再说了，要不是阿拉的手机，那人是死是活还不好说的咦。

——猜想当然不能代替事实，但除了这样的逻辑，还有什么样的逻辑能解释这个800元？

休矣！不要再揪住这两个人不放。吝于报答的人，何处没有，不足为奇。

孤立地看，大千世界，多几个或少几个吝于报恩的人，无妨大局。关键要看社会主流意识对此类行为的态度。主流媒体当然代表着主流意识，而媒体的价值尺度不可能完全不受记者个人价值观的影响。赵明健事件显然被央视是当作一桩佳话来定位，让当事者双方各领褒扬，而没有发现其中的问题。看得出来，由于记者的价值观更接近小资白领一族，所以他们对滴水之价报涌泉之恩的悖谬没感觉，把缺憾也当成了完美。

2006年6月

# 羞　耻

在这样的时刻——马头琴奏出蒙古长调深情的旋律,哈达在你脖颈上飘拂,盛装的男女用歌声敦请你饮下银碗中的盛情时,你不能不承认,蒙古族、藏族、土族、傣族、瑶族等许多少数民族的礼宾习俗,不仅不显衰老,而且在形式的典雅和实际感染力方面,远胜汉人一筹。

今天的汉族人,尤其是居住城市的汉族人,礼宾形式已经退化到"直奔主题,不讲构思"了。

在内蒙古西部的伊金霍洛旗,我们参观了鄂尔多斯人的婚礼。这是一场内容丰富而又井然有序的礼仪活动。从黄昏到深夜,时间被严密的程序分段切割了。婚姻的神圣以及婚姻包括的全部意义,仿佛都浓缩在这些程序之中。从迎亲队伍受命出发到最后大礼告成,几乎没有一刻时间因为闲置而使人打哈欠。

热烈到极致,却没有哄闹,没有庸俗的玩笑,没有绾袖挖掌的喝呼,更没有执耳强灌的敬酒。婚礼就是在古老风俗中的沉浸。沉浸是为了享受比酒更醇厚的内容。

这个曾经茹毛饮血、在马背上成熟起来的民族,曾以怎样的执著,寻求过使人性的光彩得以焕发的礼宾形式。

在这一点上,他们成功了。

而素以礼仪完善著称的汉族，在这一点上却是衰落了。

婚礼已无确定的形式可言，而内容，基本只剩了两个字：吃、喝。附带一些佐料，那就是对新人的庸俗调笑。

当感觉到礼仪形式的贫乏，而婚礼又不能没有气氛时，庸俗便成为必然的选择。在越来越多的城乡，一个曾被历史淘汰了的陋习，又堂而皇之地成为婚礼上的主要节目。那就是"抹黑"。

抹黑一般在婚宴开始后进行。新郎的父母（有时也会殃及叔伯、弟兄和舅妗），被黑鞋油涂抹了脸面，推出来亮相，以期引起满堂彩。

据考，这个节目起源于远年一则乱伦丑闻，因为满足了粗鄙无文的先民们不健康的心理需求而流传下来。但因为自知不雅，早先是绝对禁止在娘家人离席前表演的，如今偏偏登上大雅之堂，在宾客齐全的时候上演。而在场的娘家人呢，要么讪讪地笑着，装傻充愣；要么大吼一声掀翻席桌，愤然离去（这样的事情曾经有过，现在没有了，因为麻木了）。

总人口和历史文化处于相对优势的这个群体，用美好的习俗来塑造自己形象的意识已经相当淡薄。

有一个全国性的会议在内蒙古呼和浩特市召开。会议的内容和形式都没有毛病，毛病出在一些细节上。

宴会即将开始，主人毕恭毕敬地致辞、介绍当地文化。客人们心不在焉地听着。嗡嗡的交谈声时小时大，淹没了扬声器的声音。有人不等讲话结束就拿起筷子操作。

其实，这样的细节发生时，人们也都知道不妥。只是，被大不咧咧的作风滋养起来的自尊，本身就是一道坚实的屏障，谁又好意思为一点小事去捅破这道屏障呢？

于是不和谐的细节，像渠岸罅隙中的水，在会议期间继续渗漏着，以至不可收拾。

会议转移到包头市。由于会议规模之大和人才之盛，包头市的五大班子给予很高的礼遇。宴会厅里的气氛相当隆重。

主宾双方的代表按程序讲话。这时正菜还没上,桌子上只有凉盘。但此刻,人的自制力竟变得异常脆弱,始而喁喁,继而嘈嘈,麦克风前的讲话声很快被淹没。这个或那个角落,易拉罐像放冷枪一样噼啪作响,终于有人率先拿起卤猪蹄,咬嚼有声。这使坐在主桌上的会议领导人很难堪。待到东道主致辞完毕,端起杯子为全体客人祝酒时,不少餐桌早已自动开吃,离主桌远点的,竟已酒过三巡了。

席间,包头市全体领导人在大会秘书长的陪同下逐桌给客人敬酒。离开主桌愈远,他们的视野愈开阔:半数客人早已打着酒嗝离席而去。

可以想象代表客人一方的大会秘书长当时的尴尬。

令人担心的态势伴随着嗡嗡声又一次开始萌动。这是次日中午,在一家大型国企的多功能大厅里,讲话开始之前。

大会秘书长,一位宽厚慈祥的老者,国内知名的专家,这时脸色变得严峻而不安。稍一犹豫,他毅然走到麦克风前,尽量克制着自己,说:

"现在宣布礼宾注意事项:

一、主人宣布宴会开始之前,请大家不要动筷子。尤其不要拿起猪蹄去啃!(说这话时,他的脸色因为愠怒而涨红了。)

二、有人在麦克风前面讲话时,请大家不要开小会。

三、主人没有宣布宴会结束,请大家不要离席!"

一群文明人,一群有着各种职称和官衔的人,就这样,当着东道主的面被教诲了。这的确使人尴尬。东道主的脸上也不自在。

但大家都很清楚:在自尊的屏障上终于捅了个大窟窿的,绝不是眼前这位老者。

约法三章果然有效,这一餐饭终于吃得有模有样。

但我知道,这只是一个偶然,人们很快会忘掉这次尴尬。在今后的许多日子,在许多庄重的场合,还将重演那种不说破不好看,说破了也不好看的喜剧。

然而这种事情在远离现代文明的偏远地区反而很少看到，比如在牧区。熟悉那一类生活的人都知道，在一切需要注意礼节的场合，失礼的行为有可能成为一个永久性的话柄，甚至成为失礼者的绰号，受到无限期的嘲笑。其结果是人们对关于脸面的事格外敏感，礼仪于是被牢牢抓住，沿袭下来了。

一位在青海湖宾馆工作的朋友来西宁采购餐刀。他告诉我：去青海湖开会或观光的客人都很体面，可是用完餐之后，服务员常常发现吃羊肉用的餐刀短少了。一年时间，竟有一百多把折叠式餐刀消失了。

"啊啊，达诺勒嚓麦格！（藏语：羞没有！）"这位憨厚的小伙子笑着说。他告诉我，这次准备再买一百五十把餐刀带回宾馆，不过都准备买成无法折叠的木把刀。笨是笨一点，往口袋里装就不方便了。

"不过一定要往口袋里装，我也没办法。客人都是体面人，总不能盯着人家吃饭吧？"

他说得对。眼睛盯着当然不是办法，约法三章也不是上策。最理想的情况是：让人类的羞耻心盯着自己。

1995 年 9 月

# 瑰 宝

写下这篇追忆性文字,缘于二十多年前的感动。

大幕缓缓开启,演播大厅里滚过一阵惊讶的声浪。

一片绛紫色团花长袍,一片雪白的头颅,一层层排满整个舞台,像大型群雕,像巨幅油画,像五百罗汉,像列祖列宗。

这是云南纳西古乐首次进京演出,我有幸一开眼界。

望去多是垂暮之人。只有扬琴后边的两个纳西族姑娘,像新发的幼枝,点缀在枯松林里。

怀抱乐器,石雕般沉静,仿佛在等待蟠桃会上司仪神的一声号令。一张张被络腮胡、三绺胡、八字胡、山羊胡或短髭围裹着的脸庞,清奇古朴,有如前朝遗老。

乐器,也正好与他们的形象般配:鼓、钹、镲、锣、磬、琵琶、三弦、胡琴、中阮、洞箫、竹笛、檀板。还有一些,我叫不上名字。

一位身穿蓝布长衫的人来到前台。黝黑、清瘦、目光炯炯。他自我介绍说,名叫宣科,是纳西族人。看得出来,这是个见过大世面的人,即使在首都舞台上,他也很放松(后来我查阅资料,才知道他是纳西族的传奇人物,或神奇人物。行将湮没的纳西古乐就是他发掘整理出来的,并把它推向了世界)。

宣科说话诙谐机敏，操云贵口音。说到重要概念时，改用普通话重复一遍（后来才知道，他说英语比说汉语还流利。）

"是我们纳西族人，把汉族的古代音乐保留下来了！而我们当中的好多人，不太懂汉语。"宣科微笑着说。

惊讶的啧啧声此起彼伏，演出还没开始，感动已经激荡在心头。

他接着介绍乐队。他说这个乐队有"稀世三宝"：古老的音乐、古老的乐器、"古老"的演奏者。乐曲，有九百多年前的，有一千三百多年前的；乐器，多是百年以上的物件，是文物或者准文物。说着他从一位老者手中拿过一把琵琶，给大家看，"这把琵琶已经家传一百六十多年了，请看这上面是什么？"他指着琵琶侧面和背面乌黑发亮的地方，"这是包浆。其实呢，就是污垢！大家不要笑，是污垢。能不能把它刮掉？不能。这是历史，历史不能刮！"观众都笑了。

——演奏者。他说台上的演奏者平均年龄70岁以上，年龄最大的85岁（后排怀抱月琴的一位老者站起来缓缓施礼），81岁的有三个。

宣科脸敛起微笑，庄重宣布："今天晚上，我们要给大家演出的曲目是：元曲大家张养浩的《山坡羊》，唐代宫廷音乐《紫微八卦》，还有李后主李煜的《浪淘沙》。"

一声粗哑悠长的呼唤，好像穿过历史的烟尘传来："山——坡——羊——"发声的是坐在云锣架子前的长髯老者，长得有点像陀思妥耶夫斯基。

山雨奔逐，天籁齐发；秋飙乍起，万壑争鸣。古老的乐器瞬间苏醒，满台的雕像顷刻复活。一种从未领略过的艺术美感颠覆了以往的经验，让人有点恍惚，不知此时身在唐耶？宋耶？

华丽如天女散花，质朴似老僧诵经。春水排成波次，一层层漫过田野；战马列为方阵，一队队走过校场。没有人指挥。那些骨节突出、青筋凸露、劳作了一生的大手在琴弦上保持着惊人的默契。手爪僵硬，指法粗犷。见不到"轻拢慢捻抹复挑"的细腻技法，整齐的弹拨仍然营造出动人心魄的力量。

两位纳西族少女婷婷袅袅走到台前，红唇轻启，唱出一腔凄美：

"峰峦如聚，波涛如怒，山河表里潼关路。望西都，意踟蹰，伤心秦汉经行处，宫阙万间都做了土。兴，百姓苦；亡，百姓苦！"

张养浩的这首《山坡羊·潼关怀古》，我熟悉。那仅仅是纸面上的熟悉。没想到，当文字和音乐产生"化合"时，会释放出这么大的艺术能量。

借助飘逸的旋律，想象的翅膀忽而飞上了云霄，忽而又回到人间，"兴，百姓苦；亡，百姓苦！"

我仿佛看到，黄埃散漫中，被朝廷重新起用的贬官张养浩，辞别山东家人，风尘仆仆奔赴陕西关中赈灾的身影。赤地千里，饿殍载道。他散尽随身所带银两，拯救苍生，心力交瘁，死于任所。

云锣一声，敲在观众心上。最后一个"苦"字余音袅袅，飘向岁月深处。

在古今各种版本里冬眠着的这首著名散曲，今晚复活了。

宣科走出来介绍即将演奏的《紫微八卦》。他说这是唐开元二十九年，也就是公元741年，唐玄宗李隆基为举行太平宫的竣工典礼而御制的"法曲"，有幸由纳西族音乐家保留到了今天。它的姊妹篇《霓裳羽衣舞曲》失传已经九百多年了。

他再次自豪地说："古代汉族的宫廷音乐、丝竹音乐，还有儒家的雅集音乐，在中原地区消失已久，由我们纳西族兄弟保留了下来，这是中华音乐文化的幸运。否则，我们，以及我们的后人，将永远听不到中国的古代音乐！"

哗哗的掌声表达了对"幸运"这一判断的认可，也表达了对纳西族人民的敬意。

以祈福为主题的《紫微八卦》，把观众带入神秘的境界。吹奏乐，打击乐，弦乐，彼此回护照应，控制着曲子整体的和谐。弦索的浪涛低沉下去时，笛子的清音高高扬起，似云雀振翎于霄汉；云雀敛羽，洞箫如夏日山泉，呢喃在涧底。镲钹轻拍，引领着节奏，羯鼓一捆，又把观众从陶醉中唤醒。

旗幡，伞幄，斧钺。袍袂飘拂，环佩铿锵。是天尊嫁女，还是玉帝庆寿？肃穆，雍容，高贵，恬淡。与现代交响乐截然相反，堂皇而不张扬，宏大而不强烈。或许，这就是唐代士大夫所崇尚的"中正平和"之音？

……一时高会阑珊，风送流星云追月。怀抱牙笏者，羽扇纶巾者，缁衣黄冠者，纷纷跨鹤乘麟，驾莅尘寰，为人间降下福祉。龙吟凤鸣之声，回荡于舞台，而那些皓首白须的演奏者，俨然一个个活神仙。

大厅再次被掌声淹没。我想，所有的人，都会打心底感谢纳西古乐，是它守住了被汉族人丢失已久的艺术瑰宝！

演奏《浪淘沙》之前，宣科讲到李后主的命运，讲到元曲在传播中分化为"南音""北音"的过程。这位纳西族才子，不仅精于音律，也谙熟中国古典诗词。

细乐营造出清幽、淡远、伤感的意境。还是那两位纳西族少女，柔情万般地唱出了一位亡国之君泣血锥心之痛：

窗外雨潺潺，春意阑珊，罗衾不耐五更寒。梦里不知身是客，一晌贪欢。独自莫凭栏，无限江山。别时容易见时难。流水落花春去也，天上人间！

天才的词人李煜有意把悲怆的呼号淡化为娓娓诉说，而两位少女的婉转歌唱，也恰好印证了鲁迅说的"隐藏在文字背后的东西比呼喊出来的更猛烈。"

一种热辣辣的感觉涌上心头，我虽然看不到其他观众的脸，但相信一定有很多双眼睛在发潮。

——几年以后，我看到《人民日报》报道：纳西古乐在维也纳演出时，台下一位德国音乐家泪流满面。他在接受记者采访时说："我相信，这样的音乐，全世界每个地方的人都能听得懂！"

大幕在演奏者第二次谢幕之后落下。观众意犹未尽，还在鼓掌。大幕再次开启，空荡荡的舞台上，只有宣科一人。他神情萧索，深鞠一躬之后说："朋友们一定在关心纳西古乐的未来。我要告诉大家的是：纳西古乐前景不妙！"

一句话如同一股寒流，冻僵了人们的感动。他稍微犹豫了一下，又说："我们团里的这些宝贝——高龄的艺人，平均每年过世两个。这才十月份，今年的两个'指标'已经用完了！"

又一记重锤敲在观众心上，唏嘘之声此起彼伏。

瘦削、黝黑，身穿蓝衫的奇人宣科再次深鞠一躬，黯然离去。

这可真是"春风堪赏还堪恨，才见开花又落花！"

二十多年后我偶然在网上浏览，欣喜地看到纳西古乐还活着。只是演出阵容远没有当年我看到的壮观。他们苦苦支撑到今天，有点杜鹃啼血的味道。而观众呢，几乎可用"寥若晨星"来形容。这才过去不到三十年，滚滚红尘中，乱心迷情的东西足以将人的视听淹没，有兴趣聆听历史的人日益稀少。

依然是一片雪白的头颅，依然是绛紫色团花长袍。但，此头颅非彼头颅，许多人早已驾鹤西去，当年黑发如漆之人，如今也已经白雪盈巅。

宣科还在主持演出。他虚胖，迟缓，明显地老了，目光里偶尔会飘过一丝迷茫。他大概没有料到，纳西古乐的危机，远不像"后继乏人"四个字那样简单。

**2018年10月**

第六辑
微信芥拾

生活已被速度绑架。享受慢生活只是个奢望。难得的一点宽裕,又被足以炫目乱心的海量信息吞噬。

# 何处是甘泉

水土是养人的必须条件，但水与土的作用不一样。水对人的影响更大一些。

人皆知儿童大脑发育时期，极需要营养。但营养并非人人可得，在贫困的年代、贫困的地区，偶尔享用一顿荤腥都是难得。但水是天天要饮用的，在食物营养不足的情况下，水质的重要性就凸显出来了。

青海有几处地方水质优良：

一处是青沙山——群加——拉脊山东段——千户、尕让，这是一条地质带，出山之水基本都是矿泉水。石壁餐馆和尕让餐馆的羊肉面片有名，并非厨师技高一筹，乃水质优良之故也。山泉水煮的羊肉与自来水煮的羊肉，滋味有别。但凡有野外生活经历的人，当知我言不谬。

处在这个地质带的人口，据我有限的观察，聪明伶俐之人居多，这是水质的好处。

一处是瞿坛地区。我曾撰文描述过，瞿坛虽属贫困地区，但这里的人，形貌多属端好，智商也都不弱，也是因为瞿坛河的水源来自乐都南山的清泉。

一处是格尔木。格尔木的地下水来自昆仑的雪山融水。雪水渗入地下，在岩层中经过几年乃至十几年的缓慢迂回，已经被充分矿化了，所含矿物质之丰富，省内绝伦。

　　我在德令哈生活期间，常听人说，格尔木的水养女人不养男人。的确，格尔木女人的皮肤比州内其他地区要好一些。但同一种水，为何养女人不养男人，殊不可解。

　　一处是大柴旦。大柴旦之水来自达肯达坂山的雪山融水，从山麓冒出来，自然也是矿泉水。据我一位亲戚讲，他注意到几个在大柴旦工作多年的人，初来时，已经早生华发，而在这里生活了几年之后，头发慢慢变黑了！

　　一处是大通宝库乡。从那里铺设30多公里地下管道，引到城西区的水，是全西宁市最好的水。

　　还有化隆昂思多的水，民和七里寺的水，人所共知，兹不赘述。

　　能享用这样的水也是福气

2018年1月

# 水土与颜值

水土的优劣与人的容貌——时髦语所谓"颜值",究竟是什么关系,颇为蹊跷。要说是相对应的关系,那么,桂林山水甲天下,人的容貌也应当一流。而实际情况呢,差不多相反;陕北高原千沟万壑,干旱多风,但"米脂的婆姨绥德的汉",并非虚誉。要说是相对立的关系,也不尽然。江淮平原、江汉平原,地既膏沃,人多清秀。有谁见过长得丑的上海人?我从来没见过。得承认,上海人的平均颜值上乘。

人都觉得两广地区人长得困难些,但人家自己不这么认为。我在广西参加会议期间,屡听东道主自豪地说:"我们广西山清、水秀、人美啊。"每次我都在心里说:"第三条不敢苟同!"

也难怪,人种不同,所见妍媸不同。我曾经无知地以为,汉族就是一个人种。后来才知道汉族又分好多人种,比如华北特殊人种、西南人种、吴淮人种、瓯越人种、马来人种,等等。地理环境、文化背景差异很大,欣赏的眼光自然也各不相同。

但是真的没有目光一致的时候吗?也不见得。孟子说:"目之于色,有同美焉。"西施、王昭君、杨玉环的美貌,人所公认,且不去说。在现代社会,地区性的、国际性的选美大赛所选佳丽,有目共睹,大概没有哪一类人会认为不好看的。

不同的眼睛,会被不同的蝴蝶所吸引;但所有的眼睛都会被最美丽的蝴蝶吸引。

曾经看到过一则报道,说是港台地区的有些少女,喜欢看大陆央视的新闻联播节目。英俊端庄的男主持人一出现,她们目不转睛,大饱眼福。这说明那里的人存在颜值自卑感。

甘青一带,地理条件比内地差好多。但这里的人,比起晋、陕、豫的人,平均颜值并不差。这并非我的偏袒,是外地人的印象。

2018 年 1 月

# 环境与民歌

人所依赖的自然环境对情绪的表达方式有决定性作用，比如说民歌。江南地区，山水养眼，风光妩媚，故多温婉缠绵之音；西部高原，地阔天宽，风物峻烈，故多慷慨悲切之声。

不仅如此，人口密度也对歌唱方式发生影响。人口密集地区，一声吆喝就会喊穿几条街，故不敢扯开嗓子去唱，以免惊扰他人；地广人稀之乡，登高一望，少见人烟，随你用足丹田之气去吼，无人知晓你五音全不全，毫无心理障碍。

于是，南北民歌的基调有了初步分野。

只要回忆起电影《刘三姐》的歌曲，满耳朵都是"啰来——啰来"的尾音。

"啰来——啰来"，是用温文尔雅的语气表达情绪。无论悲与喜，讽与怨，总之不会太强烈。在西部，由于空间的博大，愈加凸显出生命的渺小和生存的艰难，以至连爱情都是稀缺资源。所谓"五步之内必有芳草"，那是来自繁华富庶之地人们的感觉，而在西部，鞋底磨穿，也未必遇得见心仪的芳草。于是情发乎中，吼一声"看去时容易摘去时难"，以泄胸中块垒，成为必然的精神诉求，高亢悲凉的民歌基调由此形成。

由此可知，"啰来——啰来"绝不可能出现在西部。

南方歌曲中不乏优美的曲调，也仅优美而已，唯独缺少撼人心魄的力量。环境决定了歌曲的创作者不可能有抗争般的创作冲动。

2018 年 2 月

# 水调歌头

苏轼的《水调歌头——明月几时有》被现代人谱了曲子，已经传唱了三十多年。不知作者是谁，我想当然地认为，这人很可能是个南方人，有着岭南民歌式的音乐思维，不仅如此，他还是个没经过苦难，生活优越，思想浅薄的人，他把一首千古绝唱给糟蹋了，把一首翻滚着激情与想象，纠结着矛盾与豁达，寄托着思念与祝愿的作品，演绎成了类似于摇篮曲一样的玩意儿，一点筋骨也没有。这厮！

苏轼在贬官期间创作的《水调歌头》，历来被认为是中秋词之冠。南宋著名文学家胡仔干脆说："中秋词，自东坡《水调歌头》一出，余词尽废。"

借苏词的光辉，曲作者成功地把平庸至极的货色兜售了出去。我每次听到那种甜腻腻、淡兮兮的旋律，都会关机。这不是苏轼的心声！这是最适合于一个生活安逸的白领或小资，拍着宝宝入睡时哼唱的曲子。苏轼在《水调歌头》中所构建的无比瑰丽的精神世界，被他改造成一潭水波不兴的小池塘，不闻龙吟，只有蛙鸣。

无论如何，才华黯淡的人和阅历太浅的人，是不适合给苏词谱曲的。

2018 年 3 月

# 平川里没有牡丹

花儿"上去高山望平川"既有象征意味，也有哲学意味。说象征，是因为平川里未必有牡丹。即使有，人在高山，哪能看得见？又不是鹰的眼睛。所以，花非花，它只是象征着臆想中的美人，也象征着人世间一切美好的事物。说哲学，是因为这首歌表达了旧时代青海人对客观世界的基本态度——悲观的、保守的、有宿命色彩的态度："看去时容易（着）摘去时难，摘不到手里是枉然。"不仅美人可望而不可即，人世间大多美好的事物也都可望而不可即。认识到这一点，已经"近乎道矣"！原创者或许是个文盲，但他却有哲学家般的清醒。

悲观，但不绝望。这一点很可爱。明知摘不到手里，也不放弃对美的想象和追求。这也是人性中值得赞许的一面。

就因为这个原因，这首花儿曾经是田野里劳作的庄稼汉、赶着牲口贩运的脚户哥，以及所有出门受苦的人排遣愁怀时最有味的一杯酒。生存的艰难使人内心柔弱，凡柔弱的心弦，都容易被忧伤的旋律碰响。即使到了今天，生活已经好了，在华丽的舞台上，在公园嘈杂的环境里，这首歌仍然使听众如痴如迷。就因为它唱的那个准真理——凡美好的事物都是可望而不可即——不会过时。这个准真理是忧伤的，忧伤是这首花儿的灵魂。

2018年3月

# 断脉亭

看看今人的迷信程度，可知没有理由苛求古人。

明朝定鼎之初，朱元璋心里有点不踏实，"惕惕然恐王气之伏于草野之间"，日后威胁到新生政权。于是命刘伯温观天象，察舆图，在全国锁定了几十处可疑目标，派使者分赴各地，按图索骥，逐一歼灭之。其中一处，就是贵德境内的梅茨山。

去贵德城南十里许，梅茨山恰如一条黄龙，自南向北蜿蜒而来，昂首雄视黄河。朝廷使者认为，如果此山继续北移，"龙头"一旦得饮黄河之水，就会出大麻烦。于是责令地方官吏组织百姓，挥锸奋镬，把山梁挖出一个大豁口，断了龙脉，除了隐患。

这大概不是传说。南海殿后面，被挖断的山梁，至今旧痕赫然。

弹指五百多年过去。1938年，民国政府任命一位新县长吴世瑾，来贵德主政。此公勤于政事，致力于教育、水利和林业建设，深得后世好评。当他听闻"断龙脉"之事，并察看了南海殿后面被挖断的山梁之后，颇不以为然。认为，老祖宗此举，挖断了贵德的文脉，不利于人文蔚起，必须纠正！于是组织百姓，用传统的夹板夯筑技术，把挖断的豁口用厚厚的土墙连接起来。

这也是事实。南海殿后面那个挖断的豁口上，吴世瑾督修的土墙，至今还在屹立。

　　吴县长用他的迷信取代了前人的迷信。这可笑吗？一点也不。世上不存在能够超越时代局限的人。再者说了，他敢于叫板古人，希望贵德文化繁荣，这也值得称赞。

　　在吴世瑾之后半个多世纪的今天，富裕起来的人们，正把成捆的冥币烧化在祖坟前，期望得到祖宗庇佑。新丧待葬的人家，有条件的，也请了风水先生，夹着罗盘，奔走山野，寻找蛇兔争斗之地，以期子孙飞黄腾达。

　　回头再看朱元璋斩龙脉的举措，简直算得上合情合理了。

2018 年 4 月

# 风水轮流转

经济文化发达地区，人们好像也不很自信。风水学的应用已经延伸到了楼层选择、客厅布局等范围，甚至连床头朝向、顶灯高度，也都有了风水学上的意义。不知道以后还会发展出什么名堂来。

这跟以往不同。在传统习惯中，风水学的应用多与建筑物所处的自然环境有关。比如，是否前有照山、后有靠山；山形水流是否"藏风聚气"，等等。居家的地方，讲究院子的方位、宅门的朝向、宅院中房屋布局，等等。

但历史上，风水学最重要的用途是坟茔选址。据说这直接决定着子孙后代昌盛还是衰微。问题严重！

你不相信吗？历史上和现实中那么多名人就是实例，凿凿有据，有文字可稽，有实物可证，不由你不信。你去信它吗？死人为何能决定活人的命运？"牛眠之地"或"蛇兔争斗之地"做了茔地，怎么就能决定子孙必贵？其原理何在？这个原理无论多么深奥复杂，总不至于说不清楚吧。可是迄今只见结论，不见论据，不由人不怀疑。

我曾带着疑惑请教一位宗教界人士。他没有正面回答，却说了另外一个观点："中国人不是常说风水轮流转吗？这有道理。世上没有不变的事物，也没有不变的风水。比如一处风水不好的地方，去了一个大善之人居住，他本身就是一个好的气场。住的时间长了，风水就会变好；反之，风水好的地方，去了一个大恶之人居住，这个地方的风水就会逐渐变坏。"

哈，这可是第一次听到。回味再三，我明白了一个道理：相对于环境因素，人的因素是第一性的，你的命运你做主。人活世上，能行大善则行大善；行不了大善行小善；行不了小善，至少不要去做恶，这比风水更重要。

2018年4月

# 宅院风水说

农耕时代造就了分散、独立、各有差异的住宅。门户坐标的千差万别，为风水学提供了无比广阔的实验场。庄廓院，是风水学最坚实的存在基础。

宅院大门，是脸面，是枢纽，也是关隘，兼具吐纳和防御双重功能。所以农村人尤其重视大门的风水。

行走在农村巷道，细心人会看到，有的大门与院墙不完全处在一个平面，好像稍稍有点"拧"。不懂的人会以为是安装大门的工匠粗心所致。

其实这是诚心拧偏的。

安大门有许多讲究。其中大门的朝向以及大门对着什么，至关重要。比如大门适宜对着高山，对着流水，对着麦田，对着茂林，对着学校；忌讳对着岔路口，对着门洞，对着坟墓，对着监狱，对着寺庙等等。实在不得已时，就得把大门拧偏一点。大门偏一点事小，风水不吉事大！

如果门口地面宽绰，还要修一面照壁。

在风水学中，照壁相当于屏障，起着为建筑物阻挡气流冲煞的作用。

如果门前没有修建照壁的余地，则在大门里面安装一道"屏风门"，把院子遮挡起来。总之，不能把院内情景直接暴露给外界（尤其是路人窥视的眼睛）。

有些人家，门外没有立照壁的余地，就在大门口栽一截石头，上刻"泰山石敢当"几个大字，意在宣示：我来自五岳之首泰山，四面八方的邪气我都敢挡，你来试试！

风水观念已经深深植根于农村人心中。做门槛，首选杏木（据说能辟邪），安装大门要挑选日子，某一类人最好在场，某一类人最好回避。

城市化进程让风水学在乡村的市场受到重创。以风水理论武装的庄廓院简直不堪一击。

有资料称，全国平均每天有100个村落在消失。在不得不告别庄廓院、接受高楼的无奈与慌乱中，一副副木质结实、做工精良的大门，还有满院房屋，都被拆除下来，以接近于烧柴的价格卖给需要木头的外乡人。"泰山石敢当"也被挖出来，不知去向。

楼房是统一修建的，无论朝向吉与不吉，扭转一厘米都不可能；大门是千篇一律的防盗门，休说用杏木做门槛，立一块泰山石都绝无可能。哪怕是微型的。

对于那些从心底里反感楼房，决心抱团取暖，以团体力量抗衡搬迁的人家，安置部门采取各个击破的策略：除了拆迁费，还许以额外的奖励。此外还私下里分别告诉他们：搬迁协议签得早的人，可以优先挑选楼层。最后签的，那就剩下什么是什么了。这一招非常奏效，貌似坚强的旧家园联盟一夜之间就瓦解。就好比箍得很紧的木桶，只要撬动一块木板，就不用再去费劲了。

至此，方寸已乱的人们，早把风水问题撂到爪哇国了。

2018年4月

## 家在棋盘上

在农村人眼里，城市人的居住方式是在下棋——不停地挪窝。这个比喻很形象。近几十年，"棋子"们挪动的频率加快。我搬家不算多，来到省城三十多年，也已经搬了五次。我的熟人当中，搬七八次以上的也很普遍。

农村人这些年也开始挪窝，只不过没有城里人频繁。

搬家多了，容易患上住房焦虑症。为了住得更舒适，也为了银行里的那点存款不贬值，许多人就不停地折腾房子。除了在本地折腾，还在外地折腾。买进或卖出，招租或闲置，装修或拆除原装修。为房子操心操得虚火上升，寝食难安，生活里本来就不多的一点闲适被挤压殆尽。

频繁的搬家造成另一个效应是，没有了稳定的邻里关系。

街坊邻居曾经是一个亲切的概念。它是延伸到亲人圈子之外的一个准亲人圈子，意味着彼此的熟悉、信任，还有相互关照和默契。

这是由长期稳定的邻里关系衍生出来的文化效应。

街坊邻居这个概念，如今也只有在"记住乡愁"这样的节目中去回味了。

与下棋式居住方式并存的，是"苞谷式"的比邻关系。一栋高层住宅楼，就是一个竖起来的苞谷。密集的住户就是苞谷粒，挤得太紧了！假如你住的是一栋34层的高楼，每个单元每层3户人家，每户以3.5口人计算，在同一个单元里，你要与 357 个人为邻。这有点可怕。

　　这意味着，数量这样庞大的邻居群，休说找到远亲不如近邻的感觉，你根本就认不全他们。你甚至难有机会看到他们的脸。假如你是一个弱女子或弱男子，正在乘电梯回家，突然进来四个酒气熏人的汉子，你难道不害怕吗？其实那四个人可能就是你的邻居，你不认识而已。

　　从生活逻辑出发，你应该尽快熟悉这些邻居，并和他们建立信任关系。实际上做不到。即使给你 50 年时间，你也认不全你的 357 个邻人。苞谷粒们虽然靠得近，但并不稳定。只要棋局不死，"棋子"就不安稳。在未来的日子里，有人搬出，有人搬进。只有 357 这个总数不变。随着二胎生育增加，这个数字还会超出很多。

　　这么多陌生人挨你挨得这么近，有点可怕。所以，当你在电梯里遇到四个酒气熏人的汉子，你永远无法消除戒备心理。

　　相互戒备的人，彼此看上去还会有亲切感吗？

　　人们总在抱怨现代社会人的冷漠。造成冷漠的原因固然很多，居住模式造成的疏离不能不说是原因之一。

2018 年 4 月

# 田社上坟

清明扫墓，是中国人的传统。河湟地区人家，却多从"田社"这一天开始上坟，到了清明这一天，墓地反倒一片冷清。这有点反常。

这种习俗的形成，或因懒惰，或因贫困。

田社也叫春社。挂历上没有标出来，说明这个日子早被大众遗忘了。现代人图方便，就在"春分"上坟。反正与"田社"也差不了一两天。

春风只是二十四节气之一，与祭祖没有关系。田社才是祭祖和祭土地的正日子。

一看这个"社"字，就知道与祭祀有关。汉字中凡与祭祀有关的字，都以"示"字做偏旁。如"祈""祝""祀""祷""祖""社"，等等。"祖先"的祖，含义之一是祭祀，含义之二是送行。比如"祖践"，指的是在野外践行。李白诗"祖余白下亭"，是说朋友把我送到白下亭饮别。"社会"的"社"字，含义之一也是祭祀，祭土地神。

农耕时代，土地是生存的基础，祭土地比祭祖先要紧得多。春耕结束，全年的希望播进土地里了。箪食壶浆，负筐提篮，扶老携幼，去田野里犒劳一下土地神，祈求有个好收成；也借这个机会请先人在坟前享祭。这合乎情理，也很有诗意，所以叫"田社"，或"春社"。这两种叫法都准确。道理也能讲得通。

汉字讲究音、形、义之间的联系,"社"字的结构就明白无误地告诉了字义。左边是个"示",表示祭祀,右边是个"土",表示祭祀对象。

有些地方把田社理解为"天赦",说是这一天地狱之门大开,亡魂都被老天爷大赦,出来接受后人祭祀。真乃无稽之谈,岂有此理!

田社的具体时间,有好几种确定方法,最常用的是"九尽十日为社"。就是说"九九"之后第十天就是田社,一般都在"春风"前后。离清明已经不远了。

既是与祭祖无关的日子,那为什么要在这一天上坟,而置清明于不闻不问呢?我想,或许是出于偷懒。祭完土地神没几天,又要去祭祖先,太麻烦,就把两项活动合并成一项了。或许是因为贫困。无论是祭土地还是祭祖先,总不能空手去吧,得拿点祭品吧。在物质生活贫困的历史时代里,毕竟是一种负担,所以省掉了一项活动。

除了这两种原因,我不知道还有什么原因。

2018 年 4 月

# 乡音没有了,乡愁还在吗?

青海人的后代如今大多不说青海话了,很多人都没意识到。生活中悄悄改变的一些事,总是被人忽略。

何谓乡愁?乡愁就是乡土文化。而乡音则是乡土文化中最具特色、最恒定的元素。乡村消失了,有乡音聊可慰藉;乡音都没有了,乡愁还在吗?

普通话推广了半个多世纪,我们早就会说了,如今就连乡下人都会说了。其实我们还是说不好,我们说的乃是青普话。有人自以为说得很好了,前后鼻音分得清楚,或在词尾把舌头翘一点,来个儿化音。但是往往忽略了"二合音"的问题。那是很难解决的。你一开口,人家就听出你非陕即甘,非宁即青。

人的舌头具有运动记忆。即便你掌握了普通话的发音要领,单音节也许发得正确,但连缀成句,舌头自然往习惯的方向运动,不听驱使。除非从童年学起。

青普话就青普话吧,说着顺口就行,能和外地人交流就行,有什么讲究头,又不去当播音员。但是一代一代说下来,青海话说得不伦不类了,或者索性不说了,这是个问题。试问生活在城市的青海人,如今你们家的后代,三十来岁的,还乐于说青海话吗?二十来岁的,还屑于说吗?十岁以下的，还会说吗？

农村的孩子虽然还在说，但也不纯了。已经不大会说"鹿羔儿""牛犊儿""马驹儿""狗娃儿"了。就会说"小鹿""小牛""小马""小狗"。

省广播电台有一档节目，用青海方言聊天。初衷大概是想挽留乡土文化，这很好。可是男女主持人根本说不好青海话。他们拿腔捏调，荒腔走调，夸张作态，听得人身上一阵一阵起鸡皮疙瘩。这还罢了，遇到"zi""ci""si"，一不小心就说成"zhi""chi""shi"。既然不伦不类，那还说它干啥呢？

相对来说，青海的回族同胞，说的方言倒还纯正些。疫情初期，防控形势严峻。西宁某居委会为了劝阻辖区市民不要上街，贴出的告示，乡音感人。开头就是"阿爸们、阿娘们：下个话……"听听，"下个话"！下个话就是央及个、求求你的意思，多亲切。

青海人的孩子，让他们在家里说青海话，在外边说普通话，这没有什么不好。一则有助于孩子语言能力的培养，二则有利于地方文化的传承。但只怕是连孩子们的父母都已经不太愿意说了，或者不屑于说了。我在某朋友家里，看到他们相互交谈一直用蹩脚的普通话，听着让人着急。为什么不痛痛快快用老本腔说话呢？莫不是方言自卑感在作祟？

一种文化，如果让拥有者感到自卑，那它离消亡不远了。

2020 年 4 月

# 寻找受听的复合名词

"受听"是青海方言,听着舒服的意思。跟"好听"略有差别。

时代的发展悄悄改变着人们的语言方式,只不过这个过程比较缓慢,一般人觉察不到而已。比如,我们现在的交谈用语已经不知不觉地使用着媒体语言,或者书面语言,大家都习惯了。所以,当我偶尔听到有人在谈话中使用"复合名词",会产生一种重回生命源头般的亲切感,很受听!那是久远的年代里,文盲率很高的环境中,人们喜欢的词语结构,书面语中绝对没有的。

众所周知,汉语是世界各大语种中音节最短的语言。单音节词占了很大比例。书面表达,简短是优势;口头表达,不易听清,需要转换成双音节词。不乏智慧的文盲们,把双音节词再翻一番,变成了四言。于是,节奏清晰、情感婉转的复合名词出现了。比如,说到"亲戚们",爱说"亲戚六眷"("六"读"鲁");说到"目前",爱说"眼目时下";说到节日,爱说"年头节暇";说到锅灶,爱说"锅烟釜灶";说到天冷,爱说"冷月寒天",等等。

复合名词饱含人间烟火气,朗朗上口。无论谈话者还是倾听者,都很受用。但有时,名词中间还夹了一个量词。比如"桌张板凳"中的"张","毡条被窝"中的"条"就是量词。做这样的变通,还是为了保持四言的格式。足见人们对这种词语的喜爱。

现在我们试着用复合名词造一段话，感受一下它的表达效果：

母亲："保娃，正月初六你阿舅家的尕霞要出嫁哩，你初五就帮忙去。再啥不会做嗝，抬个桌张板凳，拾掇个碗盏家私，你成哩。有空儿了把大门里外，路头路尾（读义）扫干净。我每次有个病头灾难嗝，你阿舅舅母都看来着哩，情谊我没忘掉。"

保娃："阿妈，尕霞姐姐女婿家情况好吗？"

母亲："听你舅母说，女婿家光阴裕如着哩。姊儿妹子多，房廊屋舍也多。他们家十几年前就是种植大户，每年往外卖的五谷杂粮也多。"

保娃："姑郎小叔儿那么多，尕霞姐姐嫁过去嗝不好做人吧？"

母亲："这个闲心你甭操，尕霞会揽络人。再说眼目时下人口多点，往长久远地看，也不会一个锅里搅勺把儿。过几年就分家了！"

文中加了着重号的都是复合名词。假如把它们换成普通名词，比如"房廊屋舍"换成"房子"，"桌张板凳"换成"桌凳"，"姊儿妹子"换成"姊妹"，亲切感可就逊色多了。所以我每次在乡下听别人谈话时，总是留心着复合名词的出现，偶尔听到，喜发于中，默记在心。但遗憾的是，越来越听不到了，即使我有意请别人给我说一些，也很失望，毋论年轻人，年龄与我相仿的人，知道的复合名词好像还没有我多。在媒体日复一日、年复一年的熏陶之下，人们都习惯于用干巴巴的媒体语言交谈了。

2020 年 4 月

# 四爷子红墩墩

漫长的农耕时代，文盲率极高。但这丝毫不影响文盲们创造能力的发挥。前文所说的复合名词，其独特的表现力使得人们日常交谈的语言避免了生硬局促，多了些温润裕如。而在音乐领域，大量的民间音乐，比如旋律优美的民歌，大多出自不懂音乐知识的文盲之手。事实证明，单旋律的歌曲，文盲也可以创作，只要他有天赋。但交响乐则非专业人士不能为。

高文盲率时代造成的另一个现象是，由于不识字，许多名词在口口相传的过程中发生了音转，今天的人们往往莫解其义。比如这段话：

水果商问果园主人："你家果园里的长把梨我看都不错。你说个价，一斤多少？我全包了。"

主人说："先不说一斤多少。一筐一筐地称着太麻烦，这几棵树上的全部给你断给，成哩不？"

这时，水果商很可能不明白"断"的意思。其实就是"趸"，整体出售。由于不认识"趸"字，靠耳朵一代代相传的结果，就成了"断"。

还有，把"龙羊峡"叫成"冷羊峡"；把"拱北"叫成"贡拜"，把"南海殿"叫成"纳海殿"；把"端午"叫成"当午"；把"胡麻"叫成"红麻"；把"扁豆"说成"冰豆"；把"莫高滩"叫成"穆盖滩"，等等。

由于不识字而发生音转的词汇俯拾皆是，一拾一箩筐。最奇葩的莫过于"四爷子红墩墩"。这是青海人喝酒猜拳时惯用的词语。是一个莫名其妙的词语。我问过许多老资格的喝酒人,都不知其所以然。后来我悟出来了,这应该是"四月里红彤彤"的转音。农历四月,百花盛开,不就是"四月里红彤彤"吗?

"四爷子红墩墩"!哈!

2020年4月

# 精美的汉语正在远去

细节所暗示的深意，总是被明眼人首先发现。现在大家都看到了这样一种文化错位：精美的汉语言文字，根在中国，花开域外。日本捐助物资上写的是"山川异域，日月同天""岂曰无衣，与子同袍"。

这两句话从历史深处走来，人文关怀之深切、文字形象之精美，表达时机之恰当，令人击节。和"武汉加油""武汉不哭"相比，后者不仅空洞，更无半点余韵。尤其是"武汉不哭"。这像什么话？这是幼儿园老师常用的话。

汉语是早熟语种。更由于自先秦至现代的两千多年里，诸多大师不断的锤炼、提纯和创造，早已炉火纯青，无妙不臻，无意不达。凡人类具备的思想或感情，无论多么深奥，多么复杂，多么微妙，没有汉语不能表达到位的。

媒体的迅猛发展，极大地改变了国人的语言习惯。今天的国人以空前的热情接受着媒体语言（官媒和自媒体），传统的语言瑰宝被日渐淡忘，任其长眠风尘，湮没不闻。

我不自珍，人自珍之。

媒体追求的是传播速度和覆盖面积，这是它的属性。它无暇顾及语言的精美。媒体属性决定了它的文字语言必然是直白的、肤浅的，甚至是粗糙的。大众随波逐流既久，文字语言的直白化、肤浅化和粗糙化就形成了。

"武汉加油"当然要继续喊响。但翻来覆去仅此一语，更无其他蕴藉之词，乃意味着精美的汉语正在离我们远去。

未来会怎么样？汉语的精华会被海内外的小部分人群继续珍爱着，欣赏着，研究着，传承着，越来越有点非遗的味道了。而大众语言，在媒体语言势不可挡的挟裹之下，会继续直白着、肤浅着、粗糙着。

那是一条泥沙俱下的大河。

2020 年 2 月

# "天籁之音"一直被误用

我曾在一个很小的群里谈了"天籁之音"误用和滥用的现象。但在圈子以外的广阔世界,"天籁之音"不仅一直被误用,而且时髦得发腻。但凡形容歌声之美妙,必用"天籁之音"。仿佛那是一个好听到无与伦比的状态。就连央视那些大腕级的主持人也不例外。

凡比喻,一赶时髦就俗气。俗气还在其次,关键是,这个词完全用错了。

天籁是自然界发出的一切声音。无论风吼雷鸣、松涛河声、马嘶牛喘、鸡啼犬吠、蝉噪蛙吟,乃至虫争蚁斗之声,都是天籁。而人类发出的一切声音都是人籁,无论是萧管锣鼓,歌哭謦欬,还是鼾声梦语,都是人籁。

经过专业训练的歌唱家,发出的声音比"天籁"好听多了。正如人类精心嫁接的桃子,其滋味远非野生的毛桃可比。可见用"天籁"形容人的歌声是真正用颠倒了。

但即便是一个用对了的比喻,在竞赛式地使用之下必然俗不可耐。

伟大的统计学目前还没有应用到语言艺术领域,否则,用概率分析的方法,就可做出清晰的图表,用数值显示出一个新鲜的比喻将在什么阶段变得乏味,将在什么时间走向腐朽,那将是很有意思的事情。

2020 年 4 月

# 读秒的世界

我们如今生活在一个读秒的世界里。身后总有无形的手指着你,催促着你。

十字路口红绿灯的倒计时是经过了吝啬设置的,不留半秒钟的宽裕。快速穿过斑马线的,必须是腿脚利索的人。如果是老人、小孩、孕妇、矮个子、残疾人,那就得当心,时间不够用!而在宽阔的双车道、双信号灯的十字路口,即使腿脚健全的人,时间也不够用。往往是,你还没走完斑马线,信号就变了,蠢蠢欲动的车辆会抢先一步,把你截在斑马线上,让你尴尬。就连我这样身高腿长的人都经常遭遇这种情况,何况他人。

岂止是斑马线,现代社会已经把所有人的生活设置成一场旷日持久的拼搏。随时被读秒。且不说读书、考学、求职、置房、求偶、抚育、赡养;还有职称、职位、成果等等,每一个环节都有无形的手在指着你:快、快、快!你不慎慢了一拍,日后就要为你的怠慢付出代价。

即是在所谓夕阳无限好的年龄,你也消停不了。你未尽完的责任、你的健康问题、养老问题以及灵与肉最后的归宿问题,也在催促你的应对。

生活已被速度绑架。享受慢生活只是个奢望。难得的一点宽裕,又被足以炫目乱心的海量信息吞噬。

身心俱疲之际,像是被时间击倒在赛台上的人,听着裁判对着你大喊:one! two! three! Four! five……

爬起来吧,你不能把赛台当成一张床休息。

快节奏、高效率是人创造的,是为了有更多财富。而当快节奏不断加速,以至于处处给人读秒时,人当然会怀疑:生活的意义到底在哪里?

读秒的世界造成的另一种破坏是:把人类超脱于物质世界以外的、自由自在思考的主动性泯灭了;把思考所创造的另一个瑰丽世界消灭了。

假如在苏格拉底、柏拉图、亚里士多德的背后,还有老子、孔子、庄子的背后,也有一只无形的手指着,给他们读秒:"快思考,快出成果!one! two! three! Four! five……"那他们还会是他们吗?

一个科技发达、精神贫弱的未来世界,看来就是人类的宿命了。

读秒的声音处处都在,无法回避。

爬起来吧,去追赶时间,或是被时间所追赶。

2017 年 10 月

# 万象杂说

**1. 物候。**

二月，西宁依然隆冬景象。小区花园北隅，草皮悄悄绿了。看见的人惊喜莫名，以为西宁气候变暖，春天提早到来了。可是再看看小区外边的街树，"僵柳依然缩冻骨"，春天连影子都没有。怎么回事呢？是花园地下的热网管道烘暖了地表，冻土融化得早，造成了假象。

**2. 物候。**

城市人早就没有了仰望星空的习惯。就是有，也无用。天空不见星月，已是常态，所以识不得哪是启明星（俗称"亮明星"），哪是猎户星（俗称"三星"）。城市人活到三十多岁，连北斗星都分不清的也大有人在。而这些本来是七岁小儿都知道的。

**3. 物候。**

麻雀历来是弹弓下的牺牲品。现在倒是没人打麻雀了，但城里再也不见麻雀的踪影。人们开始怀念这种吵吵闹闹的小鸟。甚至也有点怀念白花花的麻雀屎。

**4. 物候。**

有人决心饲养麻雀。就在自家阳台外边，紧靠窗户的坎墙上撒了点米粒。一天两天，一月两月，终于有麻雀发现了，呼朋引伴前来啄食。

久之，这户人家的窗户外面，天天有麻雀欢跃飞舞，人鸟之间已经达成默契。

**5. 语言。**

市井语言是大众喜欢的口头语言方式，它相对于官场语言和文人语言而存在，使用范围之广，非前两种语言所能比。但泥沙俱存，有的词语很雅，有的词语很"村"，甚至近乎江湖黑话。这种语言现象每个时代都有。西宁地区，离我们这个时代最近的市井语言记得有："二搵"（不理睬）、"免溜"（少来讨好）、"唗撮"（闭嘴），等等。

网络语言也算是现代市井语言，也是泥沙俱存，只不过流行周期更短，花样更多。

**6. 语言。**

这是从什么时候开始的？年轻一代的口头表达中滑进来一个莫名其妙的"然后"。"然后"一词失去了作为时间副词的本来面目，竟然变成万金油式的发语词，被大面积滥用。且看恢弘壮丽的央视直播现场，面对亿万观众，作为嘉宾的俊男靓女们，是怎样回答主持人提问的："……然后我在网上看到了这个消息。然后我喜欢练瑜伽。然后我家在重庆。然后还有半年我就博士毕业了。然后我朋友给我推荐这档节目。然后我想来试试。然后我这人性格有点自傲……"

这个讨厌至极的"然后"，就这样不安分地搅和在对话中，把好端端的汉语搅了个七零八落，丢盔弃甲，溃不成军。

难道离了这个"然后"就不会说话了吗？

**7. 笑话。**

信息不对称的时代，乡下人的孤陋寡闻，是城市人编排笑话取之不尽的素材。《乡里的亲家母》《巴副乡长》等经典段子，就是那个时代的产物，曾经热传于人们的消遣话题中。进入5G时代，一部智能手机，让农村牧区的人和城市的人平等地分享着全球信息。上述笑话已经绝迹，再也没有了续篇。

**8. 幽默。**

不仅是阳光、空气和水是生存"三要素",幽默也是生存要素。尤其是在这个压力空前的时代。

幽默感并非人人都有。每见荧屏推出精彩小品,观众席上,有人笑得前仰后合,有人脸上一副听报告的表情。

幽默感来自天赋,无法培养。但生活环境和文化背景等诸多因素也在产生影响。以地区论,北人较强,南人较弱;以性别论,男人较强,女人较弱;以生活特点论,草原人较强,农业区稍逊;以经济状况论,落后地区较强,发达地区较弱。

**9. 风气。**

这是一个了不起的变化:逢年过节,西宁街头再也不见了横卧路旁,浑身灰土,酒气冲出八丈远的醉汉了。连走路步履不稳的醉酒者都很少看到。人们开始在乎自己的形象。这虽属细末小事,也是社会进步的一个侧面。

**10. 风气。**

风气的改变是渐进式的。得不断有人作出示范,他人耳濡目染,久而久之,蔚然成风。比如,20世纪80年代之前,公交车上给人让座,那是"卡玛没有的事情"。而现在已很普遍。人们发现,文明往前迈进一步,说难也难,说易也易。

**11. 绳子。**

凛冽寒风中,斑马线路口,交通执勤人员用一根绳子阻拦行人闯红灯,从早站到晚,很是辛苦。

在一个有着几千年文明传统的国度,本来是用不着这根绳子的。但是,非如此,又有何良法?

遇到红灯自觉止步;遇到摔倒的老人放心去扶,而不担心被讹,这么简单的事情竟然成了咫尺天涯的文明梦。

**12. 文字。**

写景的文章中,如果有"峰峦叠嶂";起草的文件中,如果有"……符合条件的,都可上报;可报不可报的,一般不报"这样的句子,基本可以料定,此人是不适合吃文字饭的粗心汉。

**13. 文字。**

如果一种语言方式是约定俗成的,最好不要轻易改变它。汉语表达,习惯于在动词前面加个助词"地",比如"深入细致地做好思想工作""极大地鼓舞了群众"。现在官方文件中把这个助词"地"省略了,汉语语法被改变,读起来很别扭。不信吗?你听听:"深入细致做好思想工作""极大鼓舞了群众"。

**14. 译名。**

有些地名的汉译令人困惑。更让人困惑的是,从来没有人提出过质疑。"唐古拉"是蒙古语,被译为"雄鹰飞不过去的地方"。但请注意:这句话需要五到六个音节才能表达。而"唐古拉"只有三个音节,明显说不通。"江西沟"是藏语,被译为"骏马奔驰的川原沟口"。但这句话至少需要六个音节才能表达,而"江西沟"只有三个音节。半斤的瓶子里怎么能装进去一斤酒呢?"玉珠峰"的"玉珠"是蒙古语,被解释为"美丽而危险的少女"。"美丽""危险""少女"是三个概念,"玉珠"只有两个音节,怎么摆平?

不会是搞翻译的人在糊弄人吧?

**15. 方言。**

普通话推广了半个多世纪,全民都会了(哪怕说得不标准)。现在到了需要保护方言的时候。居住城市的青海人,很老的,都说青海方言。不太老的,偶尔也说普通话。年轻点的,根据场合需要,既说青海话也说青普话。他们的下一代,都不说青海话。同一个家庭里,祖父母说青海话,父母亲有时说，有时候不说。而他们的孩子，绝对不说。

### 16. 方言。

汉族人在家说青海话，在外，视场合而定，或青海话，或青普话。变来变去，青海话说得不纯了。反而是回族，一直保持了青海话。这情形有点像元曲的命运。如今汉族地区只有词，没有曲谱，无法演唱。反而是远离汉文化中心的纳西族，把词曲都保留下来，而且一直在演唱。

### 17. 方言。

广播电台有一档聊天节目，用青海方言播出，好像是为了保护方言。男女两个主持人所用的青海方言，拿腔捏调，夸张作态，半土不洋。每次听到，都让人身上起鸡皮疙瘩。

### 18. 敬语。

"请""对不起""谢谢"等礼貌用语，在青海社会交往中普遍被使用，时间并不长，大约就是在20世纪80年代以后。

### 19. 敬语。

某些场合，敬语不可省略。比如喜庆场合要说"喜话"。参加婚宴，客人见了新郎新娘及其父母，必说："恭喜恭喜！"按传统习惯，主人必答："同喜同喜！"或"啊，大家之喜大家之喜！"这就圆满。但今天的当事者们，多不知道该怎么回答。客人说："恭喜恭喜！"主人或无言，或一笑，或呆若木鸡。客人的祝福受到冷落。

### 20. 祭祀。

田社到清明，是上坟时间。古俗，来到坟前，先祭后土，次祭祖先，最后飨邻（俗称"抛撒"）。

祭完后土（土地爷），祖坟前摆放祭品，焚香、化纸，磕拜毕，起身，把馒头菜肴拿一部分，撒向坟墓四周，这是飨邻。老百姓叫"抛撒"。为什么要这样做？这本是古人的仁爱之心，有点"老吾老以及人之老"的意思。自家的祖先已经享用过了，也让四邻亡魂分享一点。正如家里做了美味饭菜,也给邻居端过去一碗。是一种美好的睦邻行为。

青海人至今还在抛撒,但性质完全变了。明明给祖宗祭祀过了,还要把荤素菜肴、馒头糕点、干鲜果品、罐头饮料、汤汤水水往坟头上抛撒,搞得一片狼藉。至于近邻们呢?对不起,你们有你们的子孙呢。

这就叫人心不古。

假如不从迷信角度,单从情理角度看,也说不过去。祖先们已经饱足,还要继续加饭添汤,只会引来嗔怪:"看看你们!就知道浪费,也不知道招呼隔壁邻友!"

著名作家苏叔阳曾经回忆,老北京人有个习惯:在酒馆里一坐,要上二两老白干、一碟花生米,准备慢慢享用。如果邻座有人(即使是陌生人),举杯之前,必然要招呼一声:"您来两口?"

这是一种礼貌,是客气话,让人感觉很亲切。这种友善的举动早就被丢失了。

飨邻也是一种礼貌。如今也丢失了。现代人活得越来越像现代人了。

## 21. 称呼。

当代中国人,在和陌生人说话时,不知道该怎么称呼。时下用得最多的是"师傅"。这是一种不伦不类的称呼。普遍称"同志"的时代已经过去;称"先生女士"吗?还不习惯;称"大哥大姐"也并非所有的场合都适宜。这是农业文明向工商业文明转变过程中遇到的尴尬。而在西方社会,这根本不是个问题,即是对乞丐说话,你称他"先生",谁也不觉得奇怪。

## 22. 素养。

到草原牧民家做客,主人热情款待。客人坐定后,不懂得先谈谈天气、草场、牲畜,问问孩子上学等问题,而是只顾和同伴大谈离草原非常遥远的话题。比如网络热点、房价、股市、明星逸闻、世界杯足球赛等等。把主人晾在一边。这样的人,不仅仅是粗心。

**23. 素养。**

众人聚会。有人明明谈吐无味，兀自滔滔不绝，自落座至席终，只谈枯燥话题，比如工作思路，或人事变迁，或仅有一两个人听得懂的事情，几乎不给其他人聊天的机会，也不觉察其他人无奈的表情，这样的人，也不仅仅是粗心。

**24. 素养。**

朋友聚会，有人最喜欢夸赞自己的子女如何有出息、有成就、孙子如何聪慧。如果身边就带着孙子，还要让孩子为客人背诵唐诗宋词。客人们出于礼貌，不得不附和出一片赞叹，心里其实很反感这种浅薄的展示。

**25. 素养。**

到医院看望病人，在病人面前大谈健康的重要、身体的宝贵。对于重病之人，这无异于往人家伤口上撒盐。偏偏有很多好心人喜欢这样做。

**26. 笑声。**

开玩笑是人的本性，但玩笑不是想开就能开。是否开玩笑，是否经常开，反映了人际关系宽松还是紧张。开玩笑的频率，以区域分，牧区最多，农业区次之，城市最少。以级别分，村一级最高；乡一级稍次；县一级渐少；地区、厅局一级，难得一闻玩笑；再往上则玩笑绝迹。

**27. 名称。**

媒体宣传青海特色小吃，经常提及尕面片。但青海人从来不把面片叫"尕面片"。饭馆的价目表上写的是"羊肉面片""炒面片""清汤面片"，并没有"尕面片"。家里来了客人，主人留客，如果说"你再坐一会，吃了尕面片再走"。客人会觉得太矫情，太做作，简直肉麻！

**28. 技能。**

手擀面条本是青海人的家常饭。擀面条也是家庭主妇最基本的技能。现在这个技能丧失了，仅仅由餐厅保留。手擀面由家常饭变成了餐馆小吃。

**29. 暗示。**

乘车去远地旅游，时间宽裕，行止随意。但偏偏有人爱问司机："走了一半路程没有？""估计下午几点能到？"这样的人，一定是粗心人。这种本来很随意的问话，客观上会造成催促的暗示，增加了不安全因素。

**30. 瞌睡。**

瞌睡具有传染性。乘车远行，一路欢声笑语。午餐后继续赶路，有人犯了"食困"，开始打盹，其他人很快会被传染。最后只剩下司机勉强支撑着沉甸甸的眼皮操作。不安全因素陡然增加。

**31. 讲话。**

无论是作报告、讲话，或讲学，不能自顾自地讲。最好眼观六路。如果发现台下听众中，渐渐有人目光迷离，表情呆滞；有人心不在焉，左顾右盼，说明你的货色太次，抓不住人。赶紧打住、收场，才是明智的选择。

**32. 讲话。**

会议即将结束，如果主持人礼貌性地请某领导即兴讲话，领导说："我不多说了，就说三句话。"那可得做好准备，他讲的话可能三十句都不止。

**33. 媒体。**

信息时代，媒体产能严重过剩，过度报道几乎成为常态。每有重大新闻，各路媒体千帆竞发，争抢传播速度和覆盖面。同质化的信息于是铺天盖地而来，受众的视听处于饱和状态。饱和得过了度，必然造成厌食症。这也是越来越多的人躲进微信朋友圈里的原因。

**34. 媒体。**

某些娱乐性节目，无论它的初衷是什么，客观上在鼓励人们一夜成名。尤其是电视。那些天赋异禀的人，或是有钱聘请名师授艺的儿童，或是把身体扭曲到令人发指的人，往往一夜走红，家喻户晓。这种节目，客观上是在暗示观众：在这个世界上，要想出人头地，你最好不是常人。遗憾的是，智商和体能处于常态的人终究是绝大多数。

## 35. 歌曲。

音乐人喜欢引用古人的一个命题："唯乐不可以为伪"。其实那是在古代，人们还没有造假意识。而在现当代，内容和感情虚假的歌曲比比皆是。有些歌曲仅仅因为旋律优美，人们宽容了它的虚假。《三套车》唱："……可恨那地主要把它买了去，今后苦难在等着它……"怎见得马儿到了地主家里就是受苦，在穷人家里就不是？实际情况往往相反，地主家的马匹膘肥体壮，精神抖擞，而穷人家的马无不是马瘦毛长，无精打采。《说实话我也想家》唱："……家中的老妈妈，已是白发苍苍……"新战士的妈妈不过四五十岁，以我国妇女今天的精神面貌，这个年龄段的人，风华正茂者多多，何至于"白发苍苍"？老奶奶还差不多。被称为超难唱的《左手指月》，以凄婉清丽的旋律倾倒了无数听众，然而旋律与歌词竟然是两张皮。无完整内容、无真实感情、东爪西鳞、任意拼凑。这种仅靠旋律抓人的歌曲，是十足的伪音乐。

## 36. 家教。

城市孩子，说话大方，不畏生人。但客人来家，多以白眼置之，不打招呼。只有在父母敦促之下，才会勉强打个招呼。农村孩子有点羞涩，见了客人，或者打招呼，或者不打。我们小时候在农村，接触人少，羞怯更甚。但客人来家，孩子们必打招呼，否则会受到大人严厉训斥。

## 37. 兴趣。

儿童对于玩具的兴趣很难持久。新买的玩具，鼓捣几天后就扔在一边不再理会。孩子对于故事的兴趣却是永远不减。即使是最调皮的孩子，只要给他讲故事，马上安静下来。

## 38. 症候。

年轻人跟人交谈时，所有信息都在脸上，你意识不到他的手在哪里。老年人说话时，喜欢用手势配合语言。如果开言之先，就伸出手指，提醒对方注意的，一定是很老很老的老人。

**39. 症候。**

人老，肾气渐衰。耄耋之人尤甚。坐下时，两膝不由地微微向外侧倾斜，走路时，身体重心也在脚的外侧。因此，鞋底后跟外侧磨损明显。也因此，如果你在修鞋摊上，看到一双后跟外侧磨损明显的鞋子，就该知道，这鞋子的主人，无论年老年少，必患肾虚。

**40. 声音。**

基层干部说话，声音大，口齿清，语义明确。从事商业营销的人说话，声音也大，口齿更清，但语气明显夸张。如果是一个年轻人，仪表整洁，说话音量小，像耳语，语速稍快，音节模糊，他八成是一个常年在办公室的格子间里被电脑奴役的人。

**41. 声音。**

给某些服务行业打电话，好不容易转到人工服务，但值班女士腔调异于常人，声音仿佛做了压扁处理，很难模仿。语速飞快，音节模糊，就像捏着鼻子快速发出，让你听不清。

**42. 名称。**

有些名称在人们的忽略中改变了。比如"站羊"。以前叫"站羊"，如今叫"育肥羊"。这是区别于草原上流动放牧的羊。由城市人收购圈养，育肥后出售。因为站立不动，所以叫"站羊"。站羊吃复合饲料，上膘快，又因缺乏运动，造成脂肪堆积，肉味甚差。

其实"站羊"也不是本名，本来叫"栈羊"。指的是在棚圈里饲养的羊。"栈"是古语，唐代有"栈马"，成语里有"老马恋栈"，"栈"在这里是指"棚圈"，不是指"货栈"。

**43. 妖名。**

妖名即绰号。过去民间给人起妖名非常普遍，风气所染，甚至延及官场。这是一种不文明的习气，如今少多了，是因为懂得了对人的尊重。妖名大多直戳别人的软肋，有些妖名奇巧贴切，会像烙印一样，跟随终身，甩都甩不掉。以 20 世纪 80 年代西宁市西关街小学某班为例，一位长得粉嫩白胖的男生被同学称为"奶油猪"。一位黑瘦的男生被称为"黑虱（青海话读色）"。一位个头矮小的男生被称为"土行孙"（封神演义中人物）。一位青年女教师，体态较胖，被学生们背地里称为"站羊"。这些妖名叫得很响。

嘲笑别人的短处，固然可恶，但童心顽皮，慧黠善喻，又令人忍俊不禁。

### 44. 优越感。

在餐厅出席饭局，同桌客人较多时，座位之间几无裕隙，服务员上菜就有些困难，尤其是盘子大的时候。小细胳膊托举着沉甸甸的盘子，颤巍巍地从肩膀之间递过去，一边寻找桌子上的空隙，一边提防着汤水滴落，情势颇有些"担悬"。但客人们一般都是岿然不动，极少有人接一把手。在这种场合，消费优越感支配着人的行为。

### 45. 优越感。

在餐厅吃饭，有些客人喜欢问服务员是哪里人。对方勉强回答了——比如某县。还要进一步问是哪个乡、哪个村的人。对方不得已又回答了，客人就说："噢，知道知道，你们那里我去过！"或者说："噢，那咱们还是老乡呢！"但他不懂得，服务员并不想展示自己的出身。尤其不愿意碰到老乡，因为她在客人面前没有任何优越感。

### 46. 表情。

年代久远的老照片都有个特征：人物表情大多严肃、呆板，远不如今天的人表情活泼。原因有二。其一，旧时代，普通人少有机会照相，往照相机前一站，不免有镜头紧张感，做不出放松的表情。其二，表情呆板只是表象，并不意味着内心郁闷。正如今天的人们在镜头前的微笑也是表象，并不意味着内心就快乐。只不过照相照多了，学会了在镜头前表演。"茄子"就是表演口令。

**47. 虚招。**

"世界荒漠化日——水与生命音乐晚会"一连办了多届。媒体高调宣传，影响颇大。有一年我全程看了。用高薪请来的中外歌星云集黄河之滨，大展风采。但没有一首歌曲与"荒漠化"有关、与"水与生命"有关。

**48. 腔调。**

港台地区广播电视主持人很羡慕大陆主持人的普通话，字正腔圆，抑扬顿挫，很是受听。想学，但学不好，舌头捋不直，成了港台式的普通话。不料大陆的不少主持人（尤其是娱乐性节目的主持人），反过来学说港台普通话，还以为在"与时俱进"，把好端端的普通话丢了。

**49. 冠名。**

国人喜欢给一些名胜景点或历史人物冠以"东方×××"的称号，以此抬高身价，全然不顾两者之间有无可比性。比如，称苏州古河道为"东方威尼斯"；称西夏王陵为"东方金字塔"；称关汉卿为"东方莎士比亚"；称"梁祝"为"东方罗密欧与朱丽叶"；称喇家灾难遗址为"东方庞贝"。听起来很是自豪。这样的冠名，前提是以外国的东西为范本，衡量自己的东西，已经把自己看低了。可是反过来，假如是西方人以中国的人、事、物为范本，来给他们的东西冠名，比如"西方苏杭""西方长城""西方故宫""西方红旗渠""西方红楼梦""西方鲁迅"，是否更值得中国人自豪？

2017年2月

第七辑
在古典的溪流中瓢饮

徜徉在白话文的林海里，有时想大喊一声：古老的鸽子树、银杉树和苏铁树们在哪里？没有了它们，大森林单一的绿色中，难道真的没感到少了点厚重的基调吗？

# 买针记

> 白话文取代文言文已经百年。这在中国书写史上是一次彻底革命。从此,笔墨完全自由,书写变得轻松。然而为自由和轻松付出的代价是,传统被割断,一种典雅、凝练的表达艺术随之走向衰落,这未免可惜。
>
> 徜徉在白话文的林海里,有时想大喊一声:古老的鸽子树、银杉树和苏铁树们在哪里?没有了它们,大森林单一的绿色中,难道真的没感到少了点厚重的基调吗?
>
> 我之所以不惮根基浅薄,苦打苦磨,尝试这种高难度的写作方式,不仅是为了找到鸽子树、银杉树和苏铁树们隐身的地方,重温古典的文字风光,更是为了从已被遗忘的宝藏中汲取当下奇缺的营养。
>
> ——题记

予年15,岁大馑。春三月,野菜未萌,庄户人家恒竟日不举火。四月,野地藜藿初叶,人争剡之,充为釜中物。久之,多有患浮肿者。

仲夏,会青苗灌溉,村长命各户迭次遣丁,赴"三渠口"守水。一夕,值予家守渠,父足肿,艰于步,予乃荷锸代往。

贵德城南十里有梅茨山,山下大渠一脉,分三汊,遍溉河阴诸村禾田。逢天旱水寡,渠口时发衅端,皆为争水。

予至三渠口,藉星光俯视,见三汊汨汨,分流无异,乃安之。复顾近旁无人,遂脱履入水,力挪渠口石块,令本村水量稍盈。已,无复聊赖,遂枕锸而卧，仰看牛女，以度孤夜。

山巅有观音菩萨殿，下有巨池，广约半亩，人称"南海"。古杨数十章，环池而矗，浓荫参空。是夜，银汉高耿，清辉满地，宵虫哀奏，夜鸟啾唧，泂可听闻。然愁思萦怀，略无情致。自念家中败灶常无烟，长幼渐尪羸，以此，予恐辍学不日矣，油然而悲。

忧闷中方蒙眬睡去，忽闻跫音橐橐。欠身四顾，夜色迷蒙中，有人持锸匆匆来。予遽起，拄锸立渠边，壮胆以俟。人渐近，乃一后生，且高大。倘用武，势将不敌。因胆馁不语。

生近渠口，俯身细察，怒曰："竖子！何敢挪石，令汝渠流阔而吾渠水寡？倘不视汝年少，必捶楚之！"遂以锸撬石，力扩彼渠，予渠水骤减。急央告："兄且勿过之！前愆在我，幸稍假宽宥。倘予村水不继，明日村长必不宥我！"

生不听，奋力如故。予恚曰："以力壮欺年少，乃五尺男儿耶？"生闻之，意似动，遂止。复拨石，俾水流稍均，曰："汝视之，如此可称公允否？"予曰："可矣。"

既相安，二人傍坐渠岸，略接数语。生问予居里、族姓，予具以告。生曰："我辛氏，辛家庄人。"语亦诚朴。有顷，复曰："予学业颇不驽钝，因家少壮男，父令辍学于高二，已五年矣，今犹懊恨。"

问其年齿，乃二十有三。"婚未？"曰："尚未。"

问："胡不娶？"

辛曰："竖子痴哉！连年饥馑，四乡不见新人度鹊桥者久矣，汝独不知也？我家朝夕瓢食不继，敢添食指以增累耶！"

既而词竭，相对默然。唯枵腹肠鸣，彼此可闻。

辛问："汝饥否？"

曰："馁甚。"

辛曰："如此不堪，何以达旦？无已，其盗乎？"

予惊曰："何敢？且焉往？"

辛指渠对岸稼禾茂密处，曰："视未？四围麦田，中有蚕豆地，今豆荚初实，当可果腹。"

闻言，予甚疑畏："倘为逻察者所执，我二人将惨矣！"

辛曰："若非饿焰烧心，谁肯犯此险？汝且在此侦守，我舍身一往！纵被挞楚，亦强于饿毙也。"

欲行又止。曰："是必慎之。容再思……我事讫，先作雉鸣。汝视遐迩无人，作蛙鸣，我即出；否则击锸，我伏不出。"

言已，乃嗫口学雉鸣，惊其酷肖。又命予学蛙鸣，予勉试数声，音乖不类，辛曰："去休！非鸭非鹅，适以招疑。如无人，謦欬可也。有人则勿忘击锸！"遂置锸渠旁，逡巡去。

予于渠旁，心悚不宁，唯望其速出。然逾一食顷，竟如黄鹤之杳。方疑惧间，隐约闻雉鸣，四顾无人，乃大声欬之，甫一两声，似闻远处人语，急持石击锸。

未几，双影憧憧，循垄埂而来。寖近之，见二人各持白梃，知为逻察者，悚然起栗。二人睹予，近前停趾，问："汝守水者也？何村人？"

予具以告。问："击锸何为？"

曰："长夜难耐，聊遣孤寂耳。"

二人视余年少，似信之。忽睹辛锸，问："此何人锸？"

予曰："辛家庄守水者。彼衣单不胜寒，暂回家取袄，行将返矣。"

二人审睇，察无他异，乃赳赳去。而予涔涔然汗出矣。

视二人行远，复欬之。少间，辛来。垒垒然以衣裹之物置地上。予问何久不归，辛曰："节令未迨，豆荚多不熟，稍壮者夜难细辨，一一扪选，故迟也。"

于是解衣相剥食，不暇一语。觉嫩香满颊，世无可媲之美味。

啖已，辛喟然叹曰："忍馁连日，今夜差称一饱！"又曰："予自幼食量兼人，亦有蛮力。家父母每戏谓：吾儿乃酆都城饿鬼转世也。自度日后继有殣亡，我当其先。"

予曰："必未，必未！"

予拾掇荚衣，欲弃渠中，辛止之："不可！荚衣流入下游田中，明日恐有问罪之师！"乃起，裹至远处荆棘中散弃之。

复坐渠旁。辛曰："噫，我家数代谨朴，未尝苟取他人一穗谷，今则为跖，有辱祖宗矣！"

予曰："逼于困境，偶一为之，何便是跖。勿自责也。"

既而意稍舒，辛曰："他日苟能温饱，吾有一事待谋也。"

予曰："必也婚娶！"

辛嗤之曰："子所见何鄙！前者言婚，而又言婚！男儿如我，何患无妻耶？实告之：我所谋者，欲赴省城，寻购唱针也。"

予讶甚，辛乃缕述所以。盖其夙好秦腔，以爱成癖。家藏手摇唱机一部，唱片数十枚，劈若珍宝。秋窗雨夕，冬夜炕头，辄播数曲以自娱。然唱针易钝，每播数张，必易新针。家存者告罄有年，遍诣邑中诸肆，卒不可得。秦声乃成绝响，是以怀想綦切，不去于心。

予笑曰："此何大事，只一针耳，乃耿耿如许！省城遥非千里，径去何难？"

辛曰："不然。家不名一文，焉以就客途？力不能赁车骑，徒步往返需七日，计食宿所支，非粜百斤新谷不能办。虐口腹而求一针，汝谓易耳？"

予曰："是矣，诚如所言。兄既眈于此道，想亦擅歌者。"

辛曰："暇时亦颇习之，顾不能工耳。"

予喜曰："且幸今夕有耳福，不可虚此良夜，兄当一展歌喉！"

辛曰："诺。"乃击石为节，唱《金沙滩》中一折。

引吭一振，予顿惊。其声苍凉激越，婉转顿挫，不亚梨园优伶。唱至

"老牛力尽刀尖死",荡胸裂魄,悲情百转,使人几欲泪下。

情方澎湃,辛忽戛然止。予讶曰:"一曲未阕,胡不再?"

辛曰:"已矣,高唱耗力。一掬蚕豆,些许卡路里,我当靳之。明日劬劳,有以继也。"

予叹曰:"嗟乎!兄如此佼佼,惜乎生于农家,而不能振名于红氍毹!"

辛曰:"人谁无志?固不能强于命耳。"

视猎户星已西,俱各藉地卧,奄乎就寐。及醒,则残月衔山,晓风拂柳,淙淙犹昨,夜侣已去。遂荷锸归。

三年后,予升学至省城。每逢窗友言秦腔,予辄忆及辛生。暑期将临,遂赴城中寻购唱针。自早旦至于卓午,入街出巷,遍问诸肆,迄无所获。渐已疲怠,怅然返校。途经古城台一肆,以侥幸心入问,竟有。大喜过望。女店员取一盒置柜上,曰:"六角。"而阮囊搜遍,尚缺五分。求稍杀,不可。觍颜复请曰:"此物今多不用,置亦闲置,乞减价售我。"

女颇不耐:"国营店无二价,汝不知耶?以为与街头卖杏婆子争值耶?乃刺刺不休!"

予无言,惭沮而出。忽睹一丐憩于墙隅,于腌臜掌中检视数枚硬币。遂趋前问:"以粮票一两易汝五分币,可乎?"丐摇首。

"二两?"丐不应。增至三两,丐始首肯,遂易之。复入店购得,喜不自胜。途中自念:"拼却忍饿一回,畀辛郎以大欢喜,颇值。"

假期还家,怡然见父母。具道温凉已,即赴辛家庄。既至,寻询数人,皆不知所问伊谁。盖其村族众户繁,辛姓后生甚多,惜囊时未问其名,夜昏亦未详其貌,以模棱语摹述,人难确指。蹀躞移时,方焦躁间,一伛偻翁携篮过,急趋前问之。翁乃驻足凝想,予复曰:"其人擅秦腔,家有旧款唱机。"

翁曰:"如此,是豚儿也。子何人?"

予大喜："是令郎知交。渠在家否？亟欲见之。"

答以不在。

问："何时在家？"

翁摇首不应。

问："得毋外出务工乎？"

翁凄然变容："吾儿殂谢已三年矣。"

予错愕不能言。木立有顷，问："何少壮而遽亡？"

翁曰："吾儿食量兼人……"言未竟，语噎。示以篮中物，"适赴市归，购薄奠所需。明日忌辰，将往墓前一洒老泪。"

予唏嘘良久，乃取针付翁。"此辛兄朝思暮想之物也。明日，即烦阿翁携唱机于墓前，为播《金沙滩》。聊慰生前久阙之憾，兼致故人拳拳之意。"

翁动容，执予手曰："感子情重，远赉珍物。吾儿魂魄不远，自当喜生泉壤……"言未已，眦泪滢滢。予不忍久视，遂辞归。

2021 年 1 月

# 支差旧闻

民国时，不惟赋税苛重，徭役亦繁。凡兴建、负运、修筑类事，官府皆责乡里征民夫以营务，不畀其酬，谓之"官差"。民赴差，谓之"支差"。居上者辄藉官差之名，行营私之实，民也不堪其苦。

先父尝言，年甫十九，适值支差。乃贵德县长所蓄绿彩石一方，重逾千斤，拟输西宁家中。衙役登门，传谕祖父：着汝家供一人一畜，河西刘某家供一人一车，当刻期启程。

时家中赖祖父劬劳经营，差称小有。然虑石重途遥，非健畜不能任。厩中蹄躈数辈，率多庸常，唯一大青骡，体修伟，且驯。耕耘挽负，多赖此畜，常嬖爱之。无已，即以此骡承差。祖嘱父曰："途中当善视之，慎施鞭笞，勿吝刍豆也。"

至期，父与刘载石就道。时值隆冬，山风扑面如割，行步綦艰。出阿什贡峡，会冬灌者失守，渠溃水泄，山道皆为冰覆。车行其上，扎扎作坼裂声，骡屡屡惊悚，滑躄扑地，车几度倾侧欲覆。父与刘一控辕，一推轮，赵趄以进，气咻咻不属，汗湿重衣。无何，车陷冰坎中，骡蜷伏不能起，鞭之叱之，则伸颈扑摆，终不可出。四顾山野阒寂，无一援手之人，而暮色渐合，寒逼肌骨，心焦胆摧，计无所出。刘乃指骡而言："骡也且听：汝不欲今夜冻毙于此，勿恨吾之忍也！"夺父鞭，力楚之。骡痛极战栗，目努几脱，忽焉喷嚏，踊身而起，父与刘急以肩承轮，力推之，乃得出,复就道。而履袜冰湿,足僵如石,跛踽以行。约一食顷,遥望灯火明灭,意必村舍,乃投止焉。

三日后抵西宁,至县长家交付讫,家人具食以馈。已而引至南城门外逆旅就宿。嘱曰,明日返程,有家具若干,就便载回。器颇重赘,今夜秣畜,当令饱足也。父闻之,如被冰霜。入厩中饲骡,见其周身鞭痕宛然,倍益酸楚。

既而登榻就寝。连日跋涉,具各疲困已极,甫就枕,刘已齁如雷吼。父则忧结于心,辗转难寐。自度返途所载,其重不逊于石,若复陷于冰窟,此骡势将伤残,所失大矣,何可坐待殃祸!听村鸡远唱,遁逃之计遂决。

窗棂微分,察刘则犹酣眠若死。乃潜起整装,蹑足至厩中牵骡,拔关而出,扎束已,跨骡疾行。启明星在天,已出南川矣。

至暮,宿尕让逆旅。次日午后已至家门,祖父惊曰:"归何早也?得毋中途倾覆耶?"

父乃历陈途中情状及遁逃之由。诉未竟,祖父斥之曰:"竖子痴哉!此等事,何顾前而不顾后也?走得和尚走不得庙,此三尺童亦晓之,汝独不闻耶?且待之,问罪之师必在其后!"

数日后,果有二衙役汹汹临门,意将执父质官去。祖父谦颜卑词,谢罪不遑。立命家人具酒馔,又各以银元一枚,塞衙役手中,具言三日内自当筹措罚金,亲赴县府,以赎前愆。二役色始稍霁,饱足酒食而去。

至第四日,县长方怒祖父之绐己,欲遣衙役持缧绁往执父,祖父吁吁然趋至,惶恐自责,即怀中取银元若干奉之,县长怒始解,事遂息。

逾二年,复值支差。乃县长所贮蘑菇麝香之属,仍输西宁。责吾家供一人一畜,责河东周某家供一人。祖父以所输物非多,不必差以大畜,乃选一健驴,付于父。

至期,父与周氏子裹粮就途,驱策趱行。时值六月,天道温热,山行亦不甚苦,晓行夜宿,顺抵西宁,至县长家交付讫,幸无返载之物,经宿，欢喜归程。三日后，至黄河北岸虎头崖下。由此西去十余里，过浮桥，折踵东行，即达河阴家中也。

周氏子忽谓父曰："王兄止步，且观之。"遥指对岸东南，见绿树掩映处，有大里落。"彼处即我家也，若西行，道迂不值。我欲就此泅水渡河，少行数十里矣。褡裢一件，烦以尊乘载存府上，我异日来取，可乎？"

昔时黄河远阔于今。父顾波涛澹澹，固不信彼能横渡。周氏子曰："兄勿疑。吾也生长于河滨，素不畏水。倘无薄技在身，何敢出此言。"父顾周而笑曰："然则纵能泅达，汝将以白身入村耶？"周曰："勿虑也，吾自有计。"遂以褡裢付父，尽脱衣履，以绔带扎束，置颅顶，手按之，渐入河中，俟河水漫至胸际，略一跃，一手掠水，一手按顶，拍波打浪而进，而河水终不及颈项，意必双足在下踩水也。良久，竟达南岸。返身一挥手，从容著衣履而去，父乃叹服。

归家，祖父询差事已，忽睹褡裢，讶问所来，父以周氏子泅河归家告之。祖父怒曰："竖子大不晓事！此何等弄险之事，而竟允之！汝不受此褡裢，彼即不得渡河。倘溺于水，将如何？若周父刁赖，讼于官，谓汝有夺命之嫌，此褡裢恐为彼之干证也！汝将何以自辩？官吏纵知其诬，而藉以敲比，吾家非破财不能免牢狱之灾；即或周父朴厚不讼，岂无怨怼耶？必问：汝既年长，何不力戒其子入水，将何词以对？疏于一言，遂损一命，汝此生可安于心乎？"

父嗫嚅而言："焉至此？周郎故善泅者。"

祖父斥之曰："去休！汝不知吾乡河水寒凉耶？即夏令，人泳者必呼朋引伴，以防不虞。倘痉挛肢不得伸，近侧又无救星，即善泅者复将奈何？岂不闻'善泅者溺于江河，善猎者丧于虎豹'？汝初涉世，记之，凡事避害为重，趋利次之！"

父乃敛声不敢复言。

2014年2月

# 七十不留宿

曩年以故还乡，同村有老叔退休在家，耄耋人也，因就便省问。至则适逢姑亦来探叔，相见欢喜，具道温凉。姑，叔之妹也，为人宽厚慈爱。予幼时常蒙姑之温煦，因视姑犹母也。晚餐后，表弟来迎姑返家，予则请姑移趾，过宿我家，欲围炉夜话，再叙间阔。姑意未决，而予坚邀不已。叔止之曰："欲回则回耳，勿苦留之。"予察叔似不豫，而未审何因。姑去后，问其故，叔谓予曰："吾不欲姑留宿汝家，非它，虑有参差焉。谚云：七十不留宿，八十不留饭。汝当知之。"

予乃敬请其详。叔曰："凡古稀之人，不惟体衰，且多宿疾，犹器皿之有罅在身也。用之，固无异乎常器，然取置皆当谨慎。稍不慎则破裂矣。家居，兴寐饮食皆素所习，纵粗衾敝毡，亦安之。宿于戚家，锦裯绣衾亦未必令其宁贴也。又或炕榻不温，夜起如厕受寒，难保无虞。倘病焉，何所取也？极言之，人至衰年，生死乃呼吸间事耳，万一眠中气绝，卒于戚家，事属至憾矣，致其子女怨怼亦未可知。是故不宜留宿。而八十之人，脾胃虚弱，一餐一饮皆不可孟浪。居家则习于粗蔬淡饭，节搏有度，因而恒无恙。偶至戚家，稀客也，必奉以肥甘厚旨，又必苦苦劝进，此即伏祸之因也。又或贪于美味，稍稍过量，则殆矣！食积胃脘，痞块不化，由是寝疾，甚而至于殒命。果尔，必贻其家人怨怼。此类事宁鲜闻乎？料汝已熟读《红楼梦》。尚记之否？中秋阖府团圆，贾母愉悦，以吻馋多进数口，未能运化，以此缠绵不起，终卒。事虽虚构，理则至端，非曹氏之妄言也。是故八十之人，毋论不可留宿，即留饭亦不可不三思也。"

予初闻之，窃不以叔之所见为然。世间事固多不测，然不测者万不逮一，以予姑之康健，何乃虑之过甚也。然叔性耿介，予素威重之，未敢多言。久后，迭闻某友家及某戚家凶讣，辄讶其人朝如顽健老松，夕则竟为酆都新客，乃悟前人之所慎，皆由殷鉴而来，良有以也，何可谓其无理哉。

2014年2月

# 酒圣酒仙

"文革"后十余载，温饱既足，宴饮之风渐盛，嗜酒者辄以拳高量大炫人。予供职单位亦然。每于公暇醵宴，豪饮之人，气概恢宏，俨然王侯。三巡未竟，即绾袖搦战。

于是放马接招，挓掌喝呼；胜负屡分，北则旋饮。赢家指杯示盏，促令立尽；输者酡颜飞沫，哓哓抗辩。其时也，喧腾盈室，仿佛乐甚。然座有不饮之人，愁眼观战，枯坐如僧，亦殊无聊焉。

抑或拳歇杯停，谈谑笑谑；则又语多伧俗，事亦乏味，絮絮终席，无一句隽言妙语。盖因十年雷霆，风雅殆尽，人多粗率无文也。

或逢芳朝朗日，赴山妩水媚之野踏青游瞩。既至，即于林下溪畔，穴灶兴爨。野炊既熟，肴酒杂陈，藉地而餐。举箸未几，即有人频催开拳。而于山川形胜，略不顾瞻；芳草野花，视若无物。自辰巳至日昃，无它兴致，唯拇战而已。既而披靡渐多，玉山倾颓。犹有贪恋杯杓者曼声长呼："洞中尚有人否？尚敢一角低昂否？"

向晚醉归，或遇邻人，问："今日觅得何处佳胜？"竟搔首悬想，忽忘所自。盖醉翁之意唯在酒，不在山水间也。

久之，酒侣间量之深浅，俱渐明了。或动议曰："莫若早排名次，各标其材。"曰重量级、曰次重量级，曰中、次中，曰轻、次轻之类。然孰归孰级，又多不服，颉颃几度，犹难定论。

一日又逢聚餐。饮次，或戏谓曰："以量级冠名，即克确当，顾亦庸常耳。莫若以酒圣、酒仙、酒家、酒客为号，庶近雅称。"众皆抚掌称善。然则孰圣孰仙，又起纷争。乃问予曰："君以局外人观之，俱各当膺何名？"

予哂之曰："休矣，君等一何妄也！夫谓酒圣酒仙者，岂因海量得誉耶？必有超拔群伦之德、傲视凡俗之才。君等其有乎？人称李白斗酒诗百篇，乃嘉其酒量耶？嘉其诗才耶？当知，酒于李白，非徒蘖曲所酿之浆液，实为妙思所出之灵泉也。不然，天下善饮者曷可胜数，可皆与李白相埒乎？今视君等，仆有不敬之言，幸勿嗔怪：若以粗绠将汝等一一缚之，倒悬梁下三日，控滗腹中经纶，不知可得几许？或恐'床前明月光'而外，别无余绪矣。尚敢称圣称仙耶？或请以酒为题，俱各口占一首，倘得一二句差可称诗、且属原创者，明日，仆当选酒肆大设以饷，以谢轻慢之罪，可乎？"

众皆相顾嘿然，讪讪而已，无一敢应者。既而大笑曰："吾辈今被訾着软肋矣。"

由此，酒圣酒仙之争遂息，炫量之风亦稍杀。

2020 年 4 月

# 记者轶事

予旧友薛某,溧阳人,曾为记者,今徙居成都,过从遂疏。然时通音问焉。

薛为人诙谐善谑,狷介有肝胆,素为予所重。尝言:一日为某友招饮,既至,有客七八人在座,多为士林中人。互道温凉已,某友嘱曰:"诸兄且品茗暂待。今日会一权贵。"

薛笑曰:"为采访事见官,乃我职分。为官人侑酒,即非所愿。君过寒舍非一回,宁不见壁有联语:独有文章娱小我,更无兴趣见大人。君若早告,吾必不至。"

某友曰:"固知兄如此。然今日高会,方期兄以隽言妙语增雅兴。姑视弟之薄面,稍纡傲骨。一餐而已,于兄何害焉?"

未几,官人至。一座皆起,某遂一一引见。官人殊不置意,略一颔首,曰:"坐,坐!"

于是鲜炙嫩脔,蒸腾并进。三巡后,众视官人亦善饮,始稍释踧踖。

饮间,官人谓薛曰:"汝乃记者耶?"薛曰:"然。"

官人曰:"记者中颇有儇薄无行之人。"

薛诧然,欲言,以其位尊,姑隐忍之。东道者举杯乱之曰:"且饮,且饮。"

孰料数杯后，官人复睨薛而言："记者中颇有儇薄无行者。"

薛不能忍，亢声答曰："记者中固有儇薄者。然儇薄者未必是小可；官员中亦有贤明者，然贤明者未必是阁下。"

言既出，举座皆惊。官人愕，愠于色。问："何见得汝非儇薄、吾非贤明？"

薛曰："凡儇薄者多媚上。适我所言，乃吮痔者敢发否？阁下初晤小可，屡以鄙薄语訾我门类，指无辜之桑而骂有疵之槐，毋乃跋扈之甚也？相对新客，尚如此，则平日惯作威福可知。岂是贤明者？"

言已，一座失色。某友遽起欲为调停，官人勃然指薛曰："狂徒之狂也甚！"掷箸而去。东道者急趋其后，谦颜卑词欲挽之，未果而返。怨薛曰："兄逞一时之快，行将累我矣，今且奈何？"

薛曰："此等官员，倘不略予颜色，渠将以为天下位卑者皆可辱也。逆鳞之罪在我。我且不惧，君何虑焉？"

逾年，闻此官坐受贿免，收监。

2020 年 5 月

# 白发三千丈

去岁腊尽,衰发渐长,而怠惰未及修剪。孰料节后竟无时机矣。乍逢大疫弥国,官民无不朝夕惕惕,深居简出。满城发馆,扃户浃月,更无一线微启之象。呜呼!妖霾不除,孰敢轻启?

而项上烦恼丝则略不饶人。支戗衣领,摩挲耳轮,日增一分,夜添半指,虽无大害,亦足闹心。如此窘境,此生何曾一逢!

愁思百端,始知解厄之法,唯余两途:或任其生发,俟逾肩背,即扎束成辫,充艺术家;或剃尽伐绝,仿出家人。然扎束则尚需时日,恐予耐心难支也;剃伐则何处可觅待诏[①]?

计穷之际,猛悟:老迈之人,形骸不拘,宁以此等细事纠结不已乎?明日,当命老妻操一裁衣断线之剪,循吾头颅,悉数剪除,不留寸草,岂非解困之一道!

忽念古之髡刑,即为此乎?千载之下,予又缘何愆尤,领此辱罚耶?

无已,乃告妻曰:髡吾之时,务求细铰密剪,循次递进,以期予之头颅,如春韭剪后之条畦、秋禾刈讫之梯田,垄埂分明,层次俨然。如此,出门则或可引人惊羡:"噫嘻,何物老儿,做此超前发型,素所未睹!"又或途逢士人,其必叹曰:"噫!此翁之倜傥,掩煞刘阮矣!"

复念吾今之困,亦犹他人之困也。第未知天下之头颅如我者,计将安出?得毋百日之后,满城皆艺术家耶?

2020年3月

---

[①] 旧时民间称剃头匠为待诏。

# 江源颂辞

极地多淖，百川滥觞之祖；雪岭泻玉，三江启源之地。峰雄峦伟，势吞八荒星辰；沼洌泽清，天成神州水塔。且也，滔滔者历久，韵壮华夏魂魄；涓涓者行远，绿润吴蜀膏沃。更喜羽族炫翎，蹄类竞骄，榛莽蓊郁，金石蕴秀，泱泱乎天籁自鸣之邦。

何期贪欲燎原，乃知净土难存。枪惊鸟梦，长空频啼铩羽之禽；血破羚国，雪野旋开猩红之花。蜂趱蚁聚，淘尽千里白沙；绿消红殒，煞却昨日风景。十年一瞬，噍类半亡。后羿安在，旱魃逞狂。况乃子孙所仰，惟此造化所贻，伐本斫根，其祸不远。补牢未晚，诚宜早谋；家园初残，犹可再图。理性之光未泯，料应情暖草木；生命之源不竭，还望绿满天涯。

2000 年 5 月

# 水与生命颂辞

始于天涯，起于微末。未出寒淖，已怀沧海之志；甫近贵德，乃存济世之心。襟抱关山，回护桑梓，滋润万物，哺育生灵。蒙泽则山青，得韵则川媚。升腾而为云霓，潜伏而为草露。沁浥春蕾，催醒梨英万树；呢喃垄亩，赢来麦秀千顷。且也，载舟楫，抱商埠，净天宇，洁城廓，赍能源，利百业。泽被苍生，恩同再造。

然则大野倘失蓊郁，百川曷由滔滔？至若禾稻半枯之秋，一瓢难得；旷原龟裂之时，万斛不拒。焦土苟得痛饮，珠玉何啻粪土。尤可忧者，冰川退，雪峰融，榛莽枯，江河瘦。异象频显，征危兆难。乃知造物所予，终非无穷；珍之犹迟，曷可暴殄。

呜呼！理性踟蹰，遂有千年之忧；攫取不节，乃患眉睫之迫。

岁在庚子，序数孟秋。置此崖刻，志警志忧。唯期我同类，居安思危，慎近怀远，珍重一川清波，共祈人间绥宁。

2020 年 9 月

# 景熙丰公园序

湟水之滨，羌戎古地。百代烟云散去，山河弥新；一川波涛依旧，夕照犹明。问断镞残镝何在？草木深处；听銮铃蹄音远去，天涯尽头。时逢盛世，丘墟重振。有志者将以有为也。而乃清荒秽，理榛莽，鸠精工，庀良材，指顾之间，楼台起而亭榭立，雕栏回而玉阶开。更有奇葩名木，来悦倦眼；巧岩秀石，尽显匠心。寒暑几度，迥然一新天地矣。

假芳朝朗日，偕知友良朋，于此际会，步青苔而履香；闻天籁而神驰。远霞隐约，差似汉旌唐旆；翠鸟婉转，仿佛羌笛胡笳。谈古今，论兴替，思接高天流云；调丝竹，理管弦，引来燕侣莺俦；一枰一局，足可忘忧；一觞一饮，亦堪慰怀。

惜乎风气之渐，城乡披靡。君不见今日之园林，饮赌饕餮者众，寄情山水者寡；沉湎永昼，堆砖垒城之戏；拇战竟日，计杯量盏之争。空辜负多情造化、温煦韶光。

复观九州之内，江山胜迹，题咏之繁，篇章之妙，皆为前人所为，而今探幽览胜之人，蜂攒蚁聚，又将以何物遗之后人咏叹耶？

嗟乎！泉石流芳，徒羡古人之雅兴；翰墨寂寞，常惭我辈之乏才。浅陋之文，固不当乎法眼；狂放之言，或可聊博一哂。

2011 年 7 月

# 未名园序

海湖之侧，有园未名。其地近市廛而远尘嚣，去繁华而存天籁。荟萃北国嘉木，点缀南方荔萝。嶒崚之石，采自巴蜀名山；棠棣之花，本是吴粤佳种。素袂飘拂，主人舞青萍之剑；清音玲玲，流泉奏伯牙之琴。菜畦交错，俨然园圃；时蔬葱茏，仿佛田家。嗟乎，古人淡泊，或可伴烟霞而友麋鹿以终，今人贪痴，已难弃名缰而破利锁于一时。然则事有出乎常态，人有不入俗流者。假逢芳朝朗日，高人韵士，际会此园，笑谈古今，遄飞逸兴，即无檀板金樽，亦足俯仰沉醉也。

2017 年 12 月